D1408963

Cartago

Du même auteur
dans la même collection

Brocéliande-sur-Marne (n° 183)
Ambernave (n° 204)
Six-Pack (n° 246)
Ténèbre (n° 285)

En Série noire

Canine et Gunn
Barjot !
Zaune
Piraña matador

Jean-Hugues Oppel

Cartago

Collection dirigée par
François Guérif

Rivages/noir

© 2000, Éditions Payot & Rivages
106, boulevard Saint-Germain – 75006 Paris

ISBN : 2-7436-0592-8
ISSN : 0764-7786

Pour Françoise Meyruels, ma mère,
qui n'aura pas eu le temps de le lire.
Pour Alem.
Pour ceux qui restent.
Pour tous les autres qui viendront...

Transmettre, encore et toujours.

14 JUILLET
(1994)

« Tiens, voilà du boudin, voilà du boudin... »

Les bataillons de la Légion étrangère martèlent le bitume de la place de la Concorde avec virilité. Effectuent un virage serré impeccable devant la tribune d'honneur, pionniers en tête.

Hache sur l'épaule, tablier de cuir autour du ventre, képi à l'équerre, nuque raide et le regard perdu sur la ligne bleue des Vosges, les sapeurs barbus virent à angle droit comme un seul homme. Privilège à eux seuls réservé, les légionnaires ne se divisent pas en fin de parcours, solidaires à la parade comme au feu. Aux accents graves des flonflons martiaux de leur musique, cadence lourde et solennelle, tous psalmodient mentalement l'impérissable refrain du célèbre hymne en 16 mesures qui a fait la fortune des charcutiers – au propre comme au figuré.

Piétinant joyeusement le crottin répandu par la cavalerie de la garde républicaine en ouverture du traditionnel défilé de la Fête nationale, les légionnaires s'éloignent lentement vers la rue de Rivoli, qu'ils remontent à contresens.

Les caméras de télévision dispersées autour de la place se recadrent sur les Champs-Élysées.

Plan général dans l'axe sur toute la longueur de l'artère et toutes les chaînes. Les régiments motorisés bourdonnent autour de l'Arc de triomphe, se répandent en colonnes bruyantes jusqu'au rond-point au bas de l'avenue, talonnant les troupes à pied qui achèvent de la descendre. En fanfare aussi, bannières déployées, uniformes d'apparat astiqués du col au plus petit bouton de guêtre. Tout en queue de cortège, les pompiers de la ville de Paris rongent leur frein, casque sous le coude ; ils seront les derniers à défiler.

Dans le ciel, les panaches bleu-blanc-rouge des Alphajets de la Patrouille de France ne sont plus qu'un lointain souvenir. Patriotique et dilué dans l'azur.

Alternant demi-tours à gauche (gauch' !) et demi-tours à droite (droit' !), les fantassins paradent au pied de l'Obélisque, salués par les élus de la nation et leurs invités qui, eux, alternent stations debout et culs posés sur de mauvaises chaises de cérémonie, coussin rouge et cannelures dorées du plus vilain effet. Eut égard à ses ennuis prostatiques, le président de la République française a droit à un fauteuil rembourré confortable. Les responsables du protocole pincent discrètement étourdis et retardataires aux levers de siège dévolus à la bénédiction laïque des armées. Le nombre de saluts a été réduit pour ménager les forces du chef de l'État.

Au premier étage de l'hôtel Crillon, un homme ne le perd pas de vue.

Appelons-le Stuart.

– *Appelez-moi Stuart.*

– *Vous, ne m'appelez pas. Asseyez-vous. Vous êtes sûr de ne pas avoir été suivi ?*

– *Je suis toujours de taille à régler ce genre de problème.*

– *Parfait. Désirez-vous boire quelque chose ?*

– *Eau plate, merci.*

– *Jamais d'alcool ?*

– *Jamais pendant le service.*

– *De mieux en mieux. D'ailleurs, cela confirme nos... Vous nous avez été chaudement recommandé, savez-vous ?*

– *Nous ?*

– *Nous. Je ne suis qu'un intermédiaire, disons votre seul et unique interlocuteur pour le présent contrat, et vous oublierez jusqu'à mon existence une fois celui-ci rempli.*

– *J'agis toujours ainsi.*

– *Je n'en doutais pas ! Permettez-moi quand même de vous avouer que votre curiosité me surprend, monsieur Stuart...*

– *J'aime savoir pour qui je travaille, ne serait-ce que pour m'assurer de la solvabilité du commanditaire.*

– *Je vous la garantis. Quant à ses motivations, elles...*

– *Je m'en fous ! On vous a communiqué mes tarifs ?*

– *Bien sûr. Ils sont élevés.*

– *Je suis le meilleur dans ma catégorie. Vous comptez marchander ?*

– *Quelle idée !*

– *J'aime mieux ça...*

La suite « Royale ».

Tout le premier étage du Crillon donnant sur la place de la Concorde, balcon-terrasse compris. Louable à la journée, au mois, à l'année ; très cher dans tous les cas.

Déjà réservée pour le réveillon de l'an 2000, mais immanquablement disponible le jour du 14 Juillet pour les invités de moindre importance protocolaire, privés de tribune d'honneur et rassemblés dans le grand salon de la suite, avec point de vue sur les images immondes du matériel guerrier déballé annuellement pour rassurer le bon peuple. La Patrie a largement de quoi bouter ces féroces soldats mugissants et champêtres qui viendraient jusqueu-dans-nos-bras égorger nos fils-zé-nos-compagnes.

Jouxtant le grand salon, à l'ouest, une pièce plus petite. Boudoir, bureau temporaire ou chambre additionnelle, au choix du client ; le client est roi et c'est rarement une image au Crillon. Cette pièce accueille le trop-plein du salon lors du défilé, mais pas aujourd'hui : elle est momentanément indisponible, car en travaux de réfection.

Trois hautes fenêtres ouvrent sur la Concorde (une quatrième sur les jardins de l'ambassade américaine voisine). Stuart se tient derrière celle du milieu. Ses volets sont fermés, mais pas complètement ; un écart de deux doigts à la jointure des battants, invisible de l'extérieur à moins d'avoir le nez dessus. Stuart dispose d'une mince fente de vision, alignée à 45 degrés avec la loge présidentielle de la tribune d'honneur – il n'a pas besoin de plus. Immobile, il attend. Le temps n'a pas de prise sur lui.

La patience fait aussi partie de son travail.

– *Bien entendu, mes tarifs sont payables d'avance et s'entendent hors les frais supplémentaires que les particularités du contrat pourraient occasionner, nous sommes toujours d'accord ?*
– *Nous sommes toujours d'accord. Dans la limite*

du raisonnable, ces frais supplémentaires, n'est-ce pas ?

– Dans la limite des obligations du contrat et après étude préliminaire de sa faisabilité, je ne m'engage jamais à la légère. Je vous ferai alors parvenir une estimation.

– Nous nous reverrons à ce moment-là.

– Encore ?

– Nous sommes bien là aujourd'hui...

– C'est exceptionnel. D'ordinaire, je répugne au contact physique avec le client, mais vous vous êtes montré convaincant.

– Il le fallait !

– Pourquoi ?

– Parce que ce contrat n'est vraiment pas un contrat comme les autres...

Des bâches maculées de plâtre séché couvrent la totalité du sol de la pièce d'angle condamnée pour travaux. Imposante et incongrue, la silhouette d'un piano à queue (queue complète) trône au milieu, drapée de toile rêche.

Derrière les volets, Stuart a ouvert la fenêtre.

La rumeur du défilé brasse une bouillie sonore. Applaudissements et vivats d'un public nombreux, bruits de bottes, de sabres cliquetants, de moteurs pétaradants, de cuivres et de tambours ; les musiques de chaque formation se mélangent dans une véritable cacophonie. Au lointain, à mi-parcours des Champs-Élysées, un grondement sourd en approche lente parvient à dominer le tumulte. Les bravos de la foule redoublent sur son passage, marquant la progression du bruit tout au long de l'avenue.

Flottement sur la tribune d'honneur. Pas une *bronca*, mais un semblant de houle ravie. On s'agite

17

dans la loge présidentielle. Le plus proche voisin du chef de l'État se penche vers lui et lui chuchote quelques mots à l'oreille, visiblement satisfait ; le Président hoche la tête, les yeux perdus dans le vague. La foule de spectateurs se hérisse de mouflets juchés sur des épaules parentales qui en ont déjà plein les clavicules.

Stuart recule dans la pièce. Ôte avec soin la bâche de peintre recouvrant le piano. Il s'agenouille devant le clavier et passe ses deux mains sous la caisse de l'instrument. Elles rencontrent une protubérance ; actionnent un panneau coulissant, dévoilant une cache aménagée dans la table d'harmonie.

Il tâtonne. Ses doigts effleurent la surface cactée de bandes Velcro.

Tirer, détacher, ramener à soi.

Une valise rigide, plate, un peu plus petite que celle d'une guitare électrique. Des fermoirs argentés, que Stuart fait jouer sans les faire claquer. Couvercle soulevé, bien rangés dans leurs logements capitonnés de velours, les éléments d'une arme à feu que Stuart entreprend d'assembler. Sans se presser, gestes calculés, suivant à l'oreille la progression du grondement sourd qui va déterminer la suite des opérations.

Les vitres de la pièce commencent à vibrer en sourdine.

– Tout le monde prétend que son contrat est exceptionnel, je connais la chanson.

– Les raisons qui...

– Je vous ai dit que je m'en foutais ! Cela dit, j'ai l'habitude de travailler comme je l'entends, sachez-le, et c'est un principe aussi intangible que le montant de mes tarifs.

– Rassurez-vous, monsieur Stuart, mon intention

n'est pas de vous dicter votre conduite, je dois seule-
ment vous faire part des conditions de ce contrat.

— Je n'aime pas les conditions.

— Celles-ci sont sine qua non. *Une, tout parti-*
culièrement...

Tous les éléments sont montés.

Stuart tient dans ses mains un fusil automatique
profilé comme une motrice de TGV, carrossé de
même. Puissance de feu redoutable, précision de tir
assurée par une lunette de visée à haute résolution
optique et collimateur télémétrique micro-réglable.
Accessoire en option fabriqué par Stuart lui-même.

Il charge son arme. Une seule cartouche sans
étui, à section quadrangulaire ; projectile et amorce
sont insérés dans un bloc de propergol. Ce type de
munition autorise l'utilisation de chargeur de 50
coups. En rafale avec des ogives creuses, le fusil
décapite un éléphant à quinze mètres, traverse un
rhinocéros à cinquante et pulvérise un lapin à trois
cents.

La loge présidentielle est à moins de deux cent
cinquante mètres.

— J'ai dû mal entendre ?

— Vous m'avez très bien entendu.

— Alors je crois que vous vous trompez de per-
sonne.

— Pas du tout... Vous prétendez être le meilleur
dans votre catégorie, monsieur Stuart ? Nous avons
besoin du meilleur, justement ! Nous ne voulons
prendre aucun risque. La cible vous effraie ?

— Non, c'est votre condition particulière qui me
chiffonne.

— Pourquoi ?

– *Parce que pour la respecter à coup sûr, je ne vois qu'une seule date propice.*

– *Je crois que nous songeons à la même. Vous pensez être prêt à temps ?*

– *Je vous dirai ça sous peu. Attendez-vous à une addition salée quant aux frais à engager... Mais autre chose me chiffonne encore plus !*

– *Oui ?*

– *Avez-vous pensé à ma réputation ?*

– *Pour être franc, c'est le cadet de mes soucis. Je peux néanmoins vous assurer que tout cela restera entre nous.*

– *Que vous dites !*

– *Que je dis. Remarquez, je vous comprends. Alors...*

– *Alors ?*

– *À combien estimez-vous votre réputation ?*

Les premiers blindés de l'Eurocorps rugissent sur la place de la Concorde.

Le président de la République s'est levé, imité par son entourage et tous les occupants de la tribune d'honneur, civils et militaires. Son voisin le domine de la tête et des épaules : le Chancelier allemand rayonne de fierté, de plus en plus satisfait. L'Europe en marche vrombit de toutes ses chenilles sur l'asphalte parisien. L'union par les armes l'emporte sur celles par les âmes. Dès qu'il s'agit de ratatiner son prochain tout le monde se réconcilie, à l'instar des mégères gendarmicides de Brive-la-Gaillarde chères à Brassens.

La colonne de véhicules se sépare en deux comme une langue fourchue, moitié vers Rivoli, moitié vers le pont menant au Palais-Bourbon.

Stuart épaule.

Tir sans appui. Crosse bien calée au creux de

l'épaule, la main ferme sous le fût carré du canon aligné pile dans l'axe de la fente des volets entrouverts. Stuart colle son œil au viseur. Accommode. Deux obélisques dans la lentille ; il ajuste le réglage de distance pour les superposer.

La double image du télémètre se fond en une seule. Le croisillon du collimateur panoramique lentement sur la tribune d'honneur pour venir se centrer sur la loge présidentielle.

Des visages envahissent l'œilleton, masculins cravatés de soie et féminins sous des chapeaux coûteux. Un colonel en retraite se cure le nez, profil chevalin qui fleure bon le terroir. Une belle ténébreuse en Balenciaga, arrivage direct de quelque province espagnole. Un visage poupin rehaussé par de fines moustaches et un bouc poivre et sel – la tempe du président de la République française. Nette.

Ridée, fatiguée ; marquée fin de règne.

La croisée du réticule s'y rive, comme aimantée. L'index de Stuart se coule sous le pontet. Épouse la détente. Plus un seul de ses muscles ne frémit. Il inspire ; bloque sa respiration. Une statue.

L'Eurocorps motorisé déferle sur la place de la Concorde au plus fort de sa formation dans un vacarme infernal.

Stuart tire.

MI-AOÛT

1

Allongée sur le tapis, Phalène.

Nue, sur le dos, les bras en croix. Une haltère de cinq cents grammes dans chaque main, une autre de deux kilos huit en travers des chevilles sur les cou-de-pieds.

Inspirer. Lever les petites, synchro, en ramenant les bras à la verticale, tendus. Garder la position ; compter jusqu'à 5. Baisser alors les bras, toujours tendus, expirer et monter les jambes dans le même temps sans fléchir, tout dans les abdominaux. Ne pas trop monter la barre de fonte sous peine de se l'expédier sur le ventre en fin de mouvement.

Poser. Recommencer. En rythme.

La chaîne stéréo miaule du new-age pénible dans l'appartement aménagé d'une seule pièce. Chant des baleines reproduit au synthétiseur et claviers lymphatiques en bémol. Blédine musicale sans aucun intérêt, mais parfaite pour se vider la cervelle pendant la gymnastique.

Un peu de transpiration qui perle au front. Phalène serre les dents et continue. Lever, baisser, lever, baisser – un début de tétanie dans les mollets. Rien dans les bras : les haltères manuelles ne pèsent rien, une paille, à peine le poids d'un 357 Python barillet chargé ; juste de quoi travailler en douceur l'endurance des biceps. La poitrine de la jeune femme se soulève, ponctuant chaque séquence. Bonnets 80 B. Un cauchemar pour Russ Meyer, un rêve pour porter son artillerie sous l'aisselle et défourailler en trois dixièmes sans se meurtrir le téton.

Sinon, le mètre soixante-treize sous la toise, tout en muscles, pas une once de graisse superflue. Une chevelure noir corbeau coupée court, des yeux noisette pailletée d'or, les traits volontaires. Une beauté troublante comme la lame d'un coutelas, et personne dans sa vie pour en profiter.

À cause de l'artillerie.

Le cédé change de plage. La même mélasse, mais les graves sur tempo de péniche poussive en rupture de bielles. Pout-pout-pout-pout-pout... Phalène accélère le rythme. Les haltères montent et descendent avec une vigueur accrue. Sa respiration s'emballe, son pouls pulse plus rapidement. La laine du tapis à motifs géométriques s'incruste entre ses omoplates couvertes de sueur ; les brins dessinent un tatouage éphémère sur sa peau.

Et le téléphone. L'appareil noir sans cadran, à côté du répondeur.

– Merde !

La jeune femme abandonne l'exercice physique. Se lève, baisse le volume de la stéréo, et décroche. Après la quatrième sonnerie, pas avant. Raccroche aussitôt.

Le téléphone remet ça. Phalène décroche à la deuxième sonnerie. Une voix détimbrée dans l'écouteur.

– Ouverture de la chasse ?

– Minute papillon, répond Phalène le plus sérieusement du monde.

– Dans un quart d'heure. Vivaldi.

C'est tout. Communication coupée à l'autre bout du fil. Phalène raccroche derechef.

L'appareil noir sans cadran est connecté à une ligne parallèle au réseau urbain, brouillée en permanence pour plus de sûreté. Les énigmes de reconnaissance changent tous les jours, sans faire preuve d'originalité dans le choix de leurs composantes. Pour les conversations intimes, prière d'utiliser son poste réglementaire agréé Télécom.

Phalène a peu d'intimes.

Elle se secoue. Un quart d'heure, donc. Le temps de prendre une douche.

Et d'enfiler un peignoir avant d'aller se visser l'orbite au judas de la porte d'entrée quand la sonnette retentit.

Sur le palier, un livreur de pizzas. Bonne bouille de smicard en CDD ou d'étudiant futur chômeur, le sac isotherme en équilibre à la saignée du coude. Il regarde droit devant lui. Phalène le détaille de même, mais désaxée : l'œilleton n'est pas au centre du battant de son côté ; le système optique est en périscope horizontal, deux coudes à l'équerre avec des prismes aux coins. Identifier les visiteurs sans risquer le coup de poinçon suivi d'un jet d'acide à travers le judas perforé.

Accessoirement, la porte à triple verrouillage est blindée, et l'incontournable interphone en cours d'installation après moult palabres de la copropriété.

– Oui ?

– Super Pizza Flash, tout chaud tout beau !

27

Un marrant. Phalène se marre.

– C'est ma commande ?

– Une Quatre-saisons, c'est bien ça ?

Vivaldi. C'est bien ça. Phalène ouvre. Le marrant dézipe son sac isotherme, lui remet un carton tout chaud. Tout beau, c'est une autre histoire.

– Je vous dois combien ?

Le livreur le lui dit. Phalène paye. Ajoute un pourboire généreux. Les deux pièces de cent sous sont dévissables et creuses, mais vides de microfilms, retour à l'envoyeur pour plus tard ; leur possession double le mot de passe musical. Le livreur salue bien bas, toujours réjoui. Phalène referme sa porte avec le talon, le carton de pizza dans les mains. Le pose sur la table du coin-cuisine isolé de la pièce principale par un muret, en stalle de pur-sang.

Un bar-plan de travail chapeaute le muret séparateur, ultime vestige de la cloison abattue. Un lit futon sur une estrade à l'opposé, une petite salle de bains attenante, pas de vécés indépendants, des placards partout, peu de meubles sinon une banquette en cuir devant un téléviseur écran géant avec magnétoscope incorporé, la chaîne haute fidélité trônant sur un cube à tiroirs et une bibliothèque en pin laqué noir. Pour éclairer le tout, orientée plein sud, une grande baie vitrée à châssis coulissants (verre pare-balles et polarisé dans la masse pour tromper les visées laser ; deux précautions valent mieux qu'une), donnant sur un parc verdoyant. Persiennes baissées pour le moment, rapport à la gymnastique en petite tenue, des fois qu'un voyeur entreprenant et acrobate joue les écureuils dans les arbres.

L'appartement mesure une cinquantaine de mètres carrés tout compris. Un nid.

Le cocon de Phalène.

Le carton contient bel et bien une pizza Quatre-saisons embaumant le fromage fondu et l'origan. Phalène s'en coupe une portion qu'elle grignote en prenant connaissance du message dissimulé dans la serviette pliante jointe à la commande. Procédure exceptionnelle, mais pas inhabituelle.

Texte lapidaire sur papier sans en-tête : un lieu connu, un horaire de convocation pour le jour même. Message à détruire après lecture, comme il se doit ; pas forcément dans les cinq secondes. La pizza finit à la poubelle avant consommation complète. Les onces de graisse superflue s'attrapent trop facilement.

Moins le quart à la pendule murale de la kitchenette. Phalène a le temps de faire sa vaisselle de la veille qui encombre l'évier. L'heure de rendez-vous a été calculée par des gens qui savent comment elle se déplace.

En moto.

Yamaha 1300 Venture.

Et la Venture est au coin de la rue c'est bien connu, fredonne Phalène comme chaque fois qu'elle se dirige vers sa machine, casque intégral au bras. L'astuce n'a jamais faire rire qu'elle, les bécanophiles friands de calembours douteux étant rares dans son entourage.

Normalement, la japonaise carénée couche dans le garage de son immeuble, mais le portier télécommandé est en panne. C'est l'été, bonjour la galère pour trouver un réparateur, prétend le syndic par un télégramme depuis les Baléares. En attendant, la Yamaha dort dehors sur le trottoir, antivol en U dans les rayons bâtons de la roue avant doublé d'une chaîne solidarisant le cadre au poteau d'un panneau de stationnement interdit.

Rien de rédhibitoire pour des voleurs déterminés, quoique les Venture ne soient pas un modèle qu'on vole beaucoup : les malfrats ont une prédilection marquée pour les grosses cylindrées sportives, 280 compteur limite de zone rouge – le cimetière en bout de ligne droite si virage suivant mal négocié. Phalène préfère les engins pépères, gros veaux d'entretien facile, coffre et sacoches rigides, conduite tranquille et confort pullman. Radiocassettes de bord en prime sur la Venture, un peu limité pour la musique symphonique, mais idéal pour écouter Bison Futé les jours d'embouteillages.

Intégral coiffé, blouson barbour zippé jusqu'au col (quelle que soit la saison), Phalène met le contact. Starter. Démarreur. Les centimètres cubes ronflent feutré ; montent en régime. Laisser chauffer le temps d'enfiler ses gants. Enfourcher, débéquiller, descendre du trottoir.

Rouler.

Jour férié estival, milieu d'après-midi : les rues sont désertes, circulation quasi nulle, promeneurs rares sur les trottoirs. La température est inférieure aux normales saisonnières, le ciel tout en nuances monochromes, un camaïeu de gris. La pluie menace sans se décider à tomber. Phalène a refusé d'enfiler sa combinaison imperméable pour lui donner une bonne raison de le faire. Elle aime jouer au poker avec la météo ; compte sur la baraka des vrais motards, ceux qui roulent par tous les temps.

La radio de bord est toujours branchée sur la fréquence des infos en continu, histoire de se tenir au courant. Savoir où va le monde. Lui ne sait pas, mais il y va avec une belle constance. Suicidaire.

Ainsi au Rwanda : des milliers de réfugiés errent sur les routes et dans les campagnes, cherchant à gagner le Zaïre. Les machettes hutues moissonnent le Tutsi sur pied, sans distinction d'âge ou de sexe, le choléra se charge de rattraper les survivants chanceux. Le pays des mille collines ne se couvre pas de potences, mais de charniers. L'actualité n'a pas meilleure mine en Bosnie-Herzégovine, rivale déclarée au concours de l'horreur. Afrique noire ou Europe balkanique, la purification ethnique est le maître mot d'une humanité décidément insatiable en matière de génocide. Dérisoire en comparaison, suit un compte rendu du concert de Woodstock, deuxième du nom, qui s'est achevé la veille sur un constat de demi-échec. Phalène est trop jeune pour avoir connu la première édition, gratuite, et constate que l'amour, la paix et la musique ne font plus recette. À 135 dollars US l'entrée, la chose ne la surprend qu'à moitié.

Un peu déprimée, elle coupe la radio. Pique nord-ouest, vers la périphérie de la capitale.

La Yamaha l'amène sans délai au cœur de beaux quartiers paisibles, sillonnés de larges avenues ombragées de platanes, bordées d'hôtels particuliers. Deux ou trois ambassades, des bâtiments officiels que seul signale un drapeau tricolore planté à leur fronton, et d'anciennes maisons de maître pour la plupart recyclées en sièges sociaux m'as-tu-vu.

La Venture ralentit devant l'un d'eux, plutôt discret ; vire et s'engage sur la rampe inclinée qui donne accès au garage en sous-sol.

31

Un portail basculant s'escamote à l'approche de la moto. Une puce électronique dissimulée dans le carénage en a automatiquement déclenché l'ouverture. Le portail est aussi blindé que la porte du studio de Phalène.

N'entre pas ici qui veut.

2

Parkings souterrains sur plusieurs niveaux.

Des néons partout, crus et de bon rendement. 5,6 au diaphragme des caméras de surveillance haute définition commandées à distance. Profondeur de champ maximum.

Phalène se gare en -3, sur un espace réservé aux deux-roues. Elle est en avance sur l'heure de rendez-vous indiquée par le message de la serviette. Phalène est toujours en avance. Sur la mode, sur son temps, et à l'allumage quand l'amant potentiel est à son diapason.

Moto béquillée, casque rangé dans le coffre, elle prend un ascenseur qui la dépose au rez-de-chaussée du bâtiment dans un vaste hall dallé de marbre. Une raison sociale en logo simpliste sur les murs, rappelant la plaque de cuivre vissée en façade de l'immeuble cossu : *International Export SA*.

Manque total d'imagination cachant une société anonyme à plus d'un titre, couverture de la Division des Opérations Générales. La DOG en abrégé. La généralité de ses opérations est à prendre au sens large du terme. Très large.

Pas une police parallèle, ni une officine de contre-espionnage crapuleuse ; un peu des deux. Un service occulte à forte vocation d'éboueur national, pour le meilleur et pour le pire. Créée sous le manteau durant la guerre d'Algérie tant pour lutter contre le FLN que neutraliser l'OAS après le putsch d'Alger, compromise ensuite dans de sordides affaires africaines et quelques scandales politico-porno-financiers, la Division des Opérations Générales est vertueusement dissoute à l'arrivée de la gauche au pouvoir – et aussitôt réactivée après le ratage médiatisé du sabotage du *Rainbow Warrior*, mais hors la tutelle du ministère de la Défense. La Division est rattachée directement à l'Élysée afin de contrebalancer les services secrets officiels jugés inefficaces et, à terme, se substituer à la Cellule Anti-Terroriste qui traîne un peu trop de casseroles derrière elle ; autant de bombes à retardement qui finiront bien par péter un jour (au grand dam de son créateur). La Division des Opérations Générales nouvelle mouture fait alors rapidement ses preuves, sachant occuper le devant de la scène tout en évitant les feux de l'actualité.

C'est une poire pour la soif dévouée corps et âme au président de la République, payée sur des fonds spéciaux, soumise à aucun contrôle parlementaire ni gouvernemental. Ça peut servir : les présidents durent plus longtemps que les gouvernements.

Normalement.

Phalène est une chienne de la DOG, selon l'expression consacrée en vigueur parmi les agents de la Division – et chez les petits camarades des services officiels concurrents.

Dans le hall, une blonde à la réception, comptoir verre fumé et bois précieux.

Grand sourire. La dentition nickel de Phalène en retour.

– Qui est de permanence, aujourd'hui ?

– Morpho, répond la blonde.

– Joël ? Ce n'est pas mon papillon préféré !

– Il t'attend au cinquième.

– Au cinquième ? Aïe...

L'étage des morts. Contrepèterie approximative pour désigner les bureaux de l'état-major, héritée du folklore policier. Si elle fait s'esbaudir les fins limiers des brigades criminelles aux dépens de leurs supérieurs ronds-de-cuir confits de routine bureaucratique, la plaisanterie prend ici un sens aussi propre que sinistre : c'est au cinquième étage que des vies sont rayées d'un simple trait de plume, selon la nature desdites opérations générales décidées par des fonctionnaires impavides, sans autre scrupule que l'obtention des résultats escomptés. Les chiens de garde de la raison d'État ont la mâchoire vorace.

En tant qu'agent de la Division, y être convoqué ne présage généralement rien de bon. Spécialement quand on ne fait pas partie des instances dirigeantes.

Nouvel ascenseur. Prévenu par la réceptionniste, un athlète déguisé en notaire (chemise empesée, cravate à pois, gilet, veston) cueille la jeune femme à sa sortie à l'étage fatidique. Joël Berthillon. Numéro 4 dans l'organigramme du service, dont l'effectif réel est un mystère soigneusement entretenu par les pontes de l'état-major ; d'aucuns l'estiment à moins d'un millier de personnes. Le matricule de Phalène est à trois chiffres.

Berthillon regarde sa montre. Sourit sans chaleur.

– Ponctuelle.

– Toujours. La pizza était délicieuse, au fait.

– Tu m'en vois ravi.

Le Numéro 4 détaille sa subordonnée des pieds à la tête. Barbour de motard endurci, pantalon de toile, bottes de gaucho à boucles et bouts carrés – moue de dépit. Phalène s'en moque. Le genre tailleur Chanel-escarpins vernis-sac à main assorti n'est pas le sien, Berthillon devrait le savoir depuis le temps. Elle entretient avec son supérieur des rapports professionnels empreints d'une cordialité plus que tempérée.

– Procédure de convocation exceptionnelle, je me suis dépêchée, ment-elle avec aplomb ; l'affaire est sérieuse ?

– Pire.

Berthillon tapote le porte-documents en cuir qu'il tient sous son bras.

– À partir de maintenant, tu deviens un tombeau, tout est classé Confidentiel.

– Confidentiel Défense ?

– Confidentiel Absolu ! Suis-moi...

Berthillon précède Phalène dans un couloir ripoliné de frais, distribuant une myriade de bureaux vitrés modernes où besognent autant d'employés aux écritures, sur papier comme sur imprimante. L'immeuble *International Export SA* abrite le quartier général de la DOG et son centre administratif, paperasse, bureau du personnel et consorts. Pour les occupations moins avouables, des annexes sont disséminées dans la capitale et sa banlieue ainsi que dans tout le pays, outre-mer inclus. La Division n'a pas d'antennes à l'étranger, mais une kyrielle d'honorables correspondants émargent à son budget sans le savoir.

Fin du couloir. Une porte d'acier sans serrure apparente, commandée par un lecteur de carte magnétique digicodé.

– Regarde bien, dit Berthillon.

Carte personnelle insérée dans le lecteur, il pianote sur les touches du digicode. 3-1-9-2-1-7-6.

– Noté ?

– Noté.

La porte s'est effacée en chuintant. Le couple passe dans un couloir tout pareil à celui qu'il vient de quitter, sauf que les bureaux vitrés se font plus rares. Ordinateurs, paperasse et consorts ici aussi, atmosphère de travail nettement plus pointue. Royaume des informations particulières ; celles que l'on n'a pas envie de montrer à n'importe qui.

Le cœur de l'étage des morts. Bien vivant.

En dessus et au-dessous, chaque niveau du QG de la Division est pareillement divisé en deux secteurs distincts : activités anodines en façade, occultes derrière les portes d'acier. Phalène les franchit plus ou moins souvent, toujours en compagnie d'un supérieur hiérarchique vu son matricule, mais c'est la première fois que celui-ci lui communique le code d'ouverture qui change toutes les vingt-quatre heures, comme les signaux de reconnaissance téléphonique à domicile.

– Joël...

– Oui ?

– Tu es un peu plus que de permanence aujourd'hui, hmm ?

– Et toi un peu plus que de service régulier. Tu es en mission, tu l'as compris ?

– Je commence !

– Répète-moi le chiffre.

– Trois-Un-Neuf-Deux-Un-Sept-Six, récite docilement Phalène.

– Total vingt-neuf.

– C'est la clé, je sais...

– Tu en auras besoin. Dépêchons-nous, maintenant, nous allons être en retard.

Berthillon finit par amener Phalène devant une double-porte capitonnée, à ouverture normale mais d'épaisseur remarquable. Elle défend l'accès à une salle de conférence que tous dans le service surnomment le Bunker : pas de fenêtre, isolation phonique totale, il est interdit d'écrire ou enregistrer quoi que ce soit à l'intérieur. Ce qu'on y dit n'en sort jamais autrement que dans la tête de ceux qui s'y réunissent.

Un porte-manteau tubulaire est à la disposition des visiteurs. Un imperméable mastic y est suspendu.

– Enlève ton blouson.

Phalène se débarrasse de son barbour. Consternation de Berthillon devant le T-shirt beige moulant une poitrine menue soulignée par l'absence de soutien-gorge.

– Tenue correcte exigée ? s'inquiète Phalène.

Son supérieur ne dit rien, tourne les talons, rebrousse chemin dans le couloir, disparaît au bout.

Réapparaît peu après et lui tend une veste de femme empruntée à la première employée venue. Bravo pour la rapidité – et le coup d'œil : le vêtement est à sa taille. Phalène l'enfile en masquant un sourire narquois.

– C'est mieux comme ça, Joël ?

– Ça ira !

– Réunion au sommet dans le Bunker ?

– Réunion de crise. Lors du défilé du 14 Juillet dernier, on a tenté d'assassiner le président de la République.

Phalène accuse sobrement le choc de la révélation.

– Tiens donc.

– On l'a manqué...

– Je m'en serais doutée, sinon j'en aurais entendu parler dans le journal ! rigole Phalène.

– D'où le Confidentiel Absolu avec les majuscules, ne plaisante pas Berthillon.

– Efficace, le secret a été bien gardé.

– Il s'agit de la vie du Président, s'il te plaît !

Un rien cérémonieux, Joël Berthillon : les autres membres de la DOG n'hésitent pas à parler du « Vieux », à la rigueur de « Tonton » ; dans les conversations privées, s'entend.

– Qu'est-ce que je viens faire là-dedans ?

– Ton boulot ! Je ne t'en dis pas plus, je ne voudrais pas me répéter, je vais tout redéballer dans une minute et nous nous verrons en tête à tête après. Depuis un mois, tous les services du pays sont sur les dents...

Mouvement de menton vers le capitonnage de la porte.

– ... nous faisons aujourd'hui une réunion de synthèse. C'est un beau carré de valets qui nous attend là-derrière, si tu vois ce que je veux dire ?

Phalène voit. Direction Générale de la Sécurité Extérieure, Direction de la Surveillance du Territoire, Renseignements Généraux – mais ça ne fait qu'un brelan.

– Qui est le quatrième ? La Cellule Anti-Terroriste ?

Peu de chance, le commandant qui la dirige est à couteaux tirés avec la Division depuis sa création. Il considère qu'elle fait doublon avec sa propre unité ; un doublon qui l'écrase chaque jour un peu plus.

– Les Affaires Étrangères, répond Berthillon ; pas de questions, tu vas comprendre. Comme il s'agit du Président, tu te doutes que la DOG fait le cinquième à la table, en menant le jeu bien sûr... Je supervise, tu montes en première ligne.

– Tu veux dire, moi toute seule ?

– Affirmatif. Ordre du Grand Paon.

Le chef en titre de la Division des Opérations Générales. Le Numéro 1. C'est lui qui a choisi le titre générique du service : « Département » faisait trop américain, « Direction » était déjà pas mal utilisé ; « Division » avait un petit côté maréchal Leclerc sauvant le monde libre. Collectionneur acharné de papillons, il a aussi instauré l'attribution des noms de guerre apparentés à ces charmants lépidoptères.

– Sur les instances de Sphinx, ajoute Berthillon sans cacher son amertume ; ça t'étonne ?

Pas vraiment. La jeune femme est le chouchou du Numéro 2. C'est lui qui l'a trouvée, recrutée, et formée. Chaud partisan de l'appellation *Division* pour un service aux activités des plus controversées par les concurrents, il a fait sienne la bonne vieille devise « diviser pour régner ». Qu'il pistonne sa protégée est un cadeau à prendre avec des pincettes : ses traitements de faveur ont toujours une face cachée – Phalène n'aime pas ça. Le Numéro 4 aussi, mais pour d'autres raisons.

– Officiellement, je suis Bernard Montpensier, chargé de communication à la DOG, et tu es mon assistante. Durant la réunion, tu écoutes, tu retiens, tu ne prends bien entendu pas de notes dans le Bunker, et si une remarque pertinente te paraît justifiée, ne te gêne pas. Après, nous...

– Sans vouloir te vexer, Joël, pourquoi est-ce toi qui supervises et pas Sphinx ? coupe doucement Phalène.

Sans répondre, Morpho-Berthillon pousse la porte capitonnée et pénètre dans la salle de conférence.

3

Quatre hommes autour d'une table ovale.

Trois professionnels, un amateur. Phalène les dévisage rapidement tour à tour, distribuant les rôles.

Le gros phoque moustachu, placide et bonhomme, qui sent le flic à pleins naseaux : Direction de la Surveillance du Territoire. Le brun costaud copie conforme de Berthillon, en plus martial : Direction Générale de la Sécurité Extérieure ; sa carrure de maître-nageur est parfaite pour évoluer dans les eaux troubles de la Piscine – Phalène se marre intérieurement. Le rouquin déluré qui la jauge sans vergogne tel un marchand de bestiaux à la foire : Renseignements Généraux ; le côté fouille-merde de leurs activités déteint sur leurs manières. Et le porteur de moumoute entre deux âges assis en face de lui, élégant, les yeux fuyants soulignés par de fines lunettes cerclées de métal, tête de fin de race qui ignore encore qu'elle n'a jamais commencé : Affaires étrangères, dans la Carrière parce que papa y était.

C'est lui, l'amateur. Les autres font spécialistes à n'en plus pouvoir.

Voilà. Phalène n'a oublié personne. Mais elle peut se tromper. Tous les quatre sont de vraies caricatures chacun dans sa spécialité, soit dit en passant. Elle en prend note ; dans son esprit, puisque rien ne doit être écrit à l'intérieur du Bunker.

En revanche, on y a le droit de lire. Berthillon prend place en bout de table, vide le contenu de son porte-documents devant lui, étalant des chemises cartonnées. Six exemplaires. Six couleurs de couverture différentes.

— Messieurs, je vous souhaite le bonjour. Je m'appelle Bernard Montpensier, je suis chargé de communication à la Division des Opérations Générales, et voici mon assistante.

— Commissaire Boulard, DST, dit le gros phoque, plus lapidaire.

— Capitaine Verdier, DGSE, fait écho le brun costaud.

— Mayol tout court comme les concerts, des Renseignements Généraux pour vous servir ! glousse le rouquin, se voulant spirituel.

— De La Roche, Victorien de la Roche, délégué par le Quai d'Orsay, conclut le perruqué d'une voix un rien flûtée.

Quarté dans l'ordre : Phalène a le triomphe modeste. Remarque au passage que, le représentant des Affaires Étrangères mis à part, les trois autres ont donné sans sourciller des identités (sans prénoms) manifestement aussi fantaisistes que celle de monsieur « Montpensier ». Par contre, pour les deux qui ont déclaré des grades, ceux-ci doivent être les bons.

— Votre assistante, elle ne s'appelle pas ? minaude Mayol tout court, faussement naïf.

– Elle ne s'appelle pas ! réplique sèchement Berthillon ; messieurs, comme convenu, j'ai synthétisé les résultats obtenus à ce jour par nos divers services, je vous propose donc de faire le point sur notre enquête et d'en débattre avant de vous communiquer les mesures qui sont envisagées pour l'avenir, si vous n'y voyez pas d'objections...

Ils n'y voient pas. Traduisent sans se formaliser « envisagées » par « déjà arrêtées ». Berthillon désigne les chemises cartonnées à Phalène.

– Vous pouvez distribuer. Une par personne, les couleurs n'ont aucune importance, le dernier exemplaire pour les archives.

Tour de table ; Phalène distribue. Se rassoit près de Berthillon, sa tâche effectuée. Louche sur l'exemplaire à archiver qui est temporairement le sien.

Un seul mot sur la couverture, en caractères gras : **CARTAGO**.

Quadruple circonflexion de sourcils autour de la table. Rien chez Phalène, elle sait masquer ses émotions. Monsieur « Montpensier » savoure son effet.

– Nous avons appelé le tireur ainsi rapport à l'arme qu'il a utilisée pour tenter d'abattre le Président, une carabine longue portée Cartago-Contender, explique le faux chargé de communication de la DOG.

– Aucun doute là-dessus ? dit Verdier.

– Aucun, la balistique est formelle, poncifie Berthillon ; vous trouverez ses conclusions dans le dossier...

Photographie dans les chemises cartonnées, agrafée à une fiche technique détaillée que le fabriquant serait bien étonné de voir là. Phalène étudie le profil de l'engin, visage toujours neutre. Beau joujou – si tant est qu'une arme puisse être belle. La carabine Cartago-Contender est une contrefaçon américano-autrichienne dérivée du Heckler & Koch G-11 germanique. Mécanisme à la précision horlogère suisse et carrossage compact en matériau composite graphite-carbone, amortisseur de crosse à effet antirecul, ce nouveau type de fusil automatique relègue la Mannlicher-Carcano magique de Lee Harvey Oswald au rayon des antiquités à culasse levante.

L'officier de la DGSE paraît sur le point de poser une question, mais se ravise. Se contente de siffloter, admiratif.

– Il ne s'est rien refusé !

– Ce n'est pas un quelconque illuminé, notre homme est un tueur à gages professionnel.

– Si c'est bien un homme...

– Vous connaissez beaucoup de tueurs du sexe féminin, vous ?

– Il y a un début à tout, murmure Phalène.

– Vous dites ? lâche Berthillon, sec.

– Rien, monsieur.

– On aurait une idée de l'identité de ce personnage ? intervient fort à propos le rouquin des RG.

– Des noms circulent dans les milieux autorisés, nous y reviendrons plus tard si vous le voulez bien, répond le Numéro 4 de la Division avec un regard appuyé en direction du représentant du ministère des Affaires étrangères.

Les trois professionnels accusent réception du message. Mayol revient à l'attaque.

– La carabine Cartago-Contender peut-elle être équipée d'un silencieux ou d'un simple réducteur de son ?

– D'origine, pas à notre connaissance. Elle est parfaitement équilibrée, l'ajout d'un module adaptable nuirait forcément à ses performances.

– Elle tire du calibre conséquent ?

– Elle tire surtout fort et loin, lâche le capitaine Verdier, très militaire ; la gravité des blessures est variable, en fonction du type de projectile choisi.

– En l'occurrence, une balle à pointe tendre et inertie compensée, dit Berthillon ; ces balles pénètrent, s'expansent, mais ne ressortent pas, d'où maximum de dégâts sans les inconvénients des munitions explosives. Portée limitée de fait...

– ... sauf si l'on utilise le fusil adéquat, complète Phalène à voix basse.

– Exact, mademoiselle, confirme Verdier qui a l'oreille fine ; la Cartago-Contender est l'outil idéal, Tont... le Président a eu de la chance !

– Lui, oui, mais pas Joachim Heillinger, soupire de la Roche ; il était placé en retrait du chef de l'État dans la loge présidentielle, avec la délégation allemande...

Les dossiers de Berthillon contiennent deux portraits du sieur Joachim Heillinger, façon publicité avant-après ; un mauvais cliché de presse granuleux pour *avant*, un instantané médico-légal en couleur glacée pour *après*. La blessure à la tempe n'est pas très spectaculaire, un trou banal – ce que vous ne voyez pas à l'extérieur, demandez-le à l'intérieur : le rapport d'autopsie du médecin-légiste joint aux photographies décrit par le menu le müesli qu'est devenu le contenu de la boîte crânienne de la victime après impact.

– C'était la première présentation publique des forces armées constituant l'Eurocorps, poursuit le délégué du Quai d'Orsay ; en tant que rapporteur des affaires européennes en matière de défense au Bundestag pour le parti majoritaire, Joachim Heillinger se devait d'accompagner les représentants de son gouvernement.

— Qu'est-ce qu'il foutait planté juste derrière notre président à nous dans ce cas ? grommelle le commissaire Boulard, silencieux jusque-là.

— Question de protocole, ce serait trop long à vous expliquer, répond de la Roche ; disons que les aléas de l'Étiquette lui ont été fatals !

Humour aux Affaires étrangères, Phalène note. Toujours mentalement. Note aussi dans la foulée une réflexion qui vient de lui traverser le cerveau. Comme les grands esprits se rencontrent, le capitaine Verdier la formule à voix haute, les yeux rivés sur la photo d'autopsie ; la pâleur crayeuse du cadavre souligne son bouc et ses fines moustaches.

— Juste pour dire... Aucune chance que ce Joachim Heillinger ait été la cible réelle du tireur ?

— Aucune ! affirme de la Roche, péremptoire ; il n'était que rapporteur, une fonction tout à fait subalterne, sa mort n'a ému personne à Bonn.

— Vraiment personne ? murmure Verdier, insidieux.

— Black-out sur le sujet, s'interpose Berthillon ; n'est-ce pas, monsieur le délégué ?

— Certes, certes... pour des raisons qu'il est inutile d'exposer ici, souffle le diplomate ; et croyez-moi quand je vous dis que le rapporteur Heillinger n'avait aucun pouvoir de décision à Bruxelles, pas plus que d'influence marquante au Bundestag.

— On peut influencer en rapportant, tout est dans la manière, susurre Mayol, qui en connaît long sur le sujet.

– Je vous l'accorde, mais je vous assure que la disparition de Heillinger n'affectera en rien la politique européenne de l'Allemagne, ni sa participation au futur programme de défense commune. D'ailleurs, Joachim Heillinger a déjà été... remplacé.

La réflexion passe au pluriel dans l'esprit de Phalène. Elle la posera en temps utile à qui de droit – Joël Berthillon, que le tour pris par la conférence semble contenter : pas de discours magistral de sa part, des échanges de vues pertinents et courtois, un rien de contradiction à bon escient, ça roule. Chacun joue pour son propre camp et n'en dira pas plus qu'il n'est nécessaire, mais ça roule.

– Cartago a tiré pendant le passage des blindés de l'Eurocorps, reprend-il ; voilà pour votre silencieux, Mayol, vous imaginez le boucan, personne ne pouvait entendre le coup de feu, et...

– Ce ne sont pas les seuls blindés qui ont défilé, objecte Boulard, en bon flic.

– Sauf que le Président ne les a pas salués debout, ceux-là ! rétorque Berthillon ; il ne s'est levé que pour certains régiments prestigieux chargés de gloire, des troupes à pied qui passaient en faisant nettement moins de bruit. Pour l'Eurocorps, il ne pouvait se soustraire au cérémonial, notre tueur d'élite comptait bien évidemment là-dessus. Tout le monde s'est levé, mais...

– Mais ? grogne Verdier.

– Ce n'est un secret pour personne, le Président est fatigué en ce moment... pour raisons de santé, n'est-ce pas ?

L'assemblée savoure la litote à sa juste valeur, surtout de la Roche ; au Quai d'Orsay, c'est un exercice quotidien auquel il est rompu.

— La station debout prolongée lui est pénible, il s'est donc rassis dès qu'il a pu le faire sans trop manquer aux convenances protocolaires. Il y a fort à parier que Cartago l'ait loupé d'un cheveu.

— Le défilé est retransmis en direct à la télévision, l'étude des images ne permet pas d'être plus précis ?

— Non, capitaine. Heillinger n'apparaît jamais à l'écran dans le champ des caméras. Il nous est impossible de déterminer le moment exact où il a été abattu.

— Vous voulez dire que personne n'a rien remarqué autour de lui dans la tribune ?

— Heureusement non, un vrai miracle... qui nous prive de témoignages précieux, il nous faut le regretter ! Tout le monde a cru que l'Allemand faisait un malaise, il a été discrètement évacué, et le Président très vite entouré de manière à bloquer tous les angles de tirs quand les gars de la Sécurité Rapprochée se sont aperçus qu'Heillinger était en fait victime d'un attentat.

— Cartago n'a tiré qu'une seule fois ?

— Une seule, capitaine. Soit il a cru qu'il avait réussi, soit il a réalisé que c'était raté et n'a voulu prendre aucun risque.

— D'où a tiré Cartago ? questionne Phalène avec la mine de celle qui connaît la réponse.

— De l'hôtel Crillon, lui confirme Berthillon.

— Logique, fait écho le capitaine Verdier.

Le palace est le seul bâtiment de la place de la Concorde correctement aligné avec le terre-plein où la tribune d'honneur est érigée chaque année, devant l'Obélisque. Le ministère de la Marine voisin donne sur ses arrières ; mauvais affût. L'église de la Madeleine, rive droite, et la Chambre des députés, rive gauche, sont dans la bonne ligne de mire, mais trop éloignées pour garantir un tir efficace, même avec une arme sophistiquée. Reste la possibilité de tirer depuis la foule massée en bas des Champs-Élysées – où la vue de l'arme sophistiquée ne manquerait pas de faire sensation.

– Cartago s'est embusqué au premier étage de l'hôtel dans la pièce d'angle de la suite « Royale », celle qui fait le coin avec la rue Boissy-d'Anglas, continue Berthillon ; cette pièce est en travaux depuis le début de l'été, personne n'y avait donc accès le 14 Juillet, le reste de la suite et le balcon étant dévolus aux spectateurs habituels. Vous avez un plan de l'étage dans votre dossier...

– Comme dans la tribune, personne n'a rien remarqué ou entendu le coup de feu ?

– Les murs de la suite « Royale » sont épais, commissaire, et une grande partie des blindés de l'Eurocorps sont passés devant l'hôtel. Pour avoir écouté à fond de volume les reportages télévisés, je vous certifie que vous auriez pu tirer au canon dans la pièce d'angle sans que l'on vous entende !

– Un hasard, ces travaux ? dit Phalène.

Monsieur « Montpensier » claque de la langue, agacé. Le rouquin des Renseignements Généraux prend alors la parole sur un ton désabusé.

– Une star du rock est descendue au Crillon courant juin avec tout son staff et ses musiciens, une sacrée smala aux dires de la direction qui en a pourtant vu d'autres. Elle est habituée, tant que les artistes payent leur note et ne dépassent pas les bornes outre mesure... Les nôtres ont fait une foire d'enfer toutes les nuits ! On a retrouvé de la cocaïne dans les rainures des lamelles du parquet, des pilules d'ectasy sous les meubles, et je vous épargne le montant de la note de bar, les gonzesses... La totale, quoi ! Ils s'étaient fait livrer un piano dans la pièce du coin, les musiciens tapaient le bœuf jusqu'à plus d'heure, ivres morts et raides défoncés...

— Au fait, Mayol ! s'impatiente Berthillon.

— Bref, après leur départ, ménage en grand dans la suite, mais la pièce au piano était complètement à refaire, d'où les travaux. Le manager a payé cash, sans discuter le devis estimatif de l'entrepreneur convoqué en urgence.

— Qui est cette fameuse star ?

Phalène, encore. Mayol lui retourne son plus beau sourire complice.

— Un certain Johnny Flasher, de Liverpool. Son groupe s'appelle les « Scarlet Destroyers ».

— Quelle importance ? fait de la Roche, hautain.

Phalène le toise et secoue la tête, navrée. Si le déplumé a déjà fait preuve qu'il pouvait avoir le sens de l'humour, l'ENA n'a pas dû inscrire le rock'n roll dans le cursus de ses étudiants.

Le sourire de Mayol s'élargit.

— Importance primordiale, monsieur le diplomate, car ce Johnny Flasher n'existe pas, pas plus que les « Scarlet Destroyers » ! Si leur signalement correspond à n'importe quelle formation musicale de rock britannique, ils sont inconnus au bataillon du showbiz. Mes gars ont sonné toutes les maisons de disques, les producteurs indépendants, la presse spécialisée, chez nous comme en Angleterre... Inscrivez zéro !

— Le manager ? dit Phalène.

— Giaccomo Bulsino, ou Bolsino, la direction du Crillon ne se souvient plus très bien. Ce monsieur soi-disant citoyen suisse, originaire du Tessin, ne

51

figure dans aucun annuaire d'organisateurs de spectacles, et son patronyme n'apparaît nulle part sur les registres d'état-civil du canton italophone.

Silence à suivre. On entendrait une mouche péter. Tous les participants à la réunion pensaient la même chose avant de pénétrer dans le Bunker ; elle se confirme au-delà de leurs espérances. En un seul mot.

Complot.

Rendre indisponible une partie de la suite « Royale » pour le 14 Juillet, afin d'avoir le poste de tir rêvé. Le faire en employant les grands moyens.

Restait à y être le jour dit avec son arme.

– Le piano... murmure Phalène.

Le capitaine Verdier lui décoche une œillade sincèrement admirative. Se tourne vers Berthillon.

– Votre... assistante est remarquable, monsieur Montpensier !

Berthillon fait celui qui n'a pas entendu. Le commissaire Boulard se racle la gorge ; c'est à lui.

– Le piano, oui. Un double-fond, sous la table d'harmonie, largement de quoi loger un fusil démontable et son étui sans trop chahuter les capacités musicales de l'instrument. Remarquez que cette arme aurait très bien pu être apportée le dernier jour, comme une vulgaire guitare électrique. Quoi qu'il en soit, l'idée géniale a été de l'introduire au mois de juin, bien avant que les services de sécurité n'investissent l'hôtel pour le préparer à la cérémonie du 14 Juillet.

– Ce piano est resté là pendant les travaux ? s'étonne de la Roche.

– Sa location était payée jusqu'au 16 juillet, le

loueur ignorait que les musiciens devaient quitter l'hôtel avant cette date, dit Boulard ; la direction du Crillon ne voulait pas payer de sa poche un déménagement anticipé, la pièce d'angle étant de toute façon inutilisable et la suite « Royale » louable sans. Les ouvriers ont protégé ce foutu piano avec une bâche et personne ne s'est plus préoccupé de lui, même après l'attentat.

Phalène apprécie en elle-même. La présence du piano dans la pièce était encombrante, mais normale, anodine – tant que *Johnny Flasher & the Scarlet Destroyers* avaient une réalité.

– Le loueur a donc repris son instrument le 17, comme prévu. Les RG n'ont découvert l'arnaque de la fausse star que le 19... Nous avons alors pensé au piano, mais trop tard ! Nous l'avons désossé au magasin, vous connaissez le reste.

– Le bon de commande était signé de la main du manager, Giaccomo Machin. Le loueur n'a pas pu donner une description de son client, il est mort. Le loueur, je veux dire... Accident de voiture le 18 juillet au matin, sur une route parfaitement dégagée et avec un véhicule en bon état, lâche négligemment Mayol.

Phalène ferme les yeux. Gros complot. Énorme.

Sans avoir besoin de se concerter, la conviction de tous est faite ; la tension palpable dans la salle de conférence. Berthillon rectifie machinalement son nœud de cravate.

– Une pause ?

4

Une pause.

Café pour tous. Des viennoiseries variées dans une corbeille, que Phalène snobe comme la pizza vivaldienne.

Tenir jusqu'au dîner. Bouillon de légumes, salade verte, biscottes sans sel, yaourt sans sucre, eau minérale avec bulles – un petit bourbon avant d'aller au dodo, quand même. On n'est pas des sauvages.

D'un accord tacite, les participants à la réunion ne se parlent pas en pausant. Le capitaine Verdier relit son dossier comme s'il voulait apprendre par cœur ce qu'il sait déjà, le commissaire Boulard fume un cigarillo en rêvassant, Mayol fait semblant de compter les prises électriques le long des plinthes, et Victorien de la Roche parle à voix basse dans son téléphone cellulaire dernier cri, après avoir demandé à Berthillon (monsieur Montpensier, pardon) s'il pouvait l'utiliser sans craindre d'être capté par une table d'écoute HF interne au bâtiment. Monsieur « Montpensier » lui a certifié que oui avec la bonne foi d'un arracheur de dents en panne d'anesthésique.

Son gobelet d'arabica à la main, Phalène a rejoint son supérieur au fond du Bunker, le plus loin possible de leurs invités occasionnels. Berthillon la couve d'un œil noir chargé d'électricité – négativement.

– Comme assistante, j'ai connu mieux ! grince-t-il entre ses dents.

– Comme superviseur, moi aussi ! réplique Phalène du tac au tac sur le même ton ; je croyais que je pouvais intervenir si...

– En restant à ta place !

– Parce que tu crois que ces messieurs ignorent ma fonction réelle ? Et la tienne ?

– Là n'est pas la question ! Et ne t'inquiète pas, ton rôle ne fait que commencer, tu auras l'occasion de te distinguer, mais je te prierais de...

– Ce qu'a dit Verdier à propos de Joachim Heillinger était loin d'être stupide, l'interrompt Phalène ; nous nous focalisons sur notre président alors que la tribune d'honneur était bourrée de cibles potentielles, non ?

– Parfaitement flinguables à domicile sans organiser tout ce cirque ! Mais la DOG n'est pas le ramassis de crétins que tu sembles croire, elle a aussi lancé ses chiens explorer ces pistes. Pour des prunes à cette heure-ci...

Berthillon regarde en biais vers le délégué du Quai d'Orsay qui n'en finit pas de postillonner dans son portable.

– ... à moins que la pédale des Affaires étrangères ne se foute de nous quant à la personnalité du rapporteur Heillinger !

Le poil de Phalène se hérisse.

– Homophobe, Joël ? C'est nouveau...

– Ça va, mettons que je n'ai rien dit, grommelle

55

Berthillon ; le black-out sur Heillinger a été négocié par les Allemands pour des raisons de politique intérieure assez plausibles, je dois le reconnaître. Si de la Roche ne nous mène pas en bateau, c'est bien le Président que Cartago visait.

– Mais pourquoi flinguer ce vieux débris ? Il est en fin de course !

Berthillon sursaute. Dévisage Phalène comme si des ailes de chauve-souris venaient de lui pousser dans le dos. Une phrase brutale lui monte aux lèvres – à l'autre bout de la salle de conférence, Victorien de la Roche toussote en agitant son appareil portable qu'il a éteint.

– Je dois retourner au Quai dès que possible... Reprenons, voulez-vous ?

Ils reprennent. L'explication orageuse entre les deux agents de la DOG est de fait remise à plus tard.

Berthillon se tourne vers le rouquin des Renseignements Généraux. Le commissaire Boulard se rembrunit. Monsieur « Montpensier » n'en a cure.

– Parlez-nous de l'Écossais, Mayol.

– Un Écossais ? Quel Écossais ? ! s'effare de la Roche.

– Angus MacCastle, le dernier arlésien du Crillon ! pouffe Mayol ; arrivé peu après Flasher et sa bande, il a quitté l'hôtel le 16 juillet en fin de matinée. Il s'est inscrit comme acheteur d'œuvres d'art pour le compte d'une grande salle des ventes londonienne. Durant tout son séjour il a bu sec au bar le soir, du whisky of course, réglant ses consommations rubis sur l'ongle, il s'est promené en tenue folklorique dans les couloirs du palace à n'importe quelle heure du jour et de la nuit, jouant de la cornemuse à l'occasion... Il n'a pas hésité à s'inviter dans la suite « Royale » pour improviser quelques sérénades musclées avec les « Scarlet Destroyers » !

— Mais pourquoi nous parlez-vous de ce type ?! s'énerve l'envoyé du Quai d'Orsay.

Boulard devance son concurrent des RG, non sans savourer la chose.

— Même technique utilisée pour introduire le fusil avec le piano, le tireur pouvait déjà se trouver dans l'hôtel avant le 14 Juillet. Client du Crillon, c'était le meilleur moyen d'être dans la place sans avoir à y pénétrer frauduleusement le jour dit. Nous avons comme il se doit épluché les registres et fait les vérifications d'usage, je vous passe les détails...

— Angus MacCastle existe autant que Johnny Flasher ou Giaccomo Dupont-Durand ! dit Mayol, reprenant l'avantage ; les maisons Christie's et Sotheby's n'ont jamais entendu parler de ce monsieur, pas plus que Drouot chez nous...

— Cartago ? murmure Phalène.

— Très certainement, répond Boulard.

— Et même plus que ça ! renchérit Mayol ; nous avons pu établir que personne n'a jamais vu Angus MacCastle et le manager du groupe en même temps...

— Parfait ! trépigne de la Roche ; vous avez un portrait-robot, alors ? Le personnel du Crillon n'est pas mort dans un accident de voiture, lui !

— Nous avons effectivement des signalements précis de l'Écossais et du prétendu Tessinois, soupire Mayol ; si ce dernier est de taille ordinaire, brun et glabre, tous les employés de l'hôtel décrivent MacCastle comme grand, plus que la moyenne, barbu, les yeux bleus...

– Des talonnettes, un postiche et des lentilles de contact colorées, l'enfance de l'art du camouflage, déclare Boulard, redamant le pion au rouquin.

– C'est mieux que rien, ronchonne de la Roche.

– C'est pire que tout ! rétorque le commissaire ; le physique du Suisse est totalement passe-partout, quant à l'autre le personnel d'étage a surtout remarqué qu'il portait le kilt et jouait de la cornemuse ! Tous se souviennent de lui mais personne ne s'en rappelle, si vous saisissez le distingo ?

Tellement visible qu'on ne le voit plus en le voyant trop, comme le piano au beau milieu de la pièce en travaux. Venu avant, parti après, donc présent au moment de l'attentat, et, encore plus fort : toujours présent les heures suivantes avec les risques que cela comportait, qui aurait songé à le soupçonner – chapeau. Haut de forme pour le moins.

Phalène accorde une mention plus qu'honorable à Cartago.

Berthillon reprend la parole.

– Bon, nous savons comment l'opération a été montée du point de vue pratique, du moins dans ses grandes lignes, j'aimerais maintenant que nous examinions le problème du point de vue du mobile de la chose.

Légère crispation autour de la table. Analyser des faits n'engage que sa compétence, leur trouver une raison oblige à dévoiler ses opinions, chacun dans sa partie.

– Nous ne sommes pas en présence d'un cinglé solitaire inspiré par Dieu ou les extraterrestres, Cartago est un professionnel patenté, sous contrat avec des commanditaires agissant pour des motifs concrets, bien réels, cela ne fait aucun doute. Alors, qui l'a engagé pour assassiner le président de la République française, et pourquoi. Votre avis, monsieur de la Roche ?

Le délégué des Affaires étrangères se trouble. Pas l'habitude des questions directes – des réponses au diapason encore moins. Son regard se fait plus fuyant que jamais.

– La France n'a que des amis...

– Je ne vous demande pas une opinion diplomatique !

– Heu... Le Quai pense... Comment dirais-je... C'est chaud en Algérie, n'est-ce pas ? Il se pourrait... L'Iran, aussi, quoique... Et puis Saddam Hussein n'aurait pas dit son dernier mot, mais... Enfin, ce ne sont que des hypothèses, bien sûr... Des rumeurs... Sinon, je ne vois pas...

– Merci ! Boulard ?

– L'ennemi intérieur ? Zéro pour la question. Tous les groupuscules extrémistes connus sont sous surveillance constante, les plus actifs noyautés jusqu'au trognon. Gauchistes ou fachos, pas un n'aurait les couilles de monter un truc pareil ! On creuse quand même du côté des Basques et de la mouvance corse, mais je n'y crois pas.

– Vous confirmez, Mayol ?

– Je confirme.

Direction de la Surveillance du Territoire et Renseignements Généraux se marchent souvent sur les pieds, leurs centres d'intérêt se recoupant à plus d'un titre. Guéguerre des polices dont plus d'un innocent a fait les frais. Mayol se rengorge, pas peu fier d'avoir pu piétiner les plates-bandes des concurrents héréditaires avec d'excellents motifs inattaquables.

– Et je creuse aussi, ajoute-t-il ; on parle beaucoup d'une résurgence de réseaux du type Action Directe, suite au verdict du procès des membres fondateurs en mai dernier...

Perpétuité assortie d'une peine de sûreté de dix-huit ans, la justice a frappé fort. De quoi tenter des candidats au martyre révolutionnaire, c'est possible ; Phalène en doute.

Les Renseignements Généraux aussi.

– ... mais je n'y crois pas non plus. Le chef de l'État, ce serait trop gros pour eux, surtout l'aspect montage financier d'une telle opération. Je ne sais pas si vous connaissez le prix d'une nuit au Crillon dans la suite...

– Merci, Mayol ! coupe Berthillon, prévenu du verbiage envahissant du rouquin.

Redevenant affable, il se tourne soudain vers le représentant des Affaires étrangères.

– Vous pouvez disposer, monsieur de la Roche.

– Pardon ?

– C'est fini pour vous, vous pouvez aller. Vous êtes attendu au Quai, je crois.

– Oui, mais...

Berthillon se fait gros chat matois.

– Le reste de la séance ne concernera que des détails techniques qui ne sont pas de votre ressort.

Nul pour les questions franches et les réponses du même tonneau, Victorien de la Roche sait lire entre les lignes quand on les lui met en lettres capitales. Il ramasse son dossier personnel, son téléphone cellulaire, rajuste sa moumoute, se lève, salue l'assistance et quitte rapidement la salle de conférence.

Les spécialistes restent entre eux.

60

Ils en sont contents.

Cela se voit. Les attitudes se détendent. Et cela s'entend : Berthillon n'a pas besoin de relancer le débat en expliquant le qui et le pourquoi.

– Verdier ? dit-il simplement.

– La France n'a pas que des amis ! ricane l'officier du contre-espionnage ; ainsi notre opération « Turquoise » au Rwanda ne fait pas l'unanimité en Afrique...

– La machination Cartago s'est mise en branle bien avant.

– Je sais, ce n'était qu'un exemple. Si la France est parfois mise sur la sellette internationale, je ne lui connais pas beaucoup d'ennemis à l'étranger capables d'aller jusqu'à l'assassinat politique au plus haut niveau de l'État, à moins que Kadhafi ait coulé une bielle dernièrement !

– L'hypothèse iranienne ?

– On ne mord pas la main qui vous nourrit, répond Verdier en regardant le plafond.

– L'Irak ?

– On ne mord pas quand on n'a plus de dents !

– Et à l'Est ?

– Rien de nouveau ! Gorby est définitivement sur la touche, Boris Nikolaïevitch se pique la ruche au Kremlin du matin au soir, la mafia russe fait la pluie et le beau temps dans tout le pays, et les autres républiques indépendantes subissent peu ou prou la même expérience. Les ex-soviétiques ont plutôt besoin d'être copain-copain avec tout le monde, ne serait-ce que pour rester dans les bonnes grâces du FMI. Personnellement, je pencherais vers la piste algérienne...

Tous opinent du chef de connivence autour de la table. Assassinats brutaux de religieux français en pleine Casbah au printemps ; Alger encore au début du mois, attentat, trois gendarmes et deux fonctionnaires de l'ambassade sur le carreau ; à la suite de quoi, arrestations massives de sympathisants islamistes mis en résidence surveillée ou expulsés au Burkina Faso – l'Algérie démange la France comme un furoncle, et ça ne date pas d'hier. Le passé sait être lourd quand il est couleur de sang.

– C'est la piste la plus probable, reprend Verdier ; encore que je ne voie pas quel bénéfice le terrorisme islamiste ou les militaires au pouvoir pourraient tirer de l'élimination physique de Tont... du Président !

– Provocation ? suggère Boulard.

– Pourquoi pas. Ou alors ils sont manipulés...

– La DOG a une opinion ? fait Mayol, suave.

– La DOG supervise ! réplique sèchement Berthillon, l'œil braqué sur Phalène.

Elle se tait depuis un bon moment – qu'elle continue. Le capitaine Verdier toussote.

– Dites, Montpensier...

L'officier a oublié le « monsieur » ; pas de teinter son ton d'ironie. Berthillon bat des paupières.

– Oui, capitaine ?

– Nous devions revenir sur l'identité de notre bonhomme...

– Des noms circulent, je vous l'ai dit. Les tueurs à gages avec un diplôme de tireur d'élite ne sont hélas pas répertoriés dans le Bottin, mais certains sont connus et fichés, à défaut d'être localisés. Nous vérifions. Si de votre côté vous obtenez des informations dignes d'intérêt, ne vous gênez pas pour les faire connaître, n'est-ce pas ?

Hochement de tête entendu de la part du capitaine Verdier. Berthillon lui rend la politesse.

— Et il n'est pas impossible que la situation actuelle en Bosnie ait fait naître des vocations spontanées, auquel cas cette liste risque de s'allonger de nouveaux noms jusqu'alors inconnus.

— Autre chose... Une carabine Cartago-Contender, c'est facile à se procurer ? Je veux dire, quand on n'est pas l'armée régulière d'un pays politiquement stable ou considéré comme tel, voire les troupes d'intervention reconnues par les Nations Unies ?

— Non.

Sec et net. « Monsieur Montpensier » referme sa chemise cartonnée sans rien ajouter, signifiant par là que la réunion est terminée. Tous l'imitent. Mais ne bougent pas de leur siège.

— Les mesures envisagées pour l'avenir ? persifle Mayol.

— Elles sont simples, on continue, dit Berthillon ; sous la houlette de mon service, les différents vôtres s'occupent de trouver qui et pourquoi... en faisant preuve d'un bel esprit de coopération, est-il besoin de le préciser ?

— Bien entendu ! roucoule Boulard.

— Allons donc ! appuie Mayol.

— Les chiens de la DOG restent à la niche ? biaise Verdier.

Berthillon fait un gros effort de courtoisie.

— Certainement pas. D'ici peu, la protection rapprochée du président de la République passera sous le contrôle exclusif de la Division des Opérations Générales, déclare-t-il, un rien pompeux ; car, jusqu'à preuve du contraire, rien ne nous dit que Cartago ne fera pas une autre tentative...

Sans pouvoir se l'expliquer de façon rationnelle, Phalène est persuadée qu'il recommencera.

– ... et tous les moyens seront mis en œuvre pour l'empêcher de réussir. Est-il besoin de vous préciser aussi la finalité de nos efforts ? Notre seule et unique préoccupation pour les temps à venir ? Vous me permettrez de paraphraser l'*Histoire romaine* de Caton l'Ancien... Il faut détruire Cartago !

Érudit, Joël Berthillon. Phalène ne l'aurait pas cru.

5

L'antre de Morpho.

Toujours à l'étage des morts, en zone protégée derrière une porte à code. Les fenêtres donnent sur l'arrière de l'immeuble qu'une cour intérieure sépare de son vis-à-vis, un hôtel particulier abritant d'autres départements de la Division.

Le Numéro 4 s'est assis à son bureau. Il a tombé la veste, déboutonné son gilet, desserré son nœud de cravate et ouvert son col de chemise, non sans un soulagement évident. Phalène a posé une demi-fesse sur un coin du meuble.

Berthillon la couve d'un œil à la noirceur renforcée. Il en faut plus pour démonter la jeune femme.

– Suite de ma mission, chef ?

– Tu as déjà compris l'essentiel, non ? grommelle Berthillon ; le bordel du Crillon a foutu un joli merdier dans les services de sécurité de l'Élysée, des têtes sont tombées, et il a été décidé de créer une structure spéciale chargée de la sécurité du Président jusqu'à nouvel ordre. La Division a hérité du bébé... Je ne te raconte pas la tronche qu'ont tirée les gugusses de la Cellule Anti-Terroriste !

Phalène imagine, sans participer à la satisfaction infantile de son supérieur hiérarchique. Chiens de la DOG contre matous de la CAT, les querelles de boutiques l'indiffèrent.

— Cela dit, la protection rapprochée, ce n'est pas exactement le boulot de la Division, mais le Grand Paon a insisté pour gagner le coquetier...

— Ça n'a pas l'air de te plaire ?

Berthillon fait la grimace et se renverse dans son fauteuil, mains croisées derrière la nuque.

— La protection à cent pour cent, rapprochée ou pas, c'est du pipeau ! Un mec vraiment décidé peut descendre n'importe qui quasiment n'importe où, et pas obligatoirement en jouant les kamikazes. Supposons que Cartago remette ça et réussisse à flinguer qui nous savons ?

— À l'impossible nul n'est tenu.

— Tu parles ! La DOG portera le bitos et il sera format sombrero, je te le garantis, c'est d'ailleurs la seule chose qui fera plaisir aux rancuniers de la Cellule ! La charrette sera un autobus à impériale, nous passerons tous à la trappe, exit la Division, à la grande joie des autres services concurrents pour ne parler que de ceux-là. Je vois déjà les rats de Matignon sabler le champagne.

— Si tu vois juste, pourquoi le Grand Paon a-t-il tout fait pour mouiller la Division dans cette histoire ?

— Le Grand Paon prépare l'avenir...

Objection valable. Trop proche de l'Élysée, la DOG n'est pas appréciée de tous, loin de là. Bien implantée et consolidée sous les socialistes, elle est passée au travers des cohabitations ; de justesse à la deuxième. Elle pourrait ne pas survivre à la prochaine élection présidentielle qui posera sans surprise le patron de l'actuelle majorité sur le trône, d'où l'idée du Grand Paon : rendre la Division des Opérations Générales indispensable à la fonction de chef de l'État, quelle que soit la couleur du régime en place, en collant au plus près des intérêts vitaux du président en activité – pour mieux séduire son successeur. Et tous les suivants.

Risqué, gonflé, mais jouable.

Berthillon s'arrache un poil du nez. Louche dessus en soupirant.

– Pour une fois, Sphinx est de mon avis...

– Étonnant ! lâche Phalène.

– Je te dispense de tes commentaires, maugrée son supérieur ; il est de mon avis, mais pas de mon côté ! Si nous sommes d'accord sur le principe, nous divergeons sur la manière de l'appliquer. Sphinx a persuadé le Grand Paon de confier un nouveau groupe de protection du Président à quelqu'un d'extérieur au service, en lui imposant de recruter ses troupes sans faire appel aux agents de la Division, sauf un pour que nous ne soyons pas hors du coup sur le terrain !

– Mais la DOG dirige tout l'organisme en coulisses ?

– Exact.

– Ce n'est pas simple.

– Tu parles ! Moi, je dis qu'avec ce montage à la con, Sphinx veut jouer sur tous les tableaux en ne misant sur aucun. Je n'aime pas les demi-mesures. Soit la Division assume pleinement la responsabilité de l'opération et paie les pots cassés en connaissance de cause si ça merde, soit elle n'apparaît nulle part et garde son nez propre. Non ?

– Je ne sais pas. Ce n'est pas simple, et même un peu tordu, mais ça se défend.

– Ça te ferait mal d'être de mon avis une fois de temps en temps ? grogne Berthillon.

– On l'a trouvé, ce quelqu'un d'extérieur ? élude Phalène.

– Sphinx a recommandé un homme qu'il présente comme providentiel. Le Grand Paon n'a pas discuté ce choix, il a chargé le gaillard de former son groupe dans les plus brefs délais. Je sais qu'il est allé à la pêche en eaux profondes, les unités spéciales ont été mises à contribution, toutes sans exception. Faible consolation, si nous coulons, il n'y a pas un ministre qui ne boira pas la tasse avec nous, je ne te raconte pas le barouf pour obtenir les détachements de personnel dans chaque administration concernée... Sans t'oublier, toi. Tu es notre agent dans le nouveau groupe.

– J'avais deviné ! Que me vaut cet honneur ?

Berthillon écrase son poil nasal entre ses doigts.

– L'homme providentiel ne t'a pas pêchée, tu lui es imposée par Sphinx.

Le vieux renard. Couvrir le service au maximum en cas de grabuge, quitte à instaurer une structure abracadabrante, mais prévoir aussi des lauriers futurs si succès de l'entreprise, alors avoir quand même un chien dans le panier. Une jeune chienne, en l'occurrence : si elle ne fait pas le poids, faute à son inexpérience ou à son sexe, ou les deux – le vieux et sale con de renard. Rusé et calculateur. Encore plus tordu qu'elle ne l'imaginait, mais fignolant l'image de marque de la Division jusque dans ses moindres détails.

– Qui est-ce, cet homme providentiel ?

Berthillon ouvre un tiroir de son bureau. En sort une enveloppe cachetée qu'il agite comme un éventail.

– Tu as rendez-vous avec lui demain à quinze heures, l'adresse est là-dedans, elle ne te surprendra pas. Fais gaffe, tu navigueras à vue les premiers jours, tu seras toute seule, la DOG ayant d'autres chats à fouetter dans l'immédiat.

– Merci ! Chronique d'un échec annoncé ?

– Même pas. Illitch Ramirez Sanchez, tu connais ?

– Carlos ?

– En personne. Il a été arrêté hier à Karthoum. Les Soudanais nous le livrent franco de port aujourd'hui. À surveiller comme le lait sur le feu en plus des affaires courantes, son avocat piaffe déjà dans les starting-blocks...

– Aïe !

– Comme tu dis. La Division entière va être un tout petit peu occupée ces prochains jours.

– En coulisses aussi ?

Regard fuyant, Berthillon ne répond pas.

– Demain quinze heures, répète-t-il en tendant l'enveloppe ; c'est la première réunion du groupe constitué, dès lors tu passes sous le contrôle de son chef, ses ordres primeront les miens.

Mimique appréciative de Phalène, non dénuée d'ironie – grimace de Berthillon.

– Attention, tu intègres ses troupes, tu joues en solo, mais tu restes un agent de la Division, tu n'es pas détachée temporairement à l'inverse des autres recrutés. Ta marge de manœuvre sera donc plutôt étroite.

Re-grimace chez Berthillon, narines pincées. Rien chez Phalène. Elle connaît son numéro 4, quand il fronce ainsi le nez : ça va sortir, il suffit d'attendre.

Ça sort.

– Maintenant, n'en déplaise à Sphinx, je me demande si tu es vraiment l'agent idéal pour cette mission.

– On peut savoir pourquoi ?

– Qu'est-ce que tu entendais tout à l'heure par pourquoi flinguer ce vieux déb... ce vieillard ? !

Un ange passe.

Phalène rive son regard noisette dans les prunelles grises de Berthillon. Les paillettes dorées de ses iris scintillent – des étoiles en rupture d'orbite prêtes à exploser.

– Joël, je t'ai surtout parlé de cibles potentielles autour du Président. Le Chancelier allemand, par exemple.

– Cartago l'aurait eu ! Pour le rater, celui-là... Un éléphant dans un couloir, même en plein air !

– Si tu veux, mais il n'y avait pas que lui.

– Un complot dans le complot ? Tu vas trop au cinéma ! Et qui viserait-il, tu peux me le dire ?

– Une cible de réelle importance, politique ou économique. Nous avions le choix dans la tribune...

– Parce que le président de la République française, c'est de la crotte ?

– Arrête, Joël, tu sais très bien ce que je veux dire. Tonton passe la main dans huit mois, s'il tient physiquement le coup jusque-là, bien sûr. Politiquement, c'est un homme fini. Les mises en examen de ses anciens ministres pleuvent, son parti part en quenouille, noyé sous les fausses factures. Il est malade, les scandales et les révélations douteuses lui tombent dessus comme la vérole sur le bas clergé... En fait, il soigne particulièrement sa non-succession.

– Tu pousses, là.

— Joël, il est déjà à la retraite ! Et je ne dois pas être la seule à le penser, vu ceux qui ont été choisis pour ta réunion de crise de tout à l'heure dans le Bunker.

— Ça, nous n'avons pas touché les meilleurs, concède Berthillon.

— Des clowns, oui !

— N'exagère pas, tu veux ?

— Ils sont tellement caricaturaux, soupire Phalène en hochant la tête comme pour mieux souligner l'évidence de ses propos ; si nous laissons de côté le diplomate et sa moumoute, qui est déjà gratiné, le gros flic a une tronche de gros flic, l'officier de renseignement sent l'espion à des kilomètres et le fouille-merde des RG pue le faux témoin !

— Et alors ?

— Ce sont tous des sous-fifres dans leurs services respectifs, ou je me trompe ?

— Quand bien même ?

— Des sous-fifres affectés à un dossier concernant la sécurité du premier personnage de l'État, tu veux rire ? À moins que d'autres que moi considèrent qu'il n'y a rien à gagner en descendant le Président.

Berthillon s'empourpre.

— C'est encore le chef des armées, merde ! Il commande la force de frappe, tu l'oublies.

— Pas tout seul ! Nous ne sommes pas en guerre, et ce n'est pas demain la veille qu'il sera en situation d'appuyer sur le bouton. Tonton est un mec terminé, au bout du rouleau, sa seule préoccupation est de boucler son second septennat pour entrer vivant dans l'Histoire.

— Il pourrait y entrer mort !

— On ne tire pas sur les ambulances, Joël... Ou

alors on est en train de jouer un remake de *Chacal*, un groupuscule prêt à tout casse sa tirelire pour s'offrir la crème des tueurs et faire un coup d'éclat.

– Tu crois sérieusement à ce que tu dis ?

– Pas une seconde, sourit Phalène ; remarque, je préférerais encore ça à « Les Jardins de l'Observatoire 2, le retour » !

– Je te signale que personne n'a pu prouver que cet attentat était bidon.

– Mais personne n'a prouvé le contraire non plus...

Berthillon frappe du poing sur son bureau.

– Comment peux-tu travailler à la DOG avec des opinions pareilles, seigneur ? !

– Demande à Sphinx.

Le Numéro 4 hausse les épaules. Phalène lève sa fesse de son bureau et se plante devant lui.

– À propos de Sphinx, tu veux bien répondre à la question que je t'ai posée avant la réunion... Pourquoi est-ce toi qui supervises et pas lui, ton érudition en matière de citations latines mise à part ?

– Parce qu'il est à l'hôpital. Ça te va, comme réponse ?

Phalène pâlit. Franchement.

6

Val-de-Grâce. Hôpital des Armées.

Phalène pourrait garer sa moto dans l'enceinte du centre hospitalier au parking « visiteurs » ; elle préfère la béquiller devant, sur le trottoir du boulevard.

Une espèce d'habitude : toujours s'assurer la possibilité d'un repli stratégique en catastrophe sans être tributaire de la configuration des lieux, le garage souterrain de l'immeuble d'*International Export SA* excepté (et celui de son domicile quand il est opérationnel). Les factionnaires montant la garde devant l'hôpital la regardent cadenasser sa machine avec indifférence.

Atmosphère de vacances languissantes dans les rues de la capitale, ensoleillée sans excès. La baraka des motards ne sera pas sollicitée aujourd'hui. Les touristes pullulent autour des monuments, l'autofocus vissé sur le nombril. Les juilletistes ont repris le collier, les août iens se grattent encore le cou, et les essedéhefs ne peuvent s'empêcher de déjà songer à l'hiver. L'été ne se fait ni beau ni moche, ni chaud ni frais ; entre deux.

À l'image des pensées qui agitent l'esprit de Phalène depuis la veille. Réflexions variées et bouillonnantes, relatives à l'attentat manqué contre le chef de l'État, à la mission qui vient de lui échoir, mais aussi au sort de celui qui l'a désignée pour cette mission. Envers et contre tous.

Le Numéro 2 de la Division, alias Sphinx.

Sa subordonnée le voit rarement, question de hiérarchie et de tours de service. Elle a cherché dans ses souvenirs de quand datait leur dernière rencontre, sans y parvenir. Sentiment confus de manque après coup, et de tristesse. Alors, à la dernière minute au dîner, une tranche de foie gras (en bocal, souvenir de mission périgourdine) sur les biscottes pour se consoler, et pas de bourbon avant dodo pour compenser l'abus de calories.

Un hélicoptère kaki quitte l'aire d'envol de la cour de l'hôpital comme Phalène se présente à l'entrée. Elle produit sa carte officielle aux armes de la République, sésame barré bleu-blanc-rouge, prière à toute autorité civile ou militaire de faciliter les choses au porteur, selon la formule consacrée. Pas de quoi exiger une place assise dans les transports en commun, mais pouvoir subir un contrôle d'identité sans avoir à prouver que ses ancêtres n'ont pas été arrêtés à Poitiers en 732 par Charles Martel (déjà un Charles). Accessoirement pénétrer au Val-de-Grâce en simplifiant les formalités.

On oriente Phalène vers le service de soins où se trouve celui qu'elle vient voir. L'infirmier qui la renseigne le fait un rien gêné ; Phalène ne s'en aperçoit pas. Elle devrait.

Elle gagne une aile de l'hôpital à l'écart des bâtiments principaux. Hall, couloir, ascenseur, étage, re-couloir. Éclairage cru ; des portes partout, vitrées dépoli à mi-hauteur. Fermées, toutes. Silence de morgue. Relents pharmaceutiques rituels. Du personnel en blouse blanche un peu trop compassé, confit de pitié mal dissimulée, regarde passer la visiteuse.

Une sourde appréhension commence à lui serrer le cœur.

La chambre, enfin. Frapper et entrer dans le mouvement sans attendre de réponse, elle est attendue.

Une voix venant du lit où un corps est couché en chien de fusil, dos à la porte, face tournée vers l'unique fenêtre rayée par les lamelles mi-closes d'un store vénitien que frappe un timide rayon de soleil. Pénombre dorée qui ne parvient pas à être vraiment accueillante.

— Tu as mis le temps.

— Vous n'êtes pas facile à trouver !

Façon de parler. Berthillon avait parlé d'hôpital sans préciser lequel, ni le numéro de la chambre, pas plus que les raisons de santé ayant motivé l'hospitalisation du Numéro 2 ; il prétendait l'ignorer. Ne mentait qu'à moitié : personne ne savait tout, sauf la secrétaire particulière du Grand Paon – mais motus, pas le droit de le dire, ordre de Sphinx lui-même. Phalène avait alors compris qu'elle devait trouver toute seule, que c'était prémédité par le malade, comme une sorte de jeu. Un jeu stupide.

— Le Val-de-Grâce, c'était facile.

Un soupçon de reproche dans la voix. Phalène se force à rire.

— C'était encore plus facile de me faire savoir que vous étiez malade, je vous aurais apporté des oranges !

75

– Je déteste les oranges. Et je ne suis pas malade, je suis foutu.

Le corps inverse le chien de fusil, froissant la literie comme on chiffonne une lettre d'adieu. Un visage qu'elle manque ne pas reconnaître fait face à Phalène. Le sien perd toute couleur.

– Pas beau à voir, hein ?

Abominable. Plus que la peau sur les os, une peau parcheminée tendue à craquer sur des pommettes saillantes, les tendons du cou en fanons de baleine cachexique ; le cheveu rare, le teint feuille morte et papier mâché – une momie. Mais une momie au regard incandescent, farouche, comme si le peu de vie luttant encore dans la carcasse s'était réfugié au fond des yeux.

La momie soupire.

– Pour me voir, il faut en avoir vraiment envie. Tu es là. Pose ton joli cul où tu veux ailleurs que sur le lit.

Phalène ne demande pas si c'est grave. Avance la chaise des visiteurs.

– Le crabe ?

– Un plein panier. Stade terminal. Rien à faire.

La chambre est dépouillée au strict minimum. Le lit, la chaise, une table roulante pour les repas, un chevet. Rien d'autre, même pas la sacro-sainte télévision. Peut-être quelques livres dans le tiroir du chevet, Sphinx est un grand lecteur éclectique dans ses choix. Pas de machines de survie compliquées, respirateurs, scanners bip-bipant l'agonie, ni de tuyaux partout ou de perfusion. Il suffit de regarder le malade pour comprendre pourquoi l'attirail acharnothérapeutique est inutile. Seulement quelques médicaments dans un pilulier posé sur le chevet, près d'un verre et d'une bouteille d'eau minérale non gazeuse.

Sphinx leur jette un œil torve.

– Je ne souffre même pas. La médecine a fait des foutus progrès. Ces cachets sont magiques.

Aussi loin que se souvienne Phalène, Sphinx a toujours parlé ainsi, par phrases courtes. Parfois plus longues, mais sans se départir de ce ton monocorde, qu'il énonce des évidences ou livre des informations cruciales en opération. Aussi loin qu'elle se souvienne, elle ne l'a jamais vu en colère.

– Alors ?

– Ben... Je... Je ne sais pas ! bafouille Phalène ; je ne m'attendais pas à...

– Moi non plus. C'est parti de l'estomac il y a huit mois. Métastases foudroyantes. Une saloperie ramassée en mission, genre défoliant. Afghanistan, je crois. Les toubibs me donnent encore trois mois à tout casser, six au mieux. Parle-moi de toi.

Coq-à-l'âne. Autre spécialité de Sphinx. Il faut suivre. Au début, cela déroutait Phalène, puis elle a suivi. Quand les obus et la mitraille crachent épais, il vaut mieux.

– Je n'ai plus envie de parler de moi... C'est trop con !

– Quoi ?

– Vous ! Là, comme ça... Comme...

– Comme un bon Français moyen ? Tous les espions n'ont pas la chance de mourir au feu les armes à la main pour défendre la démocratie.

Dernière spécialité : l'humour à froid – à deux chiffres sous le zéro. Sphinx aime manier l'ironie pince-sans-rire ; il est capable de traîner dans la boue une quelconque personnalité pour en faire l'éloge la seconde suivante, sans que son interlocuteur sache si c'est du lard ou du cochon. Très mauvais pour la carrière : les politiciens ne sont pas doués pour les affaires de charcuterie, sauf quand il s'agit d'envoyer l'électeur sauver la Patrie qu'ils ont eux-mêmes mise en danger.

Le regard de Sphinx perd un peu de son intensité.

— Mon dernier combat. On ne gagne pas à tous les coups. Je te l'ai déjà dit, je crois.

— Dit et répété jusqu'à la nausée ! La première fois que ça a failli se réaliser, c'était au Liban pour mon baptême du feu. Je commençais fort...

Rêveuse, Phalène ; les souvenirs affluent. Pâle sourire sur les lèvres de Sphinx.

— Presque dix ans. J'avais oublié.

— Pas moi !

Phalène, abrupte.

— On s'en était sortis sans casse. Alors, survivre à un merdier pareil pour finir... pour finir... C'est trop con !

— Tu te répètes.

— Il n'y a vraiment aucun espoir ?

— Il faudrait un miracle. Je n'ai jamais cru aux miracles. Comment s'est passée la réunion d'hier avec Morpho ?

Chapitre nostalgie refermé.

Phalène ravale son humeur chagrine.

Elle n'est pas venue à l'hôpital seulement pour s'enquérir de la santé de son mentor. En phrases concises, elle résume l'essentiel de ce qui s'est raconté dans le Bunker, les opinions échangées, les diverses hypothèses avancées par chacun et les conclusions de la discussion.

Conclusions provisoires, du moins en ce qui concerne le motif de l'attentat. Les siennes propres relatives aux faibles qualifications professionnelles des participants à la réunion viennent très naturellement sur le tapis.

Sphinx reste impassible.

— Je connais Verdier. Officier mineur, mais bon élément. Boulard est de la vieille école, avec ses qualités et ses défauts. Le fouinard des RG vaut plus qu'il ne paraît.

— J'aimerais partager votre optimisme... Ces trois-là sentent un peu trop le fond de tiroir à mon goût !

— La DOG supervise, elle ne se collera pas des aigles dans les pattes. Des nuls non plus. Le Grand Paon a tout téléguidé. Question de prestige, c'est aussi simple que ça.

— Les aigles, ce sont Joël et moi ? sourit Phalène.

— Pourquoi pas, lâche Sphinx, égal à lui-même.

— Au fait, dois-je vous remercier pour le piston ?

— Pas la peine. Ta première réaction en apprenant l'attentat raté contre le Vieux ?

— Pourquoi flinguer ce vieillard, dit la jeune femme sans pouvoir s'empêcher de se censurer un brin en baissant les yeux.

— Je savais que tu penserais ça.

Sphinx retape ses oreillers. S'y adosse plus confortablement.

— Tu sais t'étonner d'abord. Poser les bonnes questions. Précieux, dans le métier.

— C'est pour cette raison que j'intègre le fameux groupe ?

— Entre autres. Tu me remplaces.

— Vous vouliez...

Le sourire pâle s'efface. Le regard de Sphinx retrouve sa brillance. Une flamme dure.

— Tu me crois capable de monter un coup fourré et d'envoyer une bleusaille au casse-pipes à ma place ? Si je n'étais pas cloué au plumard depuis quinze jours, tu n'aurais jamais entendu parler de cette histoire. Le sort en a décidé autrement, je n'ai pas le choix, c'est toi qui montes en selle. Tu n'es pas la meilleure, mais tu es la moins conne.

– Merci !

– Pas de quoi. Tu sais douter, ne rien tenir pour acquis. C'est primordial. Je l'ai senti en toi quand je t'ai trouvée.

Nouvelle bouffée de souvenirs que Phalène étouffe dans l'œuf.

– Je fais aussi le fusible, non ?

– On ne peut rien te cacher. Mais c'est secondaire.

– Quand même...

– Ton avis sur l'attentat ? coupe Sphinx.

– Complot ! répond aussitôt Phalène, catégorique ; gros moyens, nombreuses complicités, montage élaboré, un tueur professionnel derrière une arme redoutable... Joël l'a baptisé Cartago à cause d'elle, vous le saviez ?

– Je le savais.

– Et bien sûr il faut détruire Cartago !

– Morpho lit trop les pages roses du dictionnaire. À part ça ?

– Si complot contre le chef de l'État, il faut chercher à qui profite le crime, et là... Là, je ne vois pas ! Ennemi extérieur ou intérieur, les deux hypothèses se valent, mais c'est l'époque que je ne sens pas. Au début de son premier septennat, j'aurais compris, à la rigueur après sa réélection, mais maintenant... Il est pour ainsi dire déjà mort !

– Le Vieux est un symbole. Tu connais la chanson.

Phalène connaît. Ô combien. Sphinx la lui a

80

serinée sur tous les tons durant sa formation. Lorsque le président de la République paraît, le bon peuple pense « domaine réservé », politique étrangère et force de frappe ; garden-party, ronds de jambe, petits fours et coupages de rubans, et oublie où siège réellement le Pouvoir avec un grand P – si tu veux déstabiliser le pays, fais sauter la Bourse, pas l'Élysée ni le Palais-Bourbon. Le sort de la Nation se joue toujours à la Corbeille, ne déplaise à tous ceux qui n'en ont rien à cirer.

Mais le même bon peuple a besoin de ne pas désespérer. Un symbole rassure.

– Et vous l'aimez bien...

Pas un muscle (ce qu'il en reste) ne frémit sur le visage de Sphinx. Qui mérite son surnom plus que jamais.

– Il a modernisé la fonction, c'est tout. Avant lui ? Un chasseur de zébus snob et pompeux, un fumeur de clopes sans réelle envergure, une vieille baderne conservatrice. Le moins pire des trois, mais faire croire à la grandeur du pays libéré ne suffit pas. Cela étant, le Vieux n'est pas un saint, ne me fais pas dire ce que je n'ai pas dit. Il mérite cependant qu'on l'accompagne jusqu'au bout sans bobos pour la pérennité du symbole. Surtout en ce moment. Tout ce qui le sert servira son successeur, cela nous évitera d'en ramasser un autre sur le coin de la gueule. Mieux vaut une crapule démocrate qu'un fasciste intègre aux commandes.

Longue diatribe inhabituelle ; Sphinx marque une pause. Se sert un verre d'eau. Le boit d'un trait. Comme pour les oreillers, il n'a pas réclamé l'aide de sa visiteuse. Celle-ci s'est bien gardée de la lui proposer.

– Et puis, un type qui accumule autant de

conneries en une seule vie ne peut pas être complètement mauvais. Ça te suffit, comme raisons de le protéger ?

– N'en jetez plus ! J'espère seulement que cette histoire n'est pas une ultime fumisterie de sa part, une pirouette cynique pour parfaire sa biographie s'il venait à mourir avant d'arriver au terme du but qu'il s'est fixé.

Le visage de Sphinx se ferme, si cela était encore possible.

– Tu te trompes, le Vieux n'y est pour rien. Pour rien, tu m'entends ?

– Excusez-m...

– Regarde-moi, imbécile.

L'ordre n'a pas claqué. Il n'en est que plus impérieux. Phalène regarde Sphinx. Les yeux dans les yeux.

La langue d'un homme peut mentir, son cœur dissimuler ; son regard, jamais. Un classique de Sphinx. Pas une manœuvre d'intimidation mais une épreuve loyale, avec ou sans insulte – si avec, toujours ajoutée froidement sans intention de blesser. Presque une manière d'exprimer sa tendresse.

– Je suis sur l'affaire depuis la première heure. J'ai tout envisagé, je n'ai écarté aucune hypothèse, et je suis affirmatif. À cent pour cent. Si tu ne me crois pas, tu n'as plus rien à faire ici.

Phalène rougit. Baisse les yeux, vaincue.

– N'empêche, dans cette histoire, je flaire le gros truc, murmure-t-elle ; tellement gros que je me demande s'il ne cache pas un truc encore plus gros...

– Un complot dans le complot ?

– Morpho me l'a déjà reproché, et il m'a conseillé de ne plus aller au cinéma !

82

La tension baisse dans la chambre. Sphinx se détend. Un peu.

— À quoi penses-tu exactement ?

— Je pense à une autre cible, quelqu'un dont nous ne mesurerions pas l'importance.

Les prunelles de Sphinx s'enroulent en points d'interrogation. Phalène cherche ses mots.

Les trouve.

— Je veux dire, quelqu'un dont l'élimination physique donnerait un avantage plus que symbolique. Un avantage politique ou économique indiscutable, vous voyez ? Ou alors puissamment idéologique, si nous tenons au symbole à abattre, mais quelqu'un qui doit forcément graviter d'une manière ou d'une autre dans l'entourage présidentiel.

— Hypothèse valable. Je ne la partage pas, cela dit elle tient la route. Travaille-la. Le prochain mouvement de Cartago te donnera tort ou raison.

— Parce qu'il recommencera ? C'est certain ?

— Cartago est un pro. Un pro remplit toujours son contrat, question de prestige autant que de crédibilité. Il recommencera, je te le garantis.

— Je le pressentais sans savoir pourquoi, murmure Phalène ; dans ce cas, le Président reste une cible, mais s'il n'est qu'un leurre... En le protégeant, on protège aussi la cible véritable !

— Tu peux voir les choses comme ça. Tu sais avec qui tu as rendez-vous cet après-midi ?

Retour de l'âne au coq. Sans se démonter, Phalène revient dans la basse-cour.

— C'est pour ça que je suis là ! Pas que pour ça, mais...

— Je sais. Il s'appelle Van Meers. Johan Van Meers.

– Hollandais ?

– Belge. Un mercenaire. Katanga, Rhodésie, et le reste. Plus tout jeune, donc, mais efficace.

– Un affreux ? Je trouve votre ch...

Sphinx coupe de nouveau Phalène. Calmement.

– Il ne s'agit pas de protéger un homme mais un symbole, d'accord ? Il faut y croire. Dur comme fer. En dehors d'un service comme le nôtre, on ne peut le faire bien qu'en étant payé pour, sans états d'âme.

– Je suis censée ne pas avoir d'états d'âme ?

– Tu compenses autrement.

– La foi, vous disiez... sans majuscule !

– Van Meers ne l'a pas, mais il est capable, quoique borné. C'est un con qui ne voit pas plus loin que la mire de son pétard. Il a de fait sélectionné les membres du groupe de protection selon ses critères personnels. La balance est faussée à la base, tu viens rétablir l'équilibre.

– Moi toute seule ?

– Toi toute seule. Tu en as les capacités. Ou alors je me suis trompé en te recrutant.

Petite moue chez Phalène, pas convaincue. De la réalité de son rôle de contrepoids comme de la possible erreur de jugement de son mentor.

– J'ai vu Van Meers à l'œuvre. En matière de protection rapprochée d'une personnalité sensible, c'est une pointure. Je sais ce que je fais en le choisissant.

– Un mercenaire, ça s'achète. Si quelqu'un faisait de la surenchère, votre pointure...

– Pas lui. Il existe encore des cons honnêtes qui ont le sens du devoir. Rares, je te l'accorde, mais Van Meers est de ceux-là.

– Si vous le dites...

– Je le dis. Il fera du bon boulot. Il t'enseignera la défense calibrée, c'est son dada.

– Qu'est-ce que c'est ?

– Je te laisse la surprise. Ça marche, quoi que ce ne soit pas totalement fiable.

– Pourquoi ?

– Trop mécanique. Tu t'y plieras, mais tu sauras aussi en déceler les failles. Tu sais voir au-delà de la mire, ou je ne t'ai rien appris.

– Je ne sais pas si je serai à la hauteur...

– Douter fait partie de tes qualités, je n'y reviens pas. Johan Van Meers est persuadé qu'il est imbattable. Les cimetières sont remplis de gens imbattables.

– De gens battus, aussi !

– C'est amusant. Laisse-moi, maintenant. Tu sais tout ce que tu as à savoir.

Phalène est déjà debout. Réflexe d'obéissance trop conditionné qui lui arrache une grimace à chaque fois. Elle danse d'un pied sur l'autre.

– Je pourrai revenir vous voir ?

– Si tu veux. Fais-toi annoncer avant. Si je refuse, n'insiste pas.

– Mais...

Froissement de draps. Sphinx s'est retourné vers la fenêtre pour mieux signifier le congé de sa visiteuse.

– Tu n'as jamais discuté mes ordres. Tu ne vas pas commencer.

Phalène en meurt d'envie.

7

Une zone industrielle pas plus laide qu'une autre.

La banlieue nord, deux cents mètres au-delà du périphérique. La Yamaha s'enfonce dans un dédale d'entrepôts, ronflant sur un filet de gaz.

Impossible de garer la japonaise ailleurs que devant là où Phalène est convoquée, à moins d'aimer la marche à pied : l'endroit est situé au beau milieu de la zone d'activités. Phalène n'aime pas la marche à pied quand elle peut s'en passer.

Comme l'a dit Berthillon, l'adresse ne l'a pas surprise. C'est un hangar ; une annexe d'*International Export SA*. La jeune femme s'y rend souvent, pour entraînement. La Division possède là son stand de tir, une armurerie, un gymnase avec piscine, un atelier de révision du matériel roulant, et ne dédaigne pas à l'occasion louer les studios de télévision voisins pour y tourner des simulations d'interventions en décors reconstitués, que les agents décortiquent ensuite image par image au magnétoscope. Phalène est ainsi morte plusieurs fois – virtuellement.

Elle gare sa Venture devant une longue structure

d'aluminium en demi-lune façon garage à dirigeable. D'autres deux-roues de cylindrées plus raisonnables sont rangés en épi près de l'entrée, ainsi que quelques voitures particulières dont une Audi break fatiguée avec des plaques belges. Phalène pénètre dans le hangar par un sas où veille un malabar en tenue de ville portant son costume croisé comme un uniforme.

Elle lui sourit et poursuit son chemin vers l'ascenseur.

– Hep !

Phalène pile. Le malabar lui montre un lecteur de carte magnétique modèle bancaire posé à côté de lui sur une tablette.

– Identification...

Procédure inhabituelle en ces lieux ; Phalène note. Insère sa carte dans le lecteur, pianote sur les touches telle une brave cliente de supermarché. Elle tape 3-1-9-2-1-7-6, après une brève hésitation. Si c'est une autre séquence que la machine attend, la chienne de la DOG se voit déjà rentrer à la niche : personne ne lui a rien dit.

– La clé, pour valider, grogne le cerbère.

Phalène tape 29. Le lecteur valide. Merci Morpho – qui aurait quand même pu l'avertir, l'animal.

– Si je n'avais pas eu la clé ?

– Pas de clé, pas rentrer ! Pas de clé ni de code...

Le malabar laisse sa phrase en suspens. Se tapote la veste à hauteur de l'aisselle avec l'air inspiré du chimpanzé farceur.

– Favoritisme ? questionne Phalène.

– On m'a dit « la dernière », répond le cerbère ; vous êtes la dernière.

– Je suis en retard ?

– En avance ! Mais la dernière quand même...

Et la seule à pouvoir franchir l'épreuve du lecteur, elle aurait dû y penser avant. Le malabar lui montre l'ascenseur.

– Au stand, deuxième sous-sol.

Phalène prend place dans l'ascenseur. Les portes se referment, pour se rouvrir deux niveaux plus bas. Une petite sonnerie aigrelette accompagne l'ouverture de la cabine.

Le stand de tir de la Division couvre la totalité des fondations du hangar. Ciment et béton bruts de décoffrage, batterie de néons au plafond où sont encastrés les rails portant des cibles arrêtables à différentes distances ; un parcours du combattant à figures en carton mobiles et apparitions aléatoires est installé au fond du stand. Entraînement aux armes de poing dans le sens de la largeur, aux fusils et carabines dans celui de la longueur, et en alternance pour ne pas s'entre-tuer.

Phalène n'est pas sortie de la cabine. Face à elle, une quarantaine de personnes l'observent, massées au milieu du sous-sol. En bordure du rassemblement, un grand gaillard en tenue léopard la fixe de même.

Phalène sort de la cabine – en plongeant.

Le jeune type embusqué près de l'ascenseur frappe trop haut.

La manque et passe au-dessus d'elle, emporté par son élan. Phalène amortit son roulé-boulé avec les paumes. Lance une ruade dans le mouvement. Cueille son assaillant à l'abdomen.

Retour rapide à la station verticale. Volte-face. Coup de pied fouetté en rotation. Un couteau de chasse à lame dentelée valse au sol avec un drôle de bruit mat.

L'adversaire s'est agenouillé, souffle coupé. Désarmé. Phalène lui saisit le bras, l'étire et le couche en travers de sa cuisse. Pèse. L'os craque. Tentation de la fracture – Phalène la réfrène et frappe à la gorge du tranchant de la main.

Un atémi propre et sans bavure sur la pomme d'Adam. Le jeune type s'évanouit avec élégance.

– Ça suffit ! crie une voix au fort accent flamand.

Le gaillard en treillis s'est avancé d'un pas. Phalène marche droit vers lui. Le dépasse sans s'arrêter, rejoint les rangs ; effectue un demi-tour réglementaire pour s'y intégrer, ignorant les regards qui se posent sur elle, admiratifs et craintifs à la fois. Le grand gaillard vient se planter devant elle, les mains dans le dos.

Il la domine d'une bonne tête grisonnante qui friserait la soixantaine dépassée s'il n'avait le cheveu taillé en brosse. La tenue camouflée lui fait la carrure avantageuse ; un béret de parachutiste est roulé sous la patte d'une de ses épaulettes. Il n'arbore aucune décoration. Seulement une cicatrice en étoile sur la joue droite.

Ses yeux évitent Phalène. Il désigne deux membres de l'assemblée, leur montre l'évanoui étendu devant l'ascenseur.

– Évacuation !

Retour à Phalène. Les yeux dans les yeux maintenant. Elle soutient son regard sans ciller.

– Satisfaite ? grogne-t-il.

– Si vous vouliez me surprendre, il ne fallait pas jouer les comités d'accueil visibles à des kilomètres. Et si vous vouliez me tester, c'était une belle connerie, monsieur Van Meers...

– Sergent !

– Je vous demande pardon ?

– Vous m'appellerez « sergent », compris ?

– Compris.

– Compris, sergent !

– Compris, sergent, répète Phalène.

– Garde à vous !

Elle rectifie la position sans y penser. Un réflexe. Tous les présents ont claqué des talons à l'unisson. Van Meers n'a pas lâché le regard de Phalène.

– Bien... Qui vous dit que ce n'était pas le petit gars que je testais ?

Œillade effrontée de la jeune femme en guise de réponse. Elle n'est pas dupe, son arrivée la dernière au rendez-vous ne doit rien au hasard. Et si c'était réellement l'assaillant que le sergent voulait mettre à l'épreuve, il ne l'aurait pas doté d'un vulgaire couteau d'exercice en bois.

Van Meers renifle sans motif. Un tic, chez lui, quand il est mécontent ou que son autorité est menacée. Quand il est vraiment en colère, sa cicatrice blanchit.

– Cela dit, bravo pour la démonstration, sauf qu'il faudra remplacer le maladroit. Je donne toujours droit à une erreur, elle est faite... Repos !

Relâchement et sourires dans l'assistance – de ceux qui n'ont pas encore commis l'erreur fatidique. Tout le monde est en civil. Pas de racisme dans la sélection du mercenaire : des Blancs, des Jaunes, des Noirs, des Beurs ; de chaque sexe. Le sergent recruteur Van Meers pourrait écrire des scénarios de séries télévisées tant il a su marier les nuances de la palette des quotas du politiquement correct, en respectant les pourcentages statistiques. Phalène remarque une majorité d'hommes, copies conformes dans le genre athlétique et nuque rasée ;

90

rien de surprenant quand on sait de quels milieux ils proviennent. La gent féminine est dans la proportion d'un bon tiers.

Soulagement : Phalène n'aurait pas apprécié d'être la seule femme aux ordres du mercenaire. De toute façon, son test imbécile ne visait pas le sexe de la dernière arrivante, mais sa qualité d'agent de la DOG imposé. Manière on ne peut plus claire d'afficher son hostilité au fait accompli.

Le petit maladroit en fera injustement les frais. Ceux qui l'ont évacué sont de retour ; ils réintègrent les rangs.

– Nous sommes au complet, alors au boulot ! aboie Van Meers.

Il fait reculer ses ouailles vers le mur opposé aux cibles tapissant la largeur du stand de tir. Rassemblement général près d'un tableau effaçable à sec monté sur un chevalet de peintre. Une boîte de conserve déguisée en pot à crayons est vissée sur un des montants. Elle contient des stylos-feutres de diverses couleurs. Près du tableau, devant des armoires blindées, une longue table posée sur des tréteaux, recouverte d'une toile cirée dont les pans traînent par terre.

Une seule chaise. Le mercenaire se plante à côté. Déroule son béret rouge et le coiffe.

– Asseyez-vous, on en a pour un moment !

L'assemblée s'assoit en tailleur. Le sergent domine ainsi ses troupes. Phalène trouve cette mise en condition puérile – comme s'il lisait dans ses pensées, Van Meers se fend d'un rictus désinvolte ; pose un pied sur la chaise.

Chaussé botte de brousse avec poignard commando glissé dans la tige.

– Nous sommes le Groupe. Pas d'autre appellation si on vous le demande, et si on vous le demande vous n'avez rien à dire ! Je commande, vous obéissez, c'est d'une simplicité biblique. Vous connaissez tous la mission, protéger le président de la République, nom de code Papa pour faciliter les communications radio. Son épouse légitime sera Maman pour les mêmes raisons... Il y en a que ça fait rigoler ?

Apparemment pas. Van Meers poursuit.

– Nous nous occupons des déplacements de Papa et de Maman en toutes circonstances, officielles et privées, nuit et jour, à Paris et hors Paris, en province comme à l'étranger, sur la Lune s'il le faut, le grand jeu, ceinture et bretelles ! Sortis de l'Élysée ou de chez eux, Papa et Maman ne vont pas pisser sans être accompagnés par l'un d'entre nous, je ne peux pas être plus clair. Petit bémol au dispositif, quand Maman se déplace toute seule, où qu'elle aille, elle se démerde avec ses gardes du corps habituels.

Gentil pour la Première Dame. Cible de moindre importance stratégique, il est vrai. Sauf pour son futur veuf si Cartago décide de changer d'objectif.

– Ils se chargeront aussi du reste de la famille qui ne sera pas de notre ressort, le Groupe se concentre exclusivement sur Papa. Ça commence aujourd'hui et personne ne peut savoir si cela se terminera avant les prochaines élections présidentielles. Nous allons passer un bon bout de temps ensemble, faites-vous à cette idée dès maintenant ! Notre QG est ici, PC transmissions inclus, nous avons tout sous la main. Quand vous n'êtes pas de repos ou au boulot à l'extérieur, vous êtes en stand-by dans ce hangar. Entraînement, instruction, préparation des sorties de Papa, vous aurez largement de quoi vous occuper. En dehors des heures de turbin, vous pouvez fumer, boire, baiser entre vous, ce n'est pas mes oignons tant que ça n'influence pas votre comportement sur le terrain...

Changement de pied sur la chaise. Pas de poignard dans l'autre botte.

– Vous venez tous d'horizons divers, vous avez sans doute une idée préconçue de ce qu'est la protection rapprochée... je suis là pour vous la faire oublier ! La protection d'un chef d'État, ce n'est pas du taf avec des horaires de bureau, il y aura toujours une section de permanence ici, vingt-quatre heures sur vingt-quatre, vous vous relaierez, les locaux vont être aménagés pour, entre autres le gymnase du premier sous-sol qui sera transformé en dortoir. Mixte, le dortoir, je précise, ceux ou celles qui ont de la pudeur devront s'asseoir dessus !

Quelques ricanements masculins dans l'assistance, que le sergent fait taire d'un geste bref.

– À partir de demain matin, l'accès au hangar sera réservé à nous seuls, on vous distribuera des cartes à lecture magnétique, le code changera tous les jours. Celui ou celle qui oublie le code reste à la porte jusqu'à ce qu'il s'en souvienne, ou qu'on le raccompagne dans son unité d'origine à coups de pompe dans le train. S'il y en a qui ignorent comment on se sert des cartes, ils demanderont à ceux qui savent !

Coup d'œil appuyé en direction de la représentante de la Division – qui reste de marbre. Le mercenaire se racle la gorge pour s'éclaircir la voix.

– L'agenda de Papa a été volontairement soulagé au maximum jusqu'à début septembre pour nous permettre de nous préparer. Si ça peut vous consoler, nous avons déjà échappé à un voyage en Bulgarie et un autre en Ouzbékistan, à l'inauguration du tunnel sous la Manche, aux célébrations du Débarquement sur les plages normandes avec le père Clinton en prime...

Un autre voyage présidentiel en Afrique du Sud, le dernier sommet du G7 à Naples, une revue navale commémorative en Provence en compagnie de quatorze chefs d'états africains (une brochette de cibles potentielles qui laisse Phalène rêveuse), Van Meers énumère tout de mémoire, sans notes, le verbe aisé. L'assemblée est impressionnée malgré elle.

– Sauf imprévu, nous monterons donc sur la scène pour la venue des Chinois, un sacré morceau. Ça nous laisse une quinzaine de jours de formation pour apprendre à travailler ensemble, ce qui n'est pas trop si...

Phalène lève le doigt comme à l'école.

– Sergent ?

– Quoi ?

– Le Prés... Papa est protégé par qui, en attendant ?

– Le service des Voyages Officiels et la Cellule Anti-Terroriste, comme d'habitude. Il leur reste à assurer les cérémonies de la libération de Paris la semaine prochaine, dont une prise d'armes sur le parvis de l'Hôtel de Ville. S'il pleut de la merde au kilo et qu'ils sont incapables d'ouvrir le parapluie au-dessus de Papa... Vous avez copié, nous serons chômeurs avant même d'avoir commencé.

Le mercenaire ôte son pied de la chaise et fait face à ses troupes, vivante image de la solidité inébranlable.

— Sinon, nous entrons dans la danse et les guignols de l'Élysée retournent s'occuper de la gamine et conduire toutou chez le vétérinaire ! Ne seront tolérés à proximité de Papa que l'officier nucléaire et sa valise boum-boum, les visiteurs de premier plan et les bonzes du protocole pour les salamalecs d'usage avec les délégations étrangères. On vous enseignera des rudiments de la chose diplomatique quand même, spécialement aux Contacts et aux Proches...

Pas le temps de relever le doigt : le sergent Van Meers toise Phalène en reniflant. Sans motif.

— Pas de questions, j'explique !

8

Van Meers prend un feutre noir dans la boîte de conserve.

Campé devant le tableau, il trace un rectangle à main levée. Dessine deux petits ronds à l'intérieur.

– Ça, c'est Papa et Maman. On peut flinguer tout ce qu'on veut autour, notre boulot consiste à ce qu'on ne flingue pas ces deux-là, et surtout lui, compris ?

– Compris, sergent ! clame le groupe en chœur.

Le mercenaire se fend d'un sourire, bon prince. Prend un autre stylo-feutre, rouge. Trace un cercle étroit entourant le rectangle noir.

– L'aire d'évolution de l'unité Contacts, c'est-à-dire ceux qui sont directement aux côtés de Papa et Maman. S'ils se séparent, vous vous séparez aussi. Code CP et numéros impairs pour Papa, CM et numéros pairs pour Maman. Les Contacts sont au nombre de neuf dont ma pomme, CP-1 Autorité, pas de surprise, et huit d'entre vous, deux fois quatre, copié ?

Pas de commentaires parmi les membres du Groupe, l'arithmétique du sergent n'agresse pas les neurones. Stylo orange à suivre, et cercle plus large.

– L'aire des Proches. Même action que les Contacts, mais à distance, et même punition pour les séparations de Papa et Maman. Les Proches sont dix et marchent en deux fois cinq, codes PP et PM, numérotation à la suite de 1 à 10. Quand Papa se promène sans Maman, Contacts et Proches sont tous CP et PP.

Stylo bleu.

– L'aire de l'unité Abords, « A » tout seul et les numéros, vous m'aviez compris. Pas de séparation, un Abord le reste quoi qu'il arrive, et se démerde toujours pour être au-delà de la foule en lui tournant le dos. Les Abords sont au nombre de douze.

Vert.

– L'unité des Éloignés, « E » tout seul et les numéros, même topo que pour les précédents, même effectif. Voilà pour l'entourage de Papa et Maman au sens large. Maintenant...

Pas de figure géométrique : Van Meers inscrit au tableau une grosse barre jaune.

– L'unité Soutien, « S » tout seul. Ils sont nombreux...

Une grosse barre violette.

– L'unité Logistique, « L » tout seul et la suite, vous me le mettrez en musique ! Avec ces deux unités d'appui, l'effectif du Groupe se monte à quelque soixante-dix personnes et pourra être immédiatement renforcé du double par les Réserves, « R » tout seul bien entendu...

Grande lettre noire pour finir.

– ... selon la nature de nos lieux opérationnels. Un match de foot au Parc des Princes, nous sortons tous sur le pont, une petite inauguration de crèche et les Réserves restent à la maison ! Vous n'êtes pas nuls en maths, vous avez deviné que les camarades de ces trois unités ne sont pas parmi nous, j'y reviendrai. Des questions ?

Pas de questions. Une remarque, que Phalène garde pour elle : les cercles concentriques dessinés au tableau donnent vraiment envie de tirer au centre.

Le rectangle et ses deux ronds.

– Debout tout le monde !

Le Groupe reprend la station verticale comme un seul homme. Le sergent Van Meers abandonne le dessin et retire la toile cirée recouvrant la longue table à tréteaux, dévoilant un arsenal aussi varié qu'impressionnant.

Revolvers classiques petits et gros, pistolets automatiques et semi-automatiques, pistolets-mitrailleurs, fusils d'assaut, carabines en version tireur d'élite.

Chaque modèle est en nombre limité d'exemplaires ; des échantillons. Un assortiment de la plupart des calibres existants. Pas besoin d'être devin pour savoir ce que renferment les armoires blindées. Des paquets de munitions correspondant aux divers types d'armes et une collection de casques anti-bruit empilés dans un carton sous la table complètent l'étalage.

Phalène commence à comprendre ce que Sphinx voulait dire en parlant de « défense calibrée ».

Confirmation immédiate de son inventeur.

– Chaque aire d'évolution a une fonction bien déterminée et son unité est armée en conséquence, les unités Soutien et Logistique et les Réserves mises à part. Nous ne sommes pas dans un salon de thé, voilà la raison de leur absence ici, mais vous les rencontrerez bien assez tôt !

Van Meers ponctue en pointant les barres jaune et violette tracées au tableau.

Souligne la lettre noire.

– Les Soutiens sont nos chauffeurs, les ambulanciers et les pilotes des hélicoptères. Ceux d'entre nous qui ne se déplacent pas à bord des voitures officielles le font en quatre-quatre, toujours suivis par deux ambulances, une prioritaire et une de secours. En support tactique, deux ventilateurs, un de surveillance et un sanitaire au cas où l'ambulance ne pourrait pas accéder à... Est-il besoin de préciser que si nous devons avoir recours à une ambulance ou à l'hélico sanitaire, c'est que nous avons complètement foiré la mission ?

– Non, sergent ! reprend le chœur.

– L'unité Logistique comprend une équipe médicale, les responsables des transmissions et des spécialistes de tout poil, artificiers, armuriers, techniciens de laboratoire, le cuistot et sa roulante si nécessaire, et j'en passe. Les Logistiques nettoient le terrain avant notre arrivée et doivent pouvoir se déplacer en toute indépendance, ils ont donc leurs propres véhicules et un hélicoptère. Les Réserves doublent certaines fonctions subalternes dans les deux unités, chauffeurs supplémentaires par exemple, ils montent la garde devant l'Élysée et le domicile privé de Papa, mais sont principalement notre renfort pour les gros coups à l'extérieur. Service d'ordre, ventousage, circulation, à eux les corvées !

Le Groupe emmagasine les informations sans faiblir. La migraine perce néanmoins chez quelques-uns.

– Soutiens et Logistiques n'ont pas d'armes,

c'est du luxe, elles seraient de plus trop faciles à détourner quand ils sont en action. Les Réserves seront dotées comme n'importe quelle formation de maintien de l'ordre. Vous, par contre... Vous êtes gâtés, mes agneaux !

Le sergent Van Meers reprend son souffle avant sa grande scène du II.

Il pointe le doigt sur le cercle vert.

– Fusils et carabines pour les Éloignés. Canons longue portée, visées laser et thermiques, lunettes infrarouges et tout le toutim pour nettoyer les méchants de loin. Si les méchants passent quand même...

Doigt sur le cercle bleu.

– ... ils tombent sur les Abords. Ils n'ont l'air de rien comme ça, mais ce sont les plus importants, ils sont chargés de neutraliser l'ennemi coûte que coûte pendant qu'il en est encore temps. Pistolet-mitrailleur pour tous, crosse interdite, tout dans les pognes, vous avez le choix des marques du moment que ça crache épais à courte distance. Je rappelle que les Abords sont toujours au-delà de la foule, ils ont donc les coudées franches pour arroser sans bavure... Démonstration !

Sur la table, le sergent choisit un Ingram-10 court et trapu. Fait claquer un chargeur dans la poignée, la culasse pour amorcer le tir, et vide en rafale ses trente-deux cartouches de 9mm Parabellum d'une seule main, bras tendu mais poignet souple pour bien balayer l'espace.

Vacarme assourdissant amplifié par le plafond bas du sous-sol. Les membres du Groupe se bouchent les oreilles à retardement. À mi-chemin du fond du stand, une cible à forme humaine s'éparpille, pulvérisée à partir de la taille. Van Meers souffle sur le canon fumant de son arme, comme dans un mauvais western.

– Vous copiez ? Je précise qu'ici, c'était la distance limite, en deçà vous risquez de moissonner du badaud ! Sinon, on ne vous demande pas de la précision, mais du résultat concret, s'pas ? Un piéton kamikaze ou une voiture suicide dans l'azimut, vous balancez la purée sans mollir, ils ne passeront pas ! S'ils passent quand même là aussi...

Cercle orange.

– ... il n'est pas trop tard pour les arrêter en prenant des risques acceptables. Aux Proches les automatiques et les revolvers de gros calibre chemisé, et du doigté dans la précision du tir, vous avez du monde autour de vous. Mais pas de cinoche à la con, le premier que je prends à tenir son flingue à plat façon Tarantino, je lui botte le cul avec des crampons de glacier... Je démontre !

Tous se sont déjà bouchés les oreilles avant la fin de la phrase – quelques étourdis se sont plaqué les paumes sur les fesses. Van Meers sélectionne deux engins sur la table, le Magnum 44 Smith & Wesson cher à l'inspecteur Harry et un Colt Commander, le pistolet régulier de l'US-Army.

Une arme dans chaque main, en position orthodoxe, il les décharge méthodiquement en direction des cibles. Six coups pour le revolver, sept pour l'automatique chambré .45 ACP. Le mercenaire tire aussi bien de la main gauche que de la droite : les impacts groupés crevant les cibles parlent d'eux-mêmes.

Le silence revenu, une voix masculine se fait entendre au sein du Groupe.

– Sergent...

– Oui ?

– Les casques insonorisants, c'est pour le bal masqué du pot de fin de mission ?

Van Meers recharge le Colt avant de répondre.

– Un petit malin, hé ?

Sept nouvelles cartouches à la suite aboient dans le stand de tir. Un seul trou dans la cible, plein centre. Un gros. Beaucoup d'écho en roulements furieux contre le béton. La dernière douille éjectée rebondit et roule sur le sol, cliquetant en point d'orgue cristallin.

– Quand ça pétera en réel, vous n'aurez pas de protection sur les écoutilles, mes chéris ! Mais pas de panique, je ne suis pas sadique, vous vous entraînerez avec les tympans dans le coton, sans couper à des exercices le casque au fond de la poche... car vous allez bouffer du plomb ces quinze prochains jours, faites-moi confiance !

Retour au tableau. Cercle rouge.

– Dernière chose, les Contacts. Pas question de prendre le risque de perforer l'agresseur potentiel de Papa *et* Papa ou Maman avec, ni de vider son chargeur à tort et à travers si le nonce apostolique se balade à proximité ! Et rappelez-vous que la meilleure arme qu'un tueur puisse se procurer, c'est encore celle du garde rapproché touchant la personne à protéger... Alors, les Contacts, le Père Noël ne vous fait pas de cadeaux, rien que des petits calibres à faible vélocité, en revolver à mécanisme simple et canon court, les automatiques qui s'enrayent sont interdits !

Pas de démonstration. Le sergent dédaigne gaspiller ses talents de tireur avec l'armement aux effets peu spectaculaires.

Il redresse son béret d'une pichenette.

— Maintenant, tout ça c'est la théorie, il y a les réalités sur le terrain, alors il faut être souple, savoir anticiper et surtout s'adapter. Mais n'allez pas vous mettre dans la caboche que vous êtes là pour refaire O.K. Corral chaque fois que nous mettrons le nez dehors, s'pas ? Un garde du corps qui sort son arme a déjà raté la moitié de sa mission. Servez-vous plutôt de votre cervelle, et de vos mains nues en premier lieu !

Van Meers toise le groupe médusé. Son regard croise celui de Phalène – deux sabres qui frottent, glissent et crissent. Les yeux ne mentent jamais, d'après Sphinx ; question déclaration de guerre ouverte, les leurs sont criants de vérité.

Le sergent renifle.

— Nous avons déjà apprécié les mains nues, voyons comment vous vous débrouillez avec un flingue... Exécution !

Phalène s'exécute.

9

Soupe de poireaux-pommes de terre dans la casserole.

Phalène touille son potage, pensive. Derrière la baie vitrée, la nuit noie d'ombre les frondaisons du parc. La stéréo diffuse Dire Straits en sourdine ; Mozart leur succédera. Fin de la première journée en tant que membre actif du Groupe.

Bilan : mitigé.

Van Meers et Phalène ont poursuivi leur round d'observation à fleurets mouchetés, mais la jeune femme avait marqué au score en demandant très naturellement à son chef dans quelle unité il comptait la verser pour commencer, afin de choisir son artillerie de démonstration en conséquence. Un bon point ; le sergent beau joueur, la requête était pertinente.

Il en profita pour expliquer que, les Éloignés écartés d'office pour cause de spécialité particulière, les autres membres du Groupe occuperaient tour à tour les postes de chaque aire d'évolution au gré des opérations, de manière à être interchangeables à tout moment ; Réserves, Soutiens et Logistiques n'étaient évidemment pas concernés par le problème. Il avait ensuite déclaré à Phalène qu'elle était matriculée CP-9 pour l'instant, Contact-Papa numéro 9 – Phalène ravie, qui devinait que Sphinx n'était pas étranger à cette affectation, et que l'instant risquait de durer. La mine du sergent était éloquente.

Piètre vengeance que sa numérotation en queue de peloton puisque chaque membre de l'unité Contact collerait aux chaussettes du Président – de Papa, pardon.

Unité Contact, donc : CP-9 avait sans hésitation opté pour un petit revolver Hi-Standard modèle Sentinel ; le nom lui semblait prédestiné. Calibre .22 Long Rifle basique, canon de 6 cm, barillet à sept coups (joker toujours utile, la septième cartouche), excellent rapport performance-poids pour un encombrement réduit, 330 mètres/seconde de vitesse initiale, indice de puissance d'arrêt 10 (sur 100 de référence), il ne stopperait pas un camion forçant le barrage des Abords et des Proches, mais, à bout portant, mettrait n'importe quel tueur au tapis sans taches dans l'entourage immédiat de Papa, pour peu que la tireuse sache s'en servir.

Elle savait. Au tir instinctif sur cible mobile, Phalène avait vidé ses sept cartouches dans le mille en un temps record, sans déborder du centre. Pas de quoi se vanter, la DOG n'a pas l'habitude de dresser des chiens édentés.

Van Meers n'avait formulé ni compliments ni critiques, et mis ses petits camarades à l'entraînement (casque sur les oreilles) pour mesurer leurs aptitudes respectives au maniement des différents types d'armes de poing, avant de les répartir provisoirement dans les unités. On ne s'improvise pas tireur d'élite : les Éloignés passèrent le reste de l'après-midi à se familiariser avec le matériel qu'ils ne connaissaient pas.

Pour terminer la journée, le mercenaire fit rasseoir ses ouailles et leur dressa un bref topo du programme d'instruction de la quinzaine à venir. Ils allaient en baver, ils pouvaient lui faire confiance là-dessus aussi, et il n'y aurait pas de séance de rattrapage pour ceux qui ne suivraient pas. Les incapables n'avaient pas leur place dans le Groupe, témoin le petit gars mis en échec devant l'ascenseur. Curieuse conception de ce qu'est l'incapacité quand celle-ci consiste à rater un test stupide qui ne vous est pas destiné, songea Phalène quant à elle. Si elle avait mordu la poussière à la place du maladroit, son renvoi sous un tel prétexte n'aurait pas manqué de causer du souci à l'irascible sergent au moment d'en référer à la Division.

Van Meers leur rappela enfin qu'ils n'étaient pas tout seuls dans la bagarre, en évoquant les moyens mis en œuvre autour d'eux pour leur permettre d'exister mais également les décharger de certaines tâches. Moyens considérables centralisés par un organisme dont ils n'avaient rien à connaître – information classée Top Secret. Il avait eu le bon goût de ne pas trop regarder Phalène en pérorant.

L'on s'était quitté passé l'angélus avec sa carte de membre du Groupe toute neuve, le premier code d'accès au hangar et tous les vœux du sergent Johan Van Meers pour cette veillée d'armes dans l'intimité de son chez soi.

Les choses sérieuses commenceraient le lendemain.

106

Le contenu de la casserole frémit.

Phalène réduit le gaz dessous. Elle n'échangerait son antique cuisinière pour rien au monde ; elle déteste la cuisson sur plaque électrique, fut-ce pour une simple soupe.

Déteste aussi ceux qui jouissent ouvertement de l'utilisation des armes à feu, matamores décérébrés méprisant ceux qui ne partagent pas leur passion malsaine. L'affreux en faisait un beau, ses bruyantes (et inutiles, vu la population à qui elles s'adressaient) démonstrations le prouvaient plus que nécessaire.

Question caricature de baroudeur à grande gueule, il rejoint la galerie de portraits des conférenciers du Bunker.

Nonobstant, son système de « défense calibrée » n'est pas une chimère fumeuse, Phalène se l'avoue en toute objectivité. Si le principe de base ne fait pas dans la dentelle, il repose sur une idée toute simple : opposer des barrages successifs à l'approche de la cible en limitant les risques de balle perdue au plus près. Il n'y a aucune raison que cela ne marche pas avec le président de la République française. La jeune femme n'y voit aucune faille pour le moment, sinon la facture qui doit être astronomique ; protéger un symbole coûtera chaud aux contribuables qu'il est censé rassurer. Et Morpho a raison, la protection rapprochée n'est pas une science exacte.

Le risque zéro n'existe pas.

Rien n'arrête l'assassin prêt à tout pour atteindre son but, y laisser sa vie en ultime recours, ou une fine gâchette tirant de loin avec l'outil idoine. Rien, sinon mettre la cible sous cloche avec trente-six matelas autour au fond d'un puits, et encore : les bazookas et les voitures pié-

107

gées mégatonne ne sont pas faits pour les chiens – de la DOG ou d'ailleurs. Un tueur déterminé est un danger absolu. Une patate brûlante jetée dans les mains des protecteurs de son gibier.

Soupir. Phalène sait qu'il est vain de se prendre la tête sur un problème qu'une inconnue majeure empêche de résoudre, alors elle va faire son boulot du mieux possible, en honorant le choix de Sphinx. Se montrer digne de sa confiance.

Sphinx...

La jeune femme avait failli retourner au Val-de-Grâce sitôt sortie du stand de tir, sans se soucier de l'horaire des visites ; au pire, téléphoner à l'hôpital ne serait-ce que pour entendre sa voix monocorde. Une envie soudaine, brutale – presque vitale. Une belle ânerie. Un réflexe stupide d'adolescente en mal de figure paternelle.

Réflexe qu'elle combat depuis la minute même où le Numéro 2 de la Division des Opérations Générales l'a recrutée, une bonne dizaine d'années auparavant, dans une salle de sports des quartiers populaires d'une grande ville de province.

Un temps où elle avait encore une identité. Un nom, un prénom, pas vingt ans, et déjà plus d'illusions.

Elle l'avait appris par la suite : quand il n'est pas en mission, Sphinx occupe ses loisirs à dénicher de nouveaux talents destinés à enrichir les effectifs de la DOG.

Il surveille les Trois-jours des futurs appelés du contingent (source bientôt tarie avec le passage à l'armée de métier), les promotions des diverses écoles préparatoires à la formation militaire, les concours d'entrée dans les forces de police, les compétitions sportives, tirs à la cible en tous genres et sports de combat principalement – mais pêche aussi dans les endroits les plus inattendus, ainsi les tribunaux correctionnels et les cours d'assises, comme d'autres hantent les ventes aux enchères à la recherche de la perle rare. Sans préjugés d'aucune sorte, avec un flair confondant, Sphinx sait subodorer chez le délinquant déclaré irrécupérable un agent potable une fois repris en main. Quel que soit son sexe.

Elle n'était pas encore délinquante, récupérable ou pas.

Après des études très banales, elle vivotait de petits boulots précaires, avec une dizaine d'années d'avance sur les statistiques. À la salle de sports, elle pratiquait la boxe, la savate, les arts martiaux et la drague effrénée de ses partenaires entre deux joints et quelques bitures à la tequila pure. Elle consumait sa vie par tous les bouts ; cherchait un équilibre qui lui échappait sans cesse. Elle venait sur un coup de tête de poser sa candidature au concours externe d'inspecteur de police judiciaire, sentant qu'il fallait le faire avant que la virginité de son casier judiciaire ne soit plus qu'un lointain souvenir. Une chance ultime de rester du bon côté de la barrière pendant qu'elle était encore capable de voir qu'il y avait deux côtés, et que le faîte de la barrière est garni de lames de rasoir depuis l'aube de l'humanité.

Et puis un jour un homme était entré dans la salle de sports.

Le propriétaire des lieux semblait le connaître ; l'avait vaguement salué sans rien lui demander. L'homme s'était assis sur un banc, près des vestiaires, et avait passé une bonne heure à regarder les assauts hargneux des sportifs amateurs, l'œil évaluateur. Celle qui ne s'appelait pas encore Phalène n'était pas la dernière à vomir ses toxines sur le ring ou les tatamis. Il avait fini par l'aborder en toute franchise, sans cacher qui il était et pourquoi il venait là ; les yeux dans les yeux, pour la première fois. Il savait déjà tout sur elle : qu'elle était orpheline, sans frères ni sœurs ni autres liens familiaux, intelligente, immature, en bonne condition physique, inculte politiquement – et devant sa destinée.

Elle avait le profil.

Il voulait la recruter. Il ne la lui avait pas fait aux sentiments ni à l'idéologie, ni promis l'aventure, les voyages et le sable chaud sous les alizés. Il lui proposait simplement la police améliorée, sans les avantages de la corruption, avec tous les inconvénients de la raison d'État. Pas James Bond, pas Navarro ni Julie Lescaut ; l'anonymat médiatique le plus complet ; aucuns lauriers en cas de succès et des tonnes de merde en cas d'échec – au pire une tombe anonyme, ni fleurs ni couronnes. Il s'agissait de se rendre utile sans espoir de reconnaissance. Exercer un métier dans l'acceptation la plus banale du terme. La manière de l'accomplir était une affaire d'éthique.

Il lui avait expliqué sa vision du monde, bipolaire, mais pas au sens communément admis : à son idée, il fallait choisir entre le capitalisme libéral et le capitalisme social, sachant que les deux conduisent de toute façon les hommes à leur perte, et que les seules alternatives sont le totalitarisme et la révolution. En attendant que les terriens soient prêts à faire la révolution (prêts à sacrifier un peu de confort, leur bagnole, une multitude de chaînes satellites au bout de la zapette, douze marques de conserves différentes sur les linéaires au super-marché – entre autres), il entendait, lui, faire obstacle au totalitarisme en défendant le moins pire des systèmes d'ordre mondial, la démocratie bicéphale. Libérale ou sociale, donc. Le pays vivait déjà l'alternance et ne s'en portait pas plus mal.

Disons, pas trop mal. Il connaîtrait bientôt les joies de la cohabitation sans que le mal empire.

Avait suivi le premier couplet de la chanson du symbole présidentiel, puis un court historique de la Division des Opérations Générales où l'on faisait plus de paperasse et de station assise devant un écran d'ordinateur que de tir instinctif sur cible vivante. On n'y roulait pas en Ferrari ; on ne buvait que rarement la Vodka-Martini mélangée au shaker (pas à la cuillère) dans des palaces ; les gadgets n'avaient rien d'extraordinaire ; la paye était correcte, sans plus. Quelque part, il était aussi question d'avoir la foi. Sans la majuscule.

Troublée, elle était, la jeune fille d'alors.

Il ne lui avait pas non plus demandé d'adhérer immédiatement à son point de vue, il cadrait seulement le sujet. Libre à elle d'en penser ce qu'elle voulait pour l'heure. La conviction viendrait en son temps, ou ne viendrait pas et son avenir serait réglé. Ce n'était pas une menace : elle aurait tout le temps de son instruction pour savoir si la vocation lui convenait, elle pourrait quitter le navire à n'importe quel moment. Après, bien sûr, ce serait une autre paire de manches – mais il avait confiance. Il se trompait rarement sur une future recrue. Il avait ajouté que ce ne serait pas un lit de roses tous les jours, qu'il lui faudrait affronter la solitude intime comme des promiscuités rebutantes ; qu'elle serait

parfois confrontée à des cas de conscience dramatiques sans personne pour l'aider à les résoudre, et
que ce n'était pas du cinéma même si cela y res-
semblait. Dans le métier, les morts ne se relèvent
pas. En cas de foirage, il n'y a pas de deuxième
prise – jamais.

Il s'était tu. Avait attendu. Serein.

Elle lui avait demandé s'il espérait coucher avec
elle. Il avait dit non. Il lui avait demandé si son
offre l'intéressait. Elle avait dit oui.

Il lui avait alors choisi son nom de guerre : Phalène.

Papillon nocturne ; créature crépusculaire prête
à se brûler les ailes sur commande. La métaphore à
double tranchant lui plaisait. Il n'aurait pu mieux
choisir, lui, autre spécimen des ténèbres. Le sphinx
à tête de mort.

Vraiment, maintenant.

La vision de son visage parcheminé hante Phalène tandis qu'elle mange sa soupe, le Sentinel en
évidence sur le plan de travail-bar du coin-cuisine.
Comme un défi. Une réponse à un autre papillon
féru de citations latines – à une lettre près.

Delenda Carthago Est.

SOMBRE
SEPTEMBRE

10

Baptême du feu pour le Groupe.

En avance sur les prévisions du sergent Van Meers. Le président de la République en a soupé de son emploi du temps minimal et l'a fait savoir sans détour. Que ses nouveaux gardes du corps soient prêts ou pas, il veut bouger.

Agir, assumer son boulot de chef d'État ailleurs qu'aux arrêts de rigueur dans son bureau. Sortir enfin, ne serait-ce que pour échapper à l'actualité brûlante qui lui chauffe les tympans depuis le début du mois. Qu'on lui trouve quelque chose à faire, une gerbe à déposer, des médailles à remettre, n'importe quoi en compagnie de son épouse – en tant que Présidente, pas comme potiche pour faire joli sur la photo. Il y tient.

On a trouvé.

Van Meers n'a pas tenté de négocier un répit avec le secrétariat de l'Élysée. Le caprice présidentiel n'est pas pour lui déplaire, après réflexion : c'est une bonne occasion de tester les aptitudes de ses troupes en conditions d'examen. Comme disent les gens de théâtre, faire une répétition « couturière » ; dans une configuration moins délicate que la « générale » qui les attend avec le voyage officiel des Chinois. Un stage de formation pratique remplacera avantageusement les séances d'instruction théorique qu'elle supprime. Cela dit, pour ce qu'il considère (avec son tact coutumier) comme le dépucelage du Groupe, il aurait préféré une journée de travail plus légère.

Le matin, visite guidée de l'usine COBATRONICS FRANCE, entreprise de haute technologie liée à l'informatique appliquée, une PME de création récente dont le dynamisme est conjointement montré en exemple par les ministères du Travail et de l'Industrie. L'après-midi, goûter avec les enfants d'une école maternelle de quartier défavorisé, dynamique aussi, mais dont le ministère de l'Éducation nationale se contrefout comme de sa première chemise. Le tout dans une ville moyenne perdue aux confins du val d'Oise, à moins de cent kilomètres de la capitale.

Deux sorties présidentielles le même jour. Une de trop au goût du sergent.

Quoique : deux sites bien différents possédant donc chacun ses particularités, ses difficultés propres, plus un trajet routier en convoi (sur une distance raisonnable) avec les risques afférents, Papa et Maman en sortie conjugale ; les conditions rêvées pour une mise à l'épreuve en situation réelle, après tout. Van Meers n'avait alors pas hésité une seconde à mobiliser la totalité des effectifs du Groupe – tout le monde sur le pont, cuistot et roulante inclus.

Briefing à l'aube au QG. Répartition des numéros dans les unités, Phalène conservant son matricule CP-9 sans surprise. Ultimes recommandations. Et la machine s'est mise en branle.

116

L'unité Logistique au grand complet s'est projetée en éclaireur avec son hélicoptère et ses minibus. La zone industrielle où est implantée COBATRONICS FRANCE, ses locaux, le restaurant qui recevra le Président et sa suite à midi et l'établissement scolaire sont en train d'être passés au peigne fin par les spécialistes. La cantine mobile du Groupe sera installée à mi-chemin des deux sites ; on mangera par roulement. Les Réserves se sont déployées en doublure des forces de gendarmerie le long de l'itinéraire calculé au plus court, établissant une série de contrôles fixes aux principaux carrefours. Les véhicules qui n'en font pas partie jouent les voitures-balais une fois le cortège présidentiel passé à leur hauteur, l'hélicoptère de surveillance Soutien et l'appareil sanitaire en mouches du coche dans les airs.

En tant que CP-1 Autorité, Van Meers est monté dans la Safrane blindée du Président avec l'officier nucléaire, reléguant de fait la Présidente dans une autre voiture. Madame accompagne donc monsieur ; on lui doit le programme de l'après-midi : la maternelle comporte une section d'intégration pour enfants handicapés qui travaille de concert avec une des multiples associations caritatives dont elle s'occupe. La participation du chef de l'État au goûter des petits était la condition imposée par sa femme en contrepartie de sa présence à elle dans l'usine le matin. Elle a modérément apprécié de devoir voyager séparée de son époux. Celui-ci n'a fait aucun commentaire, et prié le sergent Van Meers de s'asseoir à la place du mort.

Les quatre-quatre du Groupe conduits par les chauffeurs de l'unité Soutien se sont intercalés dans le cortège. Ceux qui transportent les Contacts

et les Proches encadrent la limousine présidentielle, les véhicules des Abords et des Éloignés
ouvrent la marche cinquante mètres devant les
motards d'escorte, les deux ambulances la ferment
derrière les voitures du troupeau des officiels :
secrétariat de la présidence, équipes ministérielles,
une cohorte de petits patrons (dynamiques) dési-
reux de s'instruire. Van Meers est resté inflexible
quant à la presse ; devant ou derrière le convoi,
mais loin.

Le signal du départ a été donné avec deux
minutes de retard sur l'horaire prévu. Pas trop mal
pour un début.

Le Range Rover où Phalène est assise comprend
deux camarades du sexe masculin : Vannier, CP-3,
un beau brun taciturne, et Ledantec, CP-5, blond
et breton à n'en plus pouvoir. Durant la quinzaine
de préparation du Groupe, à plusieurs reprises,
Ledantec a clairement fait comprendre qu'il la
trouvait à son goût. Phalène lui a signifié tout aussi
clairement qu'il pouvait se la mettre sous le bras ;
le Breton n'a pas la tête à vous proposer de visiter
Brouteminouland en se souciant de votre plaisir. Il
se l'est tenu pour dit, mais ne rate jamais une occasion de se frotter contre elle, et elle de lui flanquer
son coude dans les côtes à chaque fois.

Tout le monde est équipé d'une radio portable,
émetteur à la ceinture, écouteur vissé dans l'oreille
et micro flexible devant la bouche. Il faut souffler
dedans pour activer l'émission, économisant ainsi
les piles. Il s'agit bien sûr de recevoir les ordres du
chef, mais aussi de pouvoir donner l'alerte à la
moindre manifestation suspecte, seul cas de figure
où les groupistes sont autorisés à intervenir sur les
ondes. Le sergent instructeur s'est fendu d'un

cours d'habillement tactique : les garçons sont en costume-cravate classique, sauf les tireurs d'élite de l'unité E vêtus de la combinaison de combat multipoche qu'ils affectionnent ; les filles ont adopté le tailleur sobre avec pantalon plutôt que jupe, pour des raisons d'efficacité (port de son arme, liberté de mouvement) et non d'élégance. Et pas de lunettes de soleil à verres noirs. Très photogéniques au cinéma, elles sont un handicap dans la réalité.

Le convoi roule à vitesse soutenue. Le retard pris au départ est rattrapé aux deux tiers du parcours.

Le premier site est bientôt en vue. Les entrepôts périphériques de la zone industrielle se profilent à l'horizon. L'oreillette de Phalène grésille, comme celles de tous les membres du Groupe. La voix de son chef se fait entendre.

– Tête de pont en position.

Les véhicules des Abords et des Éloignés accélèrent et disparaissent au loin, un quatre-quatre de l'unité Proches se détache du cortège pour les remplacer aussitôt. L'entrée en action est imminente. Les groupistes éprouvent au creux de l'estomac quelque chose qui ressemble à du trac.

– HA dans cinq minutes, lâche le sergent à la radio.

Cinq minutes plus tard, le convoi présidentiel s'arrête devant l'entrée de COBATRONICS FRANCE.

Les hélicoptères du Groupe se sont posés à l'écart sur le parking de l'entreprise, à côté de l'appareil de l'unité Logistique arrivé le premier. Minibus et ambulances sont garés en épi, prêts à repartir. Voitures et motos de presse s'éparpillent alentour au petit bonheur.

Les Abords ont pris leurs distances, les armes en évidence sans excès. Les ordres du sergent sont stricts : le président de la République est bien protégé et cela doit se voir, comme les Éloignés postés sur les toits avoisinants le fusil à la main. Il faut se montrer ; ce qui ne veut pas dire se comporter en cow-boys arborant leur artillerie de façon trop ostentatoire.

Les portières de la Safrane présidentielle et des autres voitures officielles s'ouvrent – celles des quatre-quatre sont déjà ouvertes. Le Groupe gicle. Se disperse au gré des attributions.

Les cinq Contacts-Papa entourent le chef de l'État, les quatre « Maman » son épouse. Ils se positionnent selon le schéma MTSN éprouvé, Midi-Trois heures-Six heures-Neuf heures, suivant leur numéro. CP-9, Phalène protège le Président sur sa gauche. Le cinquième « Papa » évolue en libéro au plus près de lui ; CP-1 Autorité occupe cette position pour le moment. Pas de libéro pour Maman, Phalène l'aurait parié.

Les Proches se déploient sur deux arcs de cercle de part et d'autre du couple présidentiel, s'interposant devant les journalistes en nombre sans commune mesure avec l'importance de l'événement. Un pool réduit de photographes et une seule équipe de la télévision régionale sont admis à proximité relative des officiels, mais personne n'est autorisé à franchir la limite établie par l'unité Contacts.

Le Président enregistre pour la première fois l'existence de ses nouveaux protecteurs, amusé. Irrité un peu, semble-t-il. Phalène le voit de près pour la première fois aussi. Il paraît en bonne forme pour un homme qui est passé sur le billard un mois et demi auparavant, et subit une pression médiatique intense depuis quelques jours. La parution d'un livre révélant son passé trouble durant les heures brunes du régime de Vichy déchaîne les passions citoyennes, toutes tendances politiques confondues. C'est ça, l'actualité brûlante qui explique la présence anormalement massive de la presse, et a surtout poussé le chef de l'État à réclamer de quitter l'Élysée pour aller prendre l'air. N'importe lequel ; avec sa femme en tant que Première Dame, de façon à bien montrer au peuple que la vie continue comme si de rien n'était.

La Présidente n'a pas dû beaucoup plaider la cause du goûter pour obtenir gain de cause.

La direction de COBATRONICS FRANCE, le personnel d'encadrement, le député-maire de la circonscription et une délégation du conseil municipal accueillent le Président et son aréopage. Poignées de mains, sourires de circonstance, échanges de politesses rituels. Les flashes crépitent. Brève déclaration des élus devant l'unique caméra de télévision, les autres zooment à fond. Agitant leurs micros inutiles vu la distance où ils sont relégués, des journalistes de la presse radiophonique râlent sur les conditions de travail qu'on leur impose – les Proches resserrent les rangs devant les râleurs. Fin des civilités, on se met en marche vers l'entrée de l'usine.

Le sergent Van Meers souffle dans son micro.

– Autorité à tous, on entre. A-1 à A-4 dedans tout de suite, A-5 à A-10 restent dehors jusqu'à nouvel ordre.

Autre grande première de la journée : la vision du mercenaire en civil, nu-tête. Il porte le veston et la cravate comme une girafe un tutu. Malgré tous ses efforts, il conserve une allure martiale qui trahit son métier d'origine.

La température est fraîche pour la saison. Le Président est engoncé dans la tenue qui est devenue familière à ses électeurs ; épais manteau, écharpe et chapeau. Il les gardera à l'intérieur des bâtiments. Hors les bureaux et les salles de repos du personnel qui ne sont pas prévus au programme de la visite, tous les locaux baignent dans une atmosphère frisquette entretenue par des climatiseurs basse température. Certains ateliers de fabrication sont même complètement isolés au sein de l'usine, étanches et soumis à des conditions antibactériologiques draconiennes. On élabore ici des composants électroniques pour systèmes informatiques de pointe destinés au domaine aérospatial. La société COBATRONICS FRANCE met les bouchées doubles afin de combler le retard du pays en la matière, s'asseyant sans gêne sur le droit syndical et les acquis sociaux.

Salaires gelés, flexibilité du temps de travail exagérée, heures supplémentaires annualisées à outrance, abondance d'emplois précaires, gestion des stocks à flux hyper tendu : un cadre savant détaille les performances de l'entreprise, usant et abusant de termes techniques qui ravissent le ministre du Travail et les petits patrons gourmands de rentabilité, mais laissent le Président de glace. Il a réclamé quelque chose à faire, il l'a eu, et digère tant bien que mal le traquenard : son Premier ministre a finement suggéré qu'on l'emmène visiter un bel exemple de libéralisme économique avancé.

Les joies de la cohabitation sont parfaitement pénétrables.

Le troupeau s'enfonce à l'intérieur de l'usine. Piétine à une croisée de couloirs où toutes les brebis ne passeront pas de front. Les journalistes écartés du pool de proximité tentent une percée ; les Proches tiennent bon. Cafouillage chez les Contacts, que le bon berger Van Meers démêle avec brio sans avoir l'air d'y toucher.

L'obstacle franchi, le cortège se reforme.

– CP-7 passe en libéro.

Un noiraud râblé se substitue à CP-1 auprès du Président. Phalène ne se souvient pas de son nom. Il est la dernière recrue du Groupe, en remplacement du petit gars qu'elle a neutralisé le jour de sa constitution.

Autorité prend du recul. Il y a le boulot, mais aussi l'évaluation des capacités des troupes. Son regard inquisiteur ne perd pas une miette de leurs faits et gestes. Spécialement CP-7 : le rôle d'électron libre n'est pas de tout repos. Il faut savoir anticiper pour coller au client sans lui marcher sur les pieds ni le séparer trop ostensiblement de son entourage, ne jamais se laisser distancer, et surtout devenir virtuellement invisible à ses yeux. Même chose pour les autres Contacts, et les Proches dans une moindre mesure. Van Meers leur a enseigné l'art d'être mobile, du corps et du regard ; toujours en mouvement afin de couvrir tous les angles de tir, l'œil aux aguets. Chaque individu navigant dans leur aire d'évolution doit être dévisagé sans faiblir, quel que soit son rang officiel.

L'œil du sergent, lui, s'attarde plus longuement sur ses ouailles, critique et vigilant, enregistrant un maximum d'informations à analyser en débriefing de fin de mission. À moins d'une gaffe monumentale, il a prévenu tout le monde qu'il n'inter-

123

viendrait pas à la radio pour rectifier un comportement ou donner des conseils en direct.

Fini l'instruction. Le Groupe est passé en opérationnel et doit travailler sans filet.

Suite de la visite.

Toujours cornaqués par le cadre savant, le Président et sa suite assistent à l'assemblage des systèmes depuis un couloir percé de hublots.

Les ateliers de finition font parties des locaux sous atmosphère stérile. Le personnel y circule en tenue zéro-bio des pieds à la tête, bonnet de bain, gants et chaussons, visière de Plexiglas devant le visage, bouche et nez recouverts d'un masque chirurgical. Trop long d'équiper pareillement quelques personnalités pour aller admirer de près, elles se contentent d'observer par la vitre, au grand soulagement du sergent Van Meers.

Le spectacle devient vite lassant. On repart.

Plus loin, avant-dernière étape de la promenade : l'entrepôt d'emballage des produits finis. Un modèle du genre aux prouesses matérialisées par une machine entièrement automatisée qui fait l'admiration des industriels et de leur ministre de tutelle (ainsi que le désespoir des 25 pour cent de sans-emploi de la région). La visite marque un temps mort. Van Meers en profite.

– Unité Éloignés au rapport.

– E-1, RAS, terminé.

– E-2, RAS, terminé.

– E-3...

Et ainsi de suite jusqu'à épuisement des numéros de l'unité des Éloignés. Le sergent interroge ensuite les six Abords restés dehors, application du manuel à la lettre. Rien À Signaler partout, Autorité – le contraire aurait été surprenant. Phalène sent sa tension nerveuse baisser. S'en méfie ; c'est toujours dans ces moments-là que les accidents arrivent.

Les visiteurs repartent.

Changement de décor. Fin de la chaîne de fabrication, le département « Expédition ». Un vaste entrepôt brillamment éclairé où s'affairent des manutentionnaires et des caristes en noria butineuse. Les colis portent des étiquettes aux destinations les plus variées. Le cadre guide insiste sur les adresses californiennes correspondant à des entreprises situées dans la Silicon Valley. Les petits patrons dynamiques deviennent jaloux. Le Président soupire. La Présidente s'emmerde.

Ici comme ailleurs, le Groupe exerce ses talents.

Van Meers doit convenir que pour une première sortie, les troupes ne s'en sortent pas trop mal. C'est encore un peu hésitant, parfois brouillon devant l'imprévu, mais dans l'ensemble il peut être content de ses élèves.

Contacts et Proches, en premier lieu.

Leur tâche est plus difficile à accomplir qu'il n'y paraît : de par leur fonction, ce sont des intrus. Le sergent a aussi donné des cours de proxémie, science qui étudie le périmètre intime que chaque individu promène autour de lui, inviolable sans son autorisation sous peine de réactions hostiles, voire violentes. Le Président est obligé d'accepter la présence des groupistes dans son espace personnel, mais il faut compter avec l'inconscient qui se rit parfois des obligations sécuritaires. Les lois proxémiques s'appliquent également au comportement de la clientèle sur les lieux de vente, et à tout mouvement collectif ; la visite de COBATRONICS FRANCE n'échappe pas à la règle.

Chef d'état, garde du corps, industriel, élu local, client potentiel au rayon hi-fi/vidéo – pas de jaloux, tous primates avant tout. Van Meers retient un sourire.

L'heure du déjeuner approche à sa montre.

11

La soupe est bonne.

Pendant que le Président déjeune avec les officiels dans une auberge gastronomique, ses protecteurs se sustentent à leur cantine mobile. Par roulement comme prévu.

Chaque unité en effectif réduit assure un périmètre de sécurité resserré autour du restaurant. Le sergent Van Meers ne la joue pas service-service fayot en restant au front, petit doigt sur la couture du pantalon ; il prend la pause déjeuner à son tour, comme ses subordonnés, pas fier. La radio branchée en écoute permanente près de son assiette, bien entendu.

Le cuistot a installé la roulante du Groupe sur la place de la mairie. C'est un long camion attelé dont la remorque est à géométrie variable : montée sur crémaillère et vérins, la caisse double de volume en largeur, avec tables et bancs dépliables, les fourneaux occupant l'arrière du tracteur rallongé. Quand le Groupe est cantonné au QG, le poids lourd stationne et fonctionne devant le hangar de la Division. Et quand elle n'est pas réquisitionnée pour nourrir les intérêts supérieurs de la nation, la cantine mobile ravitaille les équipes de tournage des productions cinématographiques à gros budget.

Le menu du jour ne souffre pas la comparaison avec celui qui est proposé au Président et sa suite, mais ce n'est pas du rata. Les plats sont équilibrés, calories et vitamines, beaucoup de sucres lents ; les portions raisonnables. Bien nourrir les troupes garantit leur bon moral. Pas d'alcool, évidemment.

On mange l'œil rivé sur la pendule.

Les troupes se succèdent aux tables selon leur arrivée et les affinités forgées durant l'instruction. Les unités se mélangent, sauf les Éloignés qui ont tendance à faire clan. Un peu snobs, les tireurs d'élite ; il paraît que c'est la fonction qui veut ça. Phalène déjeune en compagnie de Proches et d'Abords, plus quelques Contacts-Maman qu'elle ne connaît que par leurs patronymes, on est avare de prénoms dans le Groupe. Sans compter le sergent, elle a passé la matinée avec Vannier (CP-3), Ledantec (CP-5) et CP-7 (le noiraud dont le nom finira bien par lui revenir) ; CP-9 était la seule femme de Contacts-Papa. Elle retrouvera les mêmes l'après-midi. La vision d'autres têtes pendant la pause ne peut pas lui faire de mal.

Quoique limité dans le temps, le repas est un moment de détente autant que de récupération. Les groupistes papotent en mangeant. De tout et de rien ; principalement de rien. Les conversations ont la futilité de celles de n'importe quels employés de bureau prenant leur repas ensemble. Le sergent l'a ordonné : à l'instruction comme en opération, interdiction de parler boulot à table, sauf cas de force majeure.

Ainsi le journaliste qui surgit soudain à la porte

de la remorque-réfectoire, carte de presse brandie et magnétophone pesant en bandoulière. Phalène se dit que s'il avait une mitraillette à la main, il ferait un carnage avant même que personne ne s'en soit rendu compte. Quelque part, le Groupe est moins bien protégé que le Président – le sergent Van Meers doit penser la même chose : sa cicatrice a pâli.

Le journaliste se présente à lui comme étant délégué par ses confrères pour protester des conditions de travail imposées par la nouvelle garde rapprochée présidentielle. Les accréditations de presse ont été données au compte-gouttes selon des critères jugés fumeux, et rien ne justifie les mesures de sécurité exceptionnelles déployées autour du chef de l'État. Le Groupe en fait un peu trop d'après lui.

– Si le pape en personne venait bénir le clébard de Tonton, je comprendrais, et encore ! Pour la visite d'une petite entreprise à la cambrousse...

– Pas à la cambrousse, dans une zone industrielle classée sensible, contre Van Meers en reniflant ; l'électronique de pointe, on en met dans les ordinateurs, mais aussi dans les missiles, s'pas ?

– Ben voyons ! Et la maternelle, cet après-midi, elle forme nos futurs pilotes de bombardiers furtifs ? !

– Allez savoir.

– Déconnez pas ! On peut pas bosser comme ça, nous...

– Vous pariez ?

– Ouais, dix contre un que si vous ne prenez pas rapidement des dispositions pour que ça change, les syndicats de l'Information râleront en haut lieu !

– Allez à l'auberge, le président de la République y est, vous ne trouverez pas plus haut.

– C'est malin !

Le sergent retrouve un meilleur teint, mais abandonne l'ironie facile. Malgré la menace qui pèse sur la vie du chef de l'État, le Groupe n'a pas les pleins pouvoirs pour organiser ses sorties. La presse a des droits, et aussi un certain poids qu'il ne faut pas négliger, même si en l'occurrence le passé vichyste du Président fait plus saliver les éditorialistes que son intérêt pour les produits de COBATRONICS FRANCE.

Van Meers congédie le délégué râleur avec la promesse d'étudier son problème dans le sens qu'il souhaite. Dans la mesure du possible, il calmera le jeu après le déjeuner. Le journaliste sorti, le sergent frappe son verre avec la lame de son couteau. Silence dans le réfectoire.

– Vous avez copié ? On donne du champ aux journaleux à l'école, pas la peine de se les foutre à dos. Mais attention, donner du champ ne veut pas dire relâcher le dispositif... Et au temps pour moi, vous me collerez deux sentinelles au cul de la cantine à l'avenir !

Rires.

Café.

Vite expédié. Puis rassemblement devant l'école maternelle ; les Éloignés ont mangé les premiers et sont déjà en place. L'unité Logistique a travaillé toute la matinée au « nettoyage » du site, comme dit le sergent Van Meers.

Nouveau changement de décor, en plus radical. Des barres d'immeubles avec un peu de verdure autour pour masquer la sécheresse d'imagination

130

des concepteurs de la cité. Toutes les rues se coupent à angle droit. Architecture concentrationnaire prédisposant le quartier à être défavorisé bien avant les problèmes liés à la crise économique – qui n'empêche pas les coûteuses paraboles de fleurir aux balcons. L'école est un entassement de bâtiments préfabriqués modèle Pailleron amélioré. Devant, une grande cour avec balançoires, bac à sable, toboggans et cage à singes, en plastique de couleurs vives qui tranchent sur la grisaille des blocs cernant l'établissement scolaire.

Comme les vêtements des résidents. Si boubous et djellabas dominent, les blousons fluos n'ont pas déserté le territoire et quelques bérets de bon aloi perpétuent la tradition. La bonne volonté de tous efface les barrières culturelles. Ici, métissage n'est pas un mot vide de sens. Les partisans de la pureté nationale se brisent les dents sur la détermination de ceux et celles qui préfèrent ouvrir leur cœur plutôt que fermer les frontières. Couscous-crème caramel : l'arme absolue pour abattre les murailles du ghetto.

Équipes ministérielles et petits patrons ont quitté le troupeau pour regagner la capitale après le déjeuner. Apprendre les méthodes d'esclavage moderne, oui ; s'empiffrer de gâteau au chocolat avec des moutards estropiés, non. Le ministre de l'Éducation, occupé à plancher sur l'énième réforme de l'enseignement comme tous ses prédécesseurs, est représenté par son chef de cabinet.

La tâche du Groupe n'en est pourtant pas simplifiée. Si les pères se font rares ou timides, une horde de mères de famille enthousiastes et sans complexes remplace les officiels. La ménagère (quels que soient son âge et son humeur) est moins facile à gérer que le haut fonctionnaire panurgien. S'y joignent des représentants du milieu associatif, venus en force et ravis de pouvoir réclamer des subventions à leur député-maire devant témoins. Les journalistes grouillent toujours aussi nombreux, à l'affût d'une déclaration présidentielle sans rapport aucun avec les problèmes de l'enfance handicapée.

Les unités du Groupe reprennent leurs positions.

– CP-9 en libéro, lâche Van Meers en passant près de Phalène.

Le camarade CP-7 lui adresse un clin d'œil d'encouragement. Elle lui répond d'un vague haussement d'épaules, prend place à côté du Président qui lui sourit, enjôleur ; ses limites proxémiques se réduisent comme par enchantement. Sa réputation de chaud lapin ne paraît pas usurpée, et l'invisibilité virtuelle d'un libéro de sexe féminin risque d'être une épreuve pas piquée des hannetons.

Le sourire présidentiel s'efface un tantinet quand il remarque la crosse du Sentinel dans son étui au flanc de la jeune femme, rappelant sa fonction plus et mieux que le mince micro flexible qui lui barre la bouche. Phalène ne boutonne pas sa veste, comme tous les groupistes Contacts et Proches. Autre enseignement tactique du sergent, toujours porter son arme à la ceinture sur le côté, le bras en permanence collé contre, vêtement ouvert. Dangereux façon flic de choc dans le dos au creux des reins (les pickpockets ne sont pas tous manchots) ; trop lente à dégainer d'un holster d'aisselle.

La directrice de l'école invite tout le monde à entrer. Un bataillon d'institutrices environné d'enfants attend les visiteurs à l'intérieur. La vocation ne paraît pas avoir tenté leurs homologues masculins.

Les rôles s'inversent. Dans son élément, la Présidente se met en avant, son époux reste en retrait. Contacts et Proches accompagnent leur client selon leur matricule. Suivant les consignes de Van Meers, du champ est donné aux journalistes et photographes. Le chef du Groupe n'a pas de mal à tenir sa promesse de calmer le jeu. Si certains réseaux terroristes ne répugnent pas à enrôler des adolescents, ils ne descendent pas encore au niveau des classes de maternelle. Quant aux parents, Phalène sait que la DOG est active dans l'ombre : pas une institutrice dont l'identité et le curriculum vitae n'aient été vérifiés, comme pour les employés de l'usine ce matin. Tous les fichiers du personnel sont soigneusement épluchés, en insistant sur les embauches récentes et les contrats à durée déterminée.

Chose impossible à faire de façon exhaustive avec la multitude de parents d'élèves et de braves gens présents. L'assouplissement du dispositif de protection permet aux groupistes de concentrer leur attention sur eux.

Le goûter est prévu dans le gymnase, mais la Présidente tient à visiter longuement les salles de classe avant (ne serait-ce que parce qu'elle sort de table). Le sergent Van Meers n'objecte pas, c'était prévisible – et donc prévu. Les spécialistes de l'unité Logistique ont tout bien vérifié. Pas de dynamite cachée dans les pupitres, la pâte à modeler n'est pas du plastic, les jouets sont inoffensifs ; aucun tueur en cagoule ne se cache dans les toilettes. Pâtisseries et boissons qui seront servies

133

pour la collation ne contiennent pas de cyanure, elles ont été préparées par le chef cuisinier de l'Élysée et transportées dans des glacières scellées. Les mamans ayant apporté des gâteaux faits à la maison les mangeront avec leur progéniture.

Si quelqu'un doit être empoisonné, ce ne sera pas le chef de l'État.

Peut-être le sergent Van Meers.

Le moment du goûter venu, la Présidente tient absolument à déguster une part de tarte à la banane proposée sans chichis par une solide et généreuse matrone en boubou bariolé.

Stoïque, CP-1 Autorité goûte avant. La visite prend des allures d'orgie d'empereur romain. Phalène sourit dans son coin. La comédie sent le coup monté à l'improviste par l'épouse du chef de l'État, pas fâchée d'asticoter le mercenaire en s'appuyant de tout son poids sur son statut de Première Dame. Une petite revanche sur l'obligation de voyager sans son mari.

Le sergent survit au taste-tarte. Signal de se régaler est donné. Tout va bien.

Tout irait encore mieux s'il y avait moins de chaises d'infirmes et de prothèses autour des tables. Les institutrices n'y font même plus attention : un enfant handicapé reste un enfant. Il rêve, rigole, pleure, peint, dessine, emmerde son monde et se raconte des histoires comme les autres. Une petite fille avec des couettes et des béquilles demande gravement à l'officier nucléaire s'il doit faire la classe puisqu'il a un cartable. Sans savoir quoi répondre, le brave homme tapote bêtement la mallette contenant tout ce qu'il faut pour déclencher la force de frappe – la valise boum-boum du sergent.

L'ambiance est nettement moins guindée qu'à l'usine d'électronique, le regard examinateur de Van Meers toujours en éveil. Ses troupes se débrouillent bien au milieu des fauteuils orthopédiques. La situation ne manque d'ailleurs pas de piquant. Pour son compte, Phalène ne sent pas le temps passer.

Le chef de l'État, oui. Il a fait honneur au goûter en sirotant un demi-verre de jus d'orange accompagné d'un quart de biscuit élyséen qu'il a grignoté du bout des dents, mais l'après-midi tire à sa fin ; le Président commence visiblement à accuser la fatigue. Ses traits se creusent, l'œil est moins vif et la paupière tombante. Ses efforts pour ne pas demander à s'asseoir font peine à voir.

Un secrétaire de l'Élysée vient parler à Van Meers en aparté. Bref conciliabule. Les oreillettes des groupistes grésillent aussitôt après.

– Autorité à unité Proches, faites sortir la presse, c'est fini, on remballe !

Et moins on prendra de photos du Président avec une mine de déterré, mieux cela vaudra. Les journalistes quittent le gymnase en râlant pour la forme. L'aréopage présidentiel se reconstitue après avoir remercié la directrice et ses institutrices. Les Contacts reprennent la maîtrise totale de leur espace d'évolution avec tact. Sans nouvelles instructions du sergent, Phalène reste libéro de « Papa ».

Retour aux voitures. Même formation qu'à l'aller.

Avant de monter dans la limousine blindée, Van Meers s'offre un coup d'œil panoramique sur les environs de l'école. Ses troupes se replient en bon ordre, aire par aire. Les unités regagnent leurs véhicules respectifs. Les hélicoptères vrombissent au-dessus de la cité. Le convoi ronronne dans la rue, prêt à partir. Fin de la première journée du Groupe au bout de la route.

Son chef est soulagé. Les Chinois peuvent venir, ses ouailles sont à la hauteur.

– Autorité à tous... Pour une « couturière », c'était pas mal !

12

Débriefing. Un de plus.

Le cérémonial est immuable : quelle que soit l'heure de retour au quartier général, les groupistes se retrouvent pour une séance d'analyse de la mission à chaud, le temps de ranger la grosse artillerie aux râteliers et de se rafraîchir en vitesse.

Depuis que le Groupe est totalement opérationnel, le stand de tir du deuxième sous-sol a retrouvé sa fonction d'origine pleine et entière. Quand le sergent doit haranguer ses troupes, communiquer des informations ou faire de la théorie, il les rassemble dans une salle de réunion plus confortable que les profondeurs du hangar de la DOG. Elle se situe au niveau du rez-de-chaussée. Le tableau effaçable à sec y a été installé devant des rangs de sièges d'étudiants munis d'une tablette-accoudoir amovible pour la prise de notes. Un bureau et une chaise destinés à l'orateur (il ne les utilise jamais) et deux téléviseurs avec chacun leur magnétoscope complètent l'équipement pédagogique.

La salle ne peut contenir les membres du Groupe au complet. Soutiens et Logistiques délèguent quelques responsables qui répercuteront ensuite les conclusions des débats dans leurs unités. Le débriefing terminé, repos ou entraînement la journée ; en soirée, les désignés pour la section de permanence nocturne gagnent le dortoir. Les autres rentrent chez eux.

Le sergent Van Meers dort sur place. Il s'est aménagé une chambre dans un vestiaire du gymnase. Personne n'a été autorisé à y pénétrer, tous l'imaginent monacale. Phalène en doute parfois. Le vieux baroudeur doit être moins monolithique qu'il ne veut le paraître. Mais a-t-il seulement une famille, un foyer, en Belgique ou ailleurs, une fois – mystère. La séance commence avec son retour, douché et en treillis, le béret roulé à l'épaulette.

Autre rituel invariable : la première chose que fait le mercenaire en revenant d'une sortie est de se changer. À croire qu'il est incapable de théoriser sans avoir sa tenue léopard sur le dos.

– Messieurs, débriefing !

La phrase sacramentelle prononcée (les éléments féminins de l'assistance sont priés de s'y associer collectivement), le chef du Groupe attaque le sujet du jour.

Présentement, ses performances pendant la visite officielle des gouvernants chinois. Le plus fort de l'événement est passé. Le sergent avait prévenu que ce ne serait pas une partie de plaisir, il a tenu parole : les groupistes n'ont pas chômé. Les heures de sommeil se sont comptées sur les doigts d'une seule main, la tension nerveuse des troupes a été mise à rude épreuve, mais elles ont travaillé de manière plus que satisfaisante. Les rapports professionnels avec leurs collègues asiatiques ont été cordiaux et se sont déroulés sans anicroche majeure.

Après l'étude critique du comportement des effectifs unité par unité, le sergent Van Meers n'est pas avare de compliments, à sa manière toute en nuance : bravo les gars (les filles – voir plus haut), beau travail, je compte sur vous pour faire mieux la prochaine fois.

– Un dernier coup de collier demain soir et on pourra souffler un peu. Papa va causer à la télé, c'est pas la mer à boire... Quoi que connaissant le sujet de son intervention, il faut s'attendre à du journaliste en meute devant les studios, avant et après !

Suite des révélations sur le passé du Président durant la période de Vichy. La controverse continue de défrayer la chronique ; il a décidé de s'en expliquer devant l'opinion à la télévision. Phalène lui souhaite bon courage.

Van Meers se campe devant le tableau. Coiffe son béret.

Encore une tradition de la salle de réunion : les débriefings se font tête nue, briefings et cours magistraux non. Un rite obscur qui intrigue Phalène et ses camarades autant que la vie privée fantôme du sergent.

– Maintenant, si je tape au bilan sur la durée, je vous redis bravo à tous, et à moi aussi, je n'ai pas manqué de flair en vous recrutant les uns et les autres ! La mécanique est bien rodée, le Groupe a pris sa vitesse de croisière, ce n'est pas une raison pour s'endormir...

Malgré sa profession, Phalène n'aurait jamais cru que l'emploi du temps d'un président de la république pût être aussi chargé, en plus des occupations normales liées à la fonction. Rencontres internationales, visites diplomatiques, réceptions officielles, bains de foules, cela n'a pas arrêté depuis que le Groupe est entré en action sur le terrain – sans parler des affaires intimes, flânerie chez les bouquinistes incluse. Chaque situation génère son lot de problèmes particuliers que le sergent aime à disséquer avec la méticulosité d'un médecin légiste.

– On va revenir un peu sur le déploiement restreint...

Les stylos-feutres couinent au tableau. Van Meers trace le sempiternel rectangle et ses deux petits ronds Papa-Maman, base de départ de toute nouvelle tranche de pédagogie sergentesque.

– Nous avons été confrontés plusieurs fois à des décors étroits ou mal foutus où il était ridicule de vouloir caser tous les Contacts à la fois...

Traçant et discourant en même temps, Van Meers effectue une démonstration de stratégie dont les principales étapes font penser à une leçon de tango, avec les pas dessinés, les mots du sergent se chargeant de la mise en musique – trompette et grosse caisse plutôt que violon et triangle. Au fur et à mesure que le tableau se couvre de schémas, la leçon de danse se transforme en cours de football américain niveau finale de Superbowl. L'exposé est didactique sans être superficiel ; ainsi expliquées, les subtilités de la protection rapprochée en vase clos deviennent des évidences éblouissantes. Van Meers illustre son propos avec des exemples pris parmi les différentes situations rencontrées par le Groupe depuis sa première entrée en action. Les maladroits sont cités nommément et par le matricule qu'ils avaient le jour de référence, leur conduite décortiquée dans les moindres détails.

L'auditoire en a le souffle coupé. Phalène n'est

pas la dernière à être admirative. Tout en travaillant, rien n'a échappé à CP-1 Autorité.

– ... vous aviez remarqué, PM-2 ?

– Hein ? Heu... Affirmatif, sergent ! rougit l'interpellé ; vous avez l'œil, y'a pas, rien ne vous...

– C'est donc que vous m'avez bien observé et ça c'est une faute, vous n'êtes pas là pour me regarder ! rugit Van Meers ; je dis bien une faute, pas un erreur.

– Quelle différence ? ne peut s'empêcher de dire Phalène.

– Ça m'aurait étonné ! renifle le sergent ; la différence, c'est le jour et la nuit, CP-9. S'emmêler les pinceaux dans les indicatifs radios, c'est une erreur. Confondre un archevêque avec un sous-secrétaire d'État, aussi. Se positionner à six heures quand on vous attend à neuf, c'est limite... Mais lorgner le décolleté de l'ambassadrice au lieu de faire son boulot, c'est une faute !

– Ça ne risque pas de m'arriver ! pouffe CP-9.

– Une erreur, ça se corrige, poursuit Van Meers, passant outre l'interruption ; une erreur, ça se rattrape ou on est le dernier des cons. Une faute...

Le sergent se passe un doigt sur sa cicatrice.

– Une faute, pas toujours !

Son cours sur le déploiement restreint terminé, le professeur Van Meers regarde sa montre.

Moue approbatrice. Soupir résigné dans l'assistance : ce n'est pas terminé. Le sergent montre son bureau, encombré de paquets de la taille d'un dictionnaire en deux volumes emballés de papier kraft. Posée dessus, une pile d'enveloppes format 21x29 qu'il ramasse et brandit comme les Tables de la Loi.

– Vous avez là le programme jusqu'à Noël, pas mal de provisoire et du sûr pas trop méchant. Mis à part une petite virée en Normandie, Papa reste à Paris. S'il était prévu un voyage à l'île d'Yeu, celui-ci n'aura pas lieu puisque Papa ne fait plus fleurir la tombe du maréchal depuis l'année dernière...

Dans quelle colonne Sphinx aurait-il inscrit cette initiative du « Vieux », débit ou crédit – Phalène ne s'était pas risquée à le lui demander quand la nouvelle avait été connue.

– Sauf imprévu ou bouleversement international, notre prochain gros morceau est pour novembre, poursuit le sergent ; le dix-huitième sommet franco-africain qui se tiendra à Biarritz, trente-cinq pays présents et parmi eux des turbulents qui risquent de nous donner du fil à retordre. Durant la seconde quinzaine du mois, nous couvrirons le congrès du parti socialiste à Liévin, ambiance pré-électorale garantie. Papa n'a pas prévu de s'y rendre mais il peut changer d'avis d'ici là.

Van Meers dépose les enveloppes au premier rang ; fait signe de distribuer derrière.

– Pas touche, vous lirez plus tard !

Il attrape ensuite l'un des paquets, le dépiaute et révèle son contenu à la cantonade.

Ce sont des cassettes VHS.

– Il faut vivre avec son temps, les petits dessins au tableau ça va cinq minutes ! Je voulais vous montrer ça pendant l'instruction, mais il paraît que ce que je réclamais posait des problèmes de droits de reproduction et d'autres conneries du même tonneau... Les joies de la bureaucratie, s'pas ? !

142

Le sergent dégaine une télécommande universelle. La braque sur l'un des ensembles vidéo. L'écran du téléviseur s'allume. Le magnétoscope préchargé bourdonne.

Images.

Qualité broadcast, caméra portée ; des actualités.

Qui datent. Phalène reconnaît Ronald Reagan du temps où il était président des États-Unis – reconnaît surtout la scène et ce qui va suivre.

– On ne passera pas la nuit dessus, je vous rassure. Juste un exemple...

Le Président américain se dirige vers sa limousine, souriant, entouré de ses gardes du corps. Journalistes et photographes sur le trottoir ; policiers locaux avec casquette plate et lunettes de soleil (celles qui sont si photogéniques), un Noir trapu au premier plan. Situation mille fois vue – les coups de feu éclatent. Panique au sein de l'escorte. Reagan s'effondre – est aussitôt poussé dans la voiture qui démarre en trombe. Panoramique sur les costauds du *secret service* sautant à pieds joints sur quelqu'un que l'on a du mal à distinguer – tout va très vite.

– C'était le 30 mars, dit Van Meers ; au mois de mai, Papa et ses copains gagnent les élections chez nous, le Pape se fait tirer comme un lapin devant le Vatican... Quelle année ?

– 1981, répond Vannier au fond de la salle.

– Mauvaise année, comme dit ma concierge qui ne vote pas franchement à gauche !

Stop. Retour arrière.

Arrêt sur image. Reagan vient d'être touché et vacille. Le sergent pointe une télécommande accusatrice sur le flic noir vautré par terre.

143

– Zéro pour l'efficacité, le gros Black ! Quant aux autres...

La télécommande vise successivement certains gardes du corps qui ont le nez levé en l'air et la mine ahurie.

– Syndrome Dallas ! Pas de bol, le tireur est à hauteur d'homme, parmi les journalistes. Bien sûr, ils le repèrent vite et l'aplatissent au sol, mais le simple fait d'avoir d'abord regardé là-haut leur fait perdre quelques secondes. Une seule peut suffire à faire la différence entre la vie et la mort de celui que vous protégez.

Van Meers rembobine. Éteint le téléviseur et le magnétoscope. Agite son paquet de cassettes.

– Chacun les siennes, nous les regarderons ensemble, mais vous pourrez réviser ici en solo ou chez vous si le cœur vous en dit. Vous avez une copie de la bande que vous venez de voir, j'ai fait monter dessus des actualités relatives à certains attentats célèbres, comme celui du père Reagan...

Une question dans l'assistance. Phalène. Le sergent l'aurait parié.

– Oui ?

– Avons-nous aussi les images du défilé du 14 Juillet ?

– Négatif. Elles sont sans intérêt.

– Vous les avez vues ?

– Vous me prenez pour un demeuré, CP-9 ? Ce n'est pas parce que votre... notre superviseur a visionné les reportages de chaque chaîne que j'étais dispensé de la corvée ! J'ai vérifié par moi-même et je confirme, les images sont sans intérêt pour nous, à moins que vous n'aimiez regarder passer des blindés en formation de parade... Vous êtes satisfaite ?

CP-9 hoche la tête, affirmative mais pas enthousiaste. Van Meers renifle en douce ; repose son paquet sur le tas du bureau.

– Les autres cassettes sont des montages d'extraits de films de fiction qui tournent autour du sujet. Il n'y a pas de raison que l'imagination d'un scénariste n'inspire pas celle d'un terroriste, et réciproquement.

L'idée n'est pas stupide, en y réfléchissant. Phalène la met au crédit du mercenaire. Il sait se servir de sa tête – avec ou sans coiffure dessus.

– J'ai bien parlé d'extraits de films, il s'agit de boulot, vous n'êtes pas payés pour regarder la téloche ! C'est tout pour aujourd'hui, rompez les rangs, et n'oubliez pas vos cassettes, conclut Van Meers.

Brouhaha de fin de classe, raclements de sièges bousculés. Phalène n'a pas le temps de se lever du sien : le sergent l'y cloue d'une simple phrase.

– CP-9, vous restez.

13

Ledantec est sorti de la salle le dernier.

Son lot de cassettes sous le bras, non sans lancer une œillade curieuse sur sa camarade et le chef du Groupe qui restent en tête à tête. Phalène est toujours assise à sa place ; le sergent s'est collé les fesses contre son bureau, les yeux baissés. Silencieux sous son béret.

Première fois que la jeune femme le voit sinon embarrassé, du moins mal à l'aise. Le silence s'éternise. Van Meers peut prendre son temps, Phalène ne regagne pas ses pénates : elle fait la permanence de nuit.

— Quelqu'un dans le Groupe sait qui vous êtes exactement ? finit-il par dire.

— Je ne crois pas, répond Phalène, un peu surprise.

— Vous ne parlez pas boutique entre vous ?

— Non. Cela n'a rien d'étonnant, nous appartenons tous à différents services plus ou moins spéciaux où la discrétion est de rigueur...

Elle le constate chaque jour à la cantine ou pendant les permanences au QG, quand l'atmosphère est à la détente. Les bavardages stagnent dans les limites de la convivialité banale. On évite les sujets épineux tels que la politique et les histoires de famille ; on parle sports, chiffons, d'un bouquin passionnant ou de la météo, sujet inépuisable de toute éternité. Aucun membre du Groupe n'est du genre à glisser dans la conversation qu'il fait bon travailler au GIGN, ou qu'il se languit de retourner à sa place chez les commandos.

— Pas de questions, pas de mensonges en retour ! Si quelqu'un sait, il ne sait pas « exactement ». C'est important ?

— Dans la mesure où vous et vous seule appartenez au service qui dirige tout l'organisme dont dépend le bon fonctionnement du Groupe, oui.

— Je ne vois pas pourquoi.

— Vous aimez la pizza ?

Touché. CP-9 ne couche pas toutes les nuits chez elle : si la DOG la réclame au rapport, un coursier de *Super Pizza Flash* doit pouvoir se présenter au hangar. Van Meers est donc au courant, même si le fait ne s'est pas encore produit. À son domicile non plus, d'ailleurs. La Division l'aurait-elle oubliée — Phalène songe plutôt que Morpho se tient au courant par d'autres moyens.

— Il n'y a pas que ça, reprend le sergent.

— Je ne suis pas là pour vous espionner, si c'est ce qui vous inquiète.

— Mais vous rendez compte à vos supérieurs, non ? Je ne peux pas vous en empêcher, notez.

— Vous faites de la parano ! Notre superviseur, comme vous disiez tout à l'heure... rappelle Phalène, soulignant le possessif ; nous sommes dans le même bateau, mes supérieurs sont aussi les vôtres, ou je me trompe ?

— Là n'est pas la question.

– Si ! Ils vous ont choisi, ils n'ont pas besoin de moi pour savoir ce que vous faites, et quand bien même je rendrais compte, je ne serais pas la seule. Vous craignez la critique, sergent ?

– Vous trouvez à redire sur mon système de protection rapprochée ? rétorque fort jésuitement Van Meers.

– Non. Non...

Pas tout à fait. L'aspect coût financier mis de côté, quelque chose a titillé l'esprit de Phalène – surtout son oreille quand le sergent lance ses ordres sur les ondes. Une seule voix ; toujours la même.

– Alors ?

– Je me demande si le Groupe peut fonctionner sans son chef.

Van Meers a tiqué.

– Vous voulez dire, sans moi ?

– Affirmatif, sergent. Vous êtes l'inventeur de la « défense calibrée », soit, mais vous en êtes également le principal meneur de jeu sur le terrain, et pas seulement quand vous êtes en position de libéro.

– Vous vous croyez incapable d'être autonome ? À la limite, de diriger les opérations ? Quand je dis « vous », j'entends n'importe quel membre du Groupe.

– Vous ne le pensez pas ?

– Négatif !

Van Meers décolle ses fesses du bureau. Il tourne le dos à Phalène. Retire son béret ; le serre dans ses mains croisées sur son ventre.

– Papa doit se rendre à l'ambassade, disons à l'ambassade de Turquie. Peu importe le motif et qui l'accompagne. Le déplacement est annulé à la dernière minute. Que fait le Groupe ?

Un instant, Phalène a cru entendre Sphinx tant le débit et le ton du sergent ressemblaient au sien.

— Le... Le Groupe ne fait rien, répond-elle après quelques secondes de réflexion.

— Même situation, sauf que Papa devait se rendre à un meeting quelconque, enchaîne Van Meers ; que fait le Groupe ?

— Le Groupe ne fait rien, répète Phalène ; mais quelques camarades de l'unité Logistique vont fouiner sur les lieux du meeting quelconque, ajoute-t-elle aussitôt.

— Pourquoi ?

— On ne sait jamais... Si on y a préparé un attentat, il y aura peut-être des informations intéressantes à récupérer, des indices révélateurs. Je ne dis pas carrément arrêter Cartago en flagrant délit, mais...

— Alors pourquoi le Groupe agit dans un cas et pas dans l'autre ? coupe Van Meers.

Le jeu du sergent est amusant, quoique faussé à la base : quand on pose ce genre de devinettes, la solution ne peut pas être la même pour chacune. Celle du second cas de figure n'était pas difficile à trouver.

— Les membres du Groupe n'ont pas de statut diplomatique. Sans le motif d'accompagner le Président, personne ne rentre dans une ambassade, de Turquie ou d'un autre pays. À moins d'y être invité par l'ambassadeur, bien sûr.

— Dix sur dix, CP-9. Je ne vous ferai pas l'injure d'affirmer que personne d'autre dans le Groupe n'aurait été capable de tenir votre raisonnement, n'est-ce pas ?

149

Van Meers revient de face.

– Vous voyez, je suis parfaitement remplaçable !

Le sergent recolle son postérieur contre son bureau.

Phalène gagne le pari qu'elle venait de faire en pensée : Van Meers a recoiffé son béret de para dans le mouvement. La valse du couvre-chef (on ne peut mieux nommé) rouge commence à l'agacer prodigieusement.

– Pour répondre maintenant à la question qui a motivé cette petite démonstration, je ne crains pas la critique. Je crains les fuites.

– Les fuites ?

– Les indiscrétions, plutôt. Je ne suis pas naïf, chaque membre du Groupe est d'abord fidèle à son unité d'origine et peut ainsi bavarder sans en mesurer toutes les conséquences, ce qui augmente sérieusement le nombre de gens mis dans la confidence.

– C'est vous qui nous avez recrutés, remarque Phalène.

– Pas tous !

– Vous me soupçonneriez ?

– Non, pas vous.

– Vous m'en voyez ravie...

– Ce n'est pas ce que je voulais dire ! Je mets tout le monde sur un pied d'égalité, c'est un principe, mais je suis obligé de tenir compte de votre statut spécial. J'ai des ordres vous concernant, ne serait-ce que cette stupide histoire de pizzas. Ne croyez pas que cela soit un traitement de faveur qui vous donne un avantage quelconque, s'pas ?

– Loin de moi cette idée !

Un peu trop d'ironie dans le ton. La cicatrice de

Van Meers ne blanchit quand même pas. Il se contente de hausser les épaules. Sans renifler.

– Vous comprendrez en temps voulu, CP-9.

– Ne vous faites pas de bile, sergent, je ne me considère pas comme un élément favorisé de votre dispositif, et rassurez-vous, je ne compte pas prendre votre place ! Nous faisons le même métier, peut-être pas pour les mêmes motivations...

– Parce que je suis payé pour ? Vous l'êtes aussi.

– Je suis un fonctionnaire, pas un mercenaire, corrige Phalène.

– On vous a communiqué mon CV ?

– Pas dans les détails, mais...

– ... suffisamment pour que vous vous fassiez une idée, hein ? Rien que l'évocation du Katanga a dû vous faire mouiller comme une petite folle, pas vrai ?

Les paillettes d'or des yeux de Phalène brasillent. Étoiles qui frisent le passage à la nova.

– Je veux bien être votre tête de turc, mais je ne supporterai pas vos grossièretés, monsieur Van M... sergent !

– Vous savez pourquoi j'ai justement ce grade de sous-off ? réplique Van Meers sans se démonter.

– Je suppose que vous avez été viré de l'armée avant de prendre plus de galon ?

– Affirmatif. J'étais jeune et con à l'époque...

Phalène ne cède pas à la facilité de dire que ce qui a changé depuis, c'est son âge – le sergent s'en charge avec une verve toute cyranesque.

– J'ai pris de la bouteille et je ne sais pas si je suis plus intelligent pour autant ! Après le foutoir du Congo belge, j'ai roulé ma bosse un peu partout où c'était chaud, je n'ai peut-être pas toujours fait les bons choix, mais je suis sûr d'une chose... regretter le passé ne le réécrit pas. Rassurez-vous, CP-9, je ne vais pas vous raconter toute ma vie, ni tenter de justifier ma conduite depuis que j'ai palpé ma première solde d'affreux, mais je vous garantis que mes motivations actuelles sont aussi fortes que votre idéal.

Phalène fait la moue, conciliante.

– Je ne mettais pas votre sincérité en doute, sergent. Malgré vos grands airs, vous n'êtes pas le mauvais cheval.

– Trop aimable !

– Je suis sérieuse. Rien que la sélection des membres du Groupe, par exemple. Vous n'êtes pas raciste. Un brin sexiste, quand même.

– Ah, je devrais l'être, raciste ? Parce que je suis un affreux qui a autrefois cassé du nègre aux colonies ? J'ai aussi cassé du niakoué et du bougnoule, ma chère, et des petits merdeux de blanchettes qui se croyaient tous sortis de la cuisse d'Adolf Hitler.

– Bousiller son prochain sans se soucier de sa couleur n'est pas exactement ce que j'appellerais le contraire du racisme ! débite d'un trait Phalène, effarée.

– Vous avez tort, les hommes doivent être égaux en toutes circonstances. Les véritables racistes sont ceux qui sont persuadés qu'un homme est supérieur ou inférieur à un autre parce qu'il a la peau bleue ou verte à pois jaunes. Les autres... Les autres savent qu'il n'y a pas de différences, que l'être humain est fondamentalement un fils de pute quelles que soient ses origines ou sa croyance. Le père Rousseau s'est planté, l'Homme est naturellement mauvais.

– Vous êtes cynique...

– Pire que cynique, réaliste. Mon brin de sexisme, comme vous dites, vous croyez que je l'ai inventé ? Si j'avais été chargé de constituer une unité de broderie, c'est les mecs qui se feraient rares dans le Groupe.

– Argument facile, les garçons broderaient aussi bien que les filles si on leur apprenait.

– Je ne vous le fais pas dire. Vous copiez la grande blonde à queue de cheval, chez les Éloignés ? Elle était matriculée E-7 avec les Chinois.

– Oui, pourquoi ?

– C'est une ancienne championne de biathlon, niveau olympique si elle l'avait voulu. Ménisque bêtement bousillé à l'entraînement, reconversion réussie dans l'armée...

– Et vous ne l'avez pas recrutée à cause de ses performances à ski, c'est entendu. Pour mettre dans le mille, une paire de couilles ne remplace pas une bonne acuité visuelle.

– À moi de vous retourner la facilité de l'argument, glousse sardoniquement Van Meers ; même si cela vous défrise, le monde est ainsi fait et je l'utilise donc tel qu'il est. Je recrute comme je cassais, efficace avant tout.

Deuxième verbe au passé ; Phalène note.

– Cela dit, que vous le vouliez ou non, nous sommes d'accord au final, CP-9. Seules nos méthodes de raisonnement diffèrent pour y parvenir.

– C'est déjà beaucoup. Votre reconversion à vous, c'est la protection rapprochée sans vous soucier de savoir si vous protégez un salaud ou pas. Qu'est-ce que vous aviez choisi comme spécialité, après avoir roulé votre bosse ? Gorille pour dictateurs de républiques bananières ?

153

Van Meers fait la moue.

– J'ai travaillé pour des employeurs peu regardants quant au contenu de mon CV, oui. Certaines personnalités veulent des résultats concrets et préfèrent ne pas savoir comment on se salit les mains pour les obtenir.

– Vous me permettrez d'hésiter avant de salir les miennes !

– N'est-ce pas déjà fait ? ricane le mercenaire.

Touché. Phalène baisse les yeux. Elle déteste se faire renvoyer dans les cordes.

Le sergent hoche la tête ; étouffe un bâillement.

– Fin de la discussion, je suis fatigué. Vous pouvez disposer, CP-9.

Phalène quitte son siège. Elle commençait à avoir mal aux fesses. Ne se sentait pas de débattre des arcanes de la vocation et du bien-fondé du mercenariat, ni d'attaquer de front la philosophie fondamentale – surtout dans un domaine où les réponses ne sont pas toutes faites. Van Meers l'a eue par surprise. Elle enrage de lui laisser le dernier mot.

– Je peux vous poser une question, sergent ?

– Posez toujours.

– Vous briefez et donnez vos cours avec béret, vous débriefez sans. Vous l'enlevez pour me tourner le dos, vous le remettez de face... Il y a une raison ?

– Oui.

Silence à suivre.

Il y a une raison, mais Phalène ne la connaîtra pas ce soir. Quelque chose lui dit que demain non plus. L'enveloppe du futur programme présidentiel sous le bras, elle se dirige vers la porte de la salle.

– CP-9...
– Sergent ?
– Vos cassettes !

Pour avoir le dernier mot, Van Meers ne craint personne.

14

Elle est belle.

Pas une beauté artificielle ; un charme plus subtil, indéfinissable, qui naît de la douceur de ses traits. C'est fou ce qu'elle ressemble à son père. Phalène en est troublée.

On le serait à moins quand à deux pas de l'Assemblée nationale, dans un restaurant discret du quartier des éditeurs, le président de la République en exercice déjeune avec sa fille et la mère de celle-ci – qui n'est pas son épouse légitime. L'existence de l'enfant naturelle du chef de l'État est un secret de polichinelle pour les agents de la DOG (et pas seulement pour eux), mais la voir de ses yeux à quelques mètres de distance est une expérience qui ne laisse pas indifférent.

Voilà une jeune fille pouvant dire papa sans y rajouter le mot « contact » et un numéro.

– Qu'est-ce qui vous amuse, CP-9 ?

Le sergent Van Meers parle à voix basse. Il partage en couple avec Phalène une petite table à l'écart près du comptoir, loin de celle du Président. La salle du restaurant n'est pas immense, les voix y porteraient sans peine au niveau sonore d'une conversation normale.

– Rien, sergent, chuchote CP-9 en baissant les yeux sur son assiette de poisson.

La protection rapprochée du chef de l'État inclut des situations pour le moins extra-ordinaires (avec le tiret). Celle-ci dérange Phalène. Pas tant le fait de partager une intimité frappée du sceau Secret d'État que celui d'y participer activement. La vie privée devrait être territoire inviolable, que l'on soit président ou citoyen lambda ; or un président qui dissimule, même par omission, quelque chose qui ne regarde que lui, peut mentir sur des sujets plus graves concernant toute la nation.

Paradoxe. Phalène l'assume.

Elle et Van Meers sont les seuls membres du Groupe présents à l'intérieur du restaurant. Le Président a été formel : déplacement d'ordre strictement privé, dispositif minimum dans l'établissement. Ses anges gardiens sont priés de déjeuner à table comme tout le monde, il ne les veut pas en valets de pied derrière sa chaise ou plantés en sentinelles voyantes près de la caisse – pas de discussion. Le sergent a gardé pour lui que, déplacement public ou privé, la peau d'un président prenait les balles de la même manière. Il a donc mobilisé les effectifs des unités Contacts et Proches en conséquence.

Ceux-ci attendent dehors, mais les Abords et les Éloignés sont tous là, eux ; plus faciles à tenir écartés de la vue du chef de l'État. Cela fait quand même plus d'une trentaine de personnes pour veiller sur les quatre que compte la table présidentielle. Le quatrième est un ancien ministre jovial qui a beaucoup fait pour la promotion du port des bretelles et la consommation du havane gros module. La salle n'est pas pour autant vide de clients anonymes.

Là aussi le Président s'est montré intransigeant, pas plus question de manger entouré de barbouzes que dans un désert sinistre. Vérifier l'identité de la clientèle répartie aux autres tables n'a pas été une mince affaire, sauf pour les mastards entassés près de la porte des toilettes, estampillés Cellule Anti-Terroriste : ils chaperonnent la jeune fille et sa mère. Ils ont échangé des regards peu cordiaux avec les deux groupistes.

Ce déjeuner en famille officieuse a été décidé impromptu la veille. Un coup de téléphone de la présidence au QG du Groupe, du Président en personne. Van Meers avait pris note de ses desiderata sans broncher. Ses troupes et lui-même étaient revenus sur la brèche depuis une semaine, et on leur torpillait une journée de repos.

– On se reposera demain ! grince le mercenaire.

– Vous dites, sergent ?

– Si Papa ne nous invente pas une sortie, campo demain pour les troupes et permanence minimum au QG. Son agenda est vierge, un peloton de Réserves suffit à assurer sa sécurité autour de l'Élysée et devant chez lui. Souffler un peu ne sera pas de refus...

Depuis leur affrontement philosophique certain soir de débriefing, Van Meers se montre plus bavard avec sa subordonnée quand le hasard des missions les réunit ainsi, et pas seulement pour lui donner des ordres ; il est capable d'entretenir une conversation conviviale. CP-9 ne sait plus sur quel pied danser. Loin d'éclairer la personnalité du mercenaire, ces brefs moments d'humanité l'obscurcissent davantage. Et Phalène n'a pas encore eu d'explication sur le va-et-vient du béret.

Son oreillette et celle du sergent grésillent.

– E-4 à Autorité.

– Autorité écoute.

– Mouvement suspect dans l'azimut, Autorité.

– Je répète, mouvement suspect dans l'azimut...

Phalène avale sa bouchée de travers. Van Meers repose lentement sa fourchette. Leurs regards se braquent sur la tablée présidentielle, synchrones.

– Précisez, E-4.

– Deux hommes dans un monospace. Ils viennent d'en sortir. Ils remontent la rue en portant chacun un gros sac de sport qui paraît lourd.

– E-2 à Autorité, je les ai. Attitude suspecte, Auto...

– Je les ai moi aussi !

– Identifiez-vous d'abord, merde ! siffle Van Meers dans son micro.

Parler entre ses dents pour ne pas hausser le ton dans le restaurant ne facilite pas l'élocution du sergent.

– Pardon... E-10 à Autorité, je les ai moi aussi, je confirme l'attitude suspecte des...

– Délit de sale gueule ou vous avez du solide pour l'affirmer ? coupe Van Meers.

– Ils regardent autour d'eux en marchant, comme s'ils craignaient d'être remarqués...

– Ça va ! Unité Abords en interception, E-4 vous guide, les Proches ne bougent pas. CP-3 et CP-5 à l'intérieur, vite !

Le sergent se lève ; intime à Phalène de l'imiter. Elle obéit en regrettant d'abandonner un saumon grillé goûteux à souhait. Vannier et Ledantec entrent dans le restaurant et les remplacent. Si le Président s'aperçoit du manège de ses protecteurs, il n'en laisse rien paraître. Repas et discussion se poursuivent tranquillement à sa table.

Une fois dehors, Van Meers stationne devant la porte. Ici, il peut donner ses ordres d'une voix normale.

– Vous copiez toujours nos oiseaux, E-10 ?

– Ils traversent la rue. Je crois qu'ils se dirigent vers un immeuble où ils ont l'intention d'entrer... Qu'est-ce que je fais, Autorité ?

– Rien ! Vous ne faites rien, E-10 ! Autorité à tous les Éloignés, gardez les oiseaux en ligne de mire, c'est tout.

– A-6 à Autorité pour Abords, nous avons les oiseaux en visuel. Négatif pour interception, ils entreront dans l'immeuble avant que nous les ayons rejoints. Je répète, négatif pour...

– J'ai entendu ! Standby pour tous !

Van Meers se fait préciser la rue, le numéro de l'immeuble. Révision mentale du plan du quartier mémorisé en briefing. Le pouls de Phalène s'accélère. L'immeuble est pile dans l'axe du restaurant, à cinq cents mètres. Toit plat, confirme E-10. La distance n'est pas un handicap sérieux pour un bon tireur – les mâchoires de Phalène se crispent. Van Meers couvre son micro avec sa main, l'œil noir.

– Maîtrisez-vous, CP-9 ! Tant que Papa est à l'intérieur, tout va bien.

CP-9 pourrait rétorquer que le restaurant est à portée de bazooka – la voix de l'Éloigné matricule E-2 chasse cette sombre pensée.

– Ils sont sur le toit. Ils ouvrent leurs sacs et déballent du matériel...

Le sergent renifle.

– Ce sont des appareils photo, Autorité, je les vois très bien dans mon viseur. Je répète, ce sont des appareils photo, avec des téléobjectifs mahousses !

160

– Paparazzi... soupire Phalène.

– Possible, lâche Van Meers ; Autorité à unité Éloignés, gardez les oiseaux en ligne de mire, soyez prêts à ouvrir le feu. Unité Abords, tout le monde dans la rue autour de l'immeuble. A-1 relève la plaque du monospace et l'ausculte sur toutes les coutures, A-2 et A-3 montent sur le toit vérifier l'identité des oiseaux. Confirmez un par un dans l'ordre.

À l'intérieur du restaurant, une serveuse apporte les desserts à la table du Président, en même temps que les cafés. La fin du repas est imminente. Ledantec CP-5 le signale. Van Meers accuse réception.

Les Abords numéros 2 et 3 au rapport sur les ondes : identités vérifiées, les suspects sont d'authentiques photographes spécialisés dans la longue focale douteuse, leur matériel tire du 24x36 couleurs et pas des roquettes perforantes.

– Laissez-les faire leur boulot, déclare CP-1 Autorité.

CP-9 sursaute.

Toise son chef qui reste imperturbable. Sa cicatrice n'a pas changé de couleur.

– Je répète, laissez-les faire leur boulot, mais restez sur le toit avec eux jusqu'au bout. A-2 et A-10, vous gardez ces messieurs sous votre feu. Silence radio jusqu'à nouvel ordre.

– C'est un coup monté, sergent ? murmure Phalène.

Elle regarde par les fenêtres du restaurant. Son regard flotte du Président à sa fille – un secret qui n'en sera bientôt plus un.

– Pap... Il est au courant, n'est-ce pas ?

En guise de réponse, Van Meers renifle sans

motif une nouvelle fois. Reprend la conversation radio après avoir pris position pour couvrir la sortie du Président, tournant le dos à l'immeuble sur le toit duquel deux photographes de la pire espèce se récitent l'annuaire des magazines à sensation.

— Autorité à unités Proches et Contacts, tout le monde regarde le restau. Personne de face, vous m'avez compris. CP-3 et CP-5, vous couvrez les arrières et vous ne sortez pas. Je répète, vous ne sortez pas.

Drôle d'impression que d'avoir un objectif braqué sur l'occiput. Phalène frissonne sans le vouloir. Elle comprend ce que peut éprouver une star après coup en se découvrant ainsi photographiée à son insu. Certaines parlent de viol ; pas faux. Sauf que le violeur ne tient pas l'appareil qui prend les photos mais le torchon qui les reproduit.

Le Président et ses invités du jour sortent du restaurant, les mastards de la CAT sur leur talons. Ça doit mitrailler sec depuis le toit de l'immeuble, au sens figuré heureusement. Et aucun membre du Groupe ne sera photographié à visage découvert avec le chef de l'État dans une situation délicate. Le sergent Van Meers pense à tout.

Les adieux s'éternisent sur le trottoir.

— Autorité à A-2 et A-3, c'est terminé pour les photos, nos oiseaux ont eut le temps de gagner leur croûte. Ils remballent et se taillent, vous les raccompagnez à leur bagnole. S'ils ne sont pas d'accord, vous saisissez les pellicules, mais sans les détruire. Bien compris, A-2 et A-3 ?

— Affirmatif, Autorité.

— Dès que les appareils sont dans le sac, CP-3 et CP-5 pourront sortir du... Merde !

Le juron de Van Meers ne s'adresse pas à ses

troupes : devant le restaurant, les adieux sont terminés, mère et fille s'éloignent, escortées par leurs chaperons musclés. Le Président et l'ancien ministre tirant sur un gros cigare font de même dans la direction opposée sans attendre les leurs. Ostensiblement.

Provocation puérile qui chatouille l'orgueil du sergent.

– Autorité à tous, on bouge avec Papa. Les Contacts serrent les rangs, les autres se démerdent.

– On dirait que Papa veut aller se promener pour digérer, constate Phalène.

– Il veut seulement me faire chier, oui ! grogne le chef du Groupe.

– Si des paparazzis ont su où il déjeunait, ils ne sont peut-être pas les seuls...

– On ne vous demande pas votre avis, CP-9 !... PP-3 ?

– PP-3 écoute.

– La bagnole de Papa à ma botte, tout de suite.

CP-1 Autorité respire un bon coup et se porte à la hauteur du Président – plus libéro, tu meurs. Il lui parle en choisissant ses mots avec soin. Las : le chef de l'État est manifestement agacé ; son œil charbonne. L'ancien ministre fait des ronds de fumée, rigolard. Van Meers insiste.

Finit par revenir vers Phalène.

– Papa accepte de monter en voiture pour rentrer. Un seul Contact à bord...

La cicatrice du sergent est laiteuse.

– Vous.

15

Le bocage normand à perte de vue.

L'hélicoptère perd de l'altitude et de la vitesse. Se stabilise sur un nouveau plan de vol et reprend son allure de croisière. Les haies défilent sous ses patins.

L'appareil de surveillance de l'unité Soutien du Groupe est un Dauphin antichar désarmé à double turbine, dont la carlingue a été modifiée pour transporter des passagers avec un confort relatif. Au manche à balai dans le cockpit biplace, pilote et copilote S-quelque chose ; Phalène n'a pas retenu les numéros d'ordre de l'équipage. À bord, outre elle-même et le sergent Van Meers (blouson d'aviateur sur son éternel treillis, béret rouge vissé sur la brosse), deux membres de Contacts : l'inévitable Ledantec, aujourd'hui numéroté CP-3 par le hasard des rotations de postes, flanqué de Marigot, CM-6, un Antillais bâti en hercule à côté duquel le mercenaire fait figure de nain et Phalène de lilliputienne rachitique.

Phalène toujours CP-9. Elle est sûre que Van Meers l'aurait bombardée Contact-Labrador s'il avait pu, en dépit de l'amélioration de leurs rapports qui connaît cependant des hauts et des bas depuis quelque temps – surtout des bas. Elle le supporte en traitant la chose par la désinvolture.

Son chronomètre de précision indique onze heures sept.

Le jour de repos des troupes aura été de courte durée. La jeune femme bouquinait tranquillement chez elle quand le sergent vint la chercher au volant de son Audi personnelle, Ledantec et Marigot déjà embarqués. Pas un mot d'explication, montez, et cap sur l'héliport du camp militaire de Frileuse où les machines volantes du Groupe sont basées. Ce n'est qu'après le décollage que son chef voulut bien donner les raisons de ce voyage imprévu.

Cartago avait recommencé.

Enfin, essayé. Ils constateraient sur place. Les spécialistes de l'unité Logistique étaient partis les premiers. Hormis eux trois et l'équipage du Dauphin, le Groupe bétonnait le rempart de sécurité ordinaire des Réserves autour de l'Élysée. Le Président avait promis de ne pas sortir avant le retour du sergent, tout en déplorant ses tendances paranoïaques.

Phalène avait enregistré l'information avec des sentiments contradictoires : la satisfaction d'avoir vu juste (et Sphinx avec elle) quant à une nouvelle tentative d'assassinat, la surprise d'être à bord de l'appareil en route pour une situation ne relevant théoriquement pas de ses responsabilités. Elle n'a rien à faire là. À moins que cela ne soit la teneur des fameux ordres la concernant dont lui a parlé Van Meers, ce qui expliquerait pourquoi elle ne cesse pas d'être Contact-Papa. Le sergent doit emmener la chienne de la DOG où qu'il aille si cela a un rapport direct avec la sécurité du Président. Et pour montrer qu'il entend bien ne pas subir sans réagir, le mercenaire a aussi mobilisé deux autres Contacts aujourd'hui. Deux garçons, bien sûr ; c'est de bonne guerre.

Un clocher coiffé d'un coq-girouette flèche soudain l'horizon devant le cockpit de l'hélicoptère. Le Dauphin ralentit, passe en vol stationnaire et commence à descendre. Le clocher surmonte une petite église romane perdue dans la campagne ; les croix blanches du cimetière adjacent tranchent avec la verdure du bocage que l'automne n'a pas encore estompé. Le pilote remet de la puissance pour diriger son appareil en rase-mottes vers une clairière proche de l'église. Par un hublot de la carlingue, Phalène aperçoit du monde au sol. Des véhicules, des hommes.

Des hommes en uniforme, d'autres en civil. Gendarmes, policiers, inconnus, une véritable fourmilière humaine s'agite autour de l'église et dans les allées du cimetière. Quelques curieux sur la route menant au site, des voitures particulières rangées sur les bas-côtés. Encore des uniformes pour faire barrage. Le bleu vif des motards de la gendarmerie domine.

Le blond Ledantec se colle à Phalène pour se rapprocher du hublot. Incorrigible. Elle le repousse du coup de coude habituel et péremptoire.

– Qu'est-ce que c'est que ce bled ! ? hurle le Breton pour couvrir le vacarme du rotor principal qui résonne dans la carlingue.

– Château-d'Adt ! répond Van Meers sur le même ton ; trois cents habitants, donjon médiéval, vergers, cultures vivrières, un peu d'élevage ! Vous comptez investir dans la région, Ledantec ? !

166

Ledantec daigne rire de la plaisanterie du sergent. Les C-etc. sont réservés aux communications radios et à qui n'est pas dans les petits papiers du mercenaire – CP-9 en sait quelque chose. Pour l'instant, hublot reconquis, elle compte les croix blanches rangées en lignes tirées au cordeau. Beaucoup de tombes pour un si petit village.

— Et cimetière américain aussi, non, sergent ?!

— Canadien ! beugle Van Meers en retour ; Juno Beach est à moins de vingt kilomètres, Château-d'Adt a été libéré le 7 juin !... On se pose, oui ou merde !?

Le pilote de l'hélicoptère grogne une vague réponse, concentré sur ses commandes. La prairie ne lui dit rien qui vaille : elle sent le bourbier caché sous l'herbe foisonnante. Il finit par se poser laborieusement, du bout des patins, comme s'il craignait de les voir s'enfoncer au risque de faire basculer le Dauphin et le transformer en charrue involontaire.

C'est mou, mais ça n'enfonce pas. Van Meers a déjà fait coulisser la porte latérale de l'hélicoptère et sauté à terre, imité par Phalène, Ledantec et Marigot à sa suite en bon ordre. Courbés sous les pales tournoyantes, tous galopent vers l'église.

Ils y sont accueillis par un maître-nageur brun costaud sanglé dans un imperméable mastic.

Phalène reconnaît le capitaine Verdier.

Le capitaine Verdier reconnaît Phalène – sans en faire état. À peine un battement de paupières de connivence ; solidarité muette des services secrets. La jeune femme remarque que l'officier paraît plus soucieux que ne l'exige la situation.

Van Meers ne connaît pas l'homme, mais renifle sa fonction.

– Sergent Van Meers, se présente-t-il en portant deux doigts à son béret ; où sont mes gars ?

– Dans le cimetière, répond Verdier, rendant le salut avec mollesse ; vous avez fait vite...

– Moins que vous !

Sans rien ajouter, Van Meers file le long de l'église, salué au passage par des gendarmes que son pantalon léopard impressionne. Le trio de Contacts suit au petit trot, sous l'œil impavide du capitaine Verdier.

Le cimetière est divisé en deux. La partie autochtone au plus près de l'édifice religieux, caveaux de famille sans prétention et pierres tombales grises qui, vus d'en haut, peuvent se confondre avec le paysage ; la nécropole des soldats canadiens tombés pour la libération du village, de simples croix plantées régulièrement dans l'herbe. Une stèle immense marque l'entrée du carré des martyrs. À faible distance du monument, côté sépultures indigènes, une tombe ouverte.

Des hommes alentour, un courbé dedans. Les groupistes techniciens de l'unité Logistique. La rogne de Van Meers s'abat sur le premier venu.

– Pourquoi les mecs de la Piscine sont-ils là avant moi ?

– C'est aussi ce que m'a demandé le mec de la DST ! réplique l'interpellé ; un gros phoque moustachu avec un pif de clown, ça vous dit quelque chose, sergent ?

Phalène regarde ailleurs. Le mercenaire se mord les lèvres.

– Que trop ! Il est encore là ?

– Il est monté à la cabine téléphonique, un peu plus haut sur la route. Il m'a dit de vous dire...

– Plus tard !

Van Meers a perdu de sa superbe. Phalène rit sous cape. La coopération inter-services prônée par monsieur « Montpensier » n'est pas restée lettre morte.

Ledantec fait preuve d'inspiration.

– Faudra penser à mettre le QG sous brouillage permanent... On doit être sur écoute, sergent !

– Merci du conseil, mais vous auriez pu y penser avant ! rétorque Van Meers avec parfaite mauvaise foi.

– Je suis Contact, moi, pas Logistique ni...

– Ça va !

Le sergent lance un regard goudron-charbon à Phalène. Le hangar du quartier général appartient à la DOG, pas besoin d'être grand clerc pour sauter aux conclusions hâtives. La jeune femme hausse les épaules, tant en signe d'ignorance que d'innocence. Si fuites il y a eu, elles ne sont pas de son fait.

Van Meers renifle.

– Alors, vous autres ?

Un geste de la main de l'artificier debout dans la fosse suffit à éclairer la lanterne des arrivants. La tombe est pleine de petits paquets marron disposés côte à côte, tous reliés entre eux par du fil électrique noir. Le fil aboutit à un boîtier gris muni d'une antenne souple.

– Vous fiez pas à la hauteur du tas, sergent, le cercueil est toujours en dessous.

– Plastic ?

– Semtex. Le quintal et demi à vue de nez.

– Cent cinquante kilos d'explosif ? Bordel !

– De quoi satelliser la veuve éplorée et tous les héritiers ! renchérit l'artificier ; pas de mouvement d'horlogerie, détonateur mécanique, mise à feu commandée à distance par ondes courtes.

– Vous avez désamorcé ?

– Plus rien à craindre, sergent. J'ai renvoyé notre hélico chercher des containers spéciaux pour remballer la marchandise. On devrait pouvoir déterminer son origine et peut-être remonter à son acheteur.

– Vous avez trouvé la bonne tombe facilement ? dit soudain Phalène.

– Ben, on savait ce qu'on cherchait, c'était pas sorcier ! Suffisait de repérer une dalle fraîchement rescellée, ça nous...

– Vous saviez ? ! ?

– La gendarmerie du secteur de Château-d'Adt a reçu un appel téléphonique anonyme, explique Van Meers de mauvaise grâce ; vous aurez toutes les informations en temps voulu, CP-9, en attendant je vous saurais gré de vous taire !

Le sergent se tourne vers Marigot.

– Papa devait venir quand, ici ?

– En fin de semaine, répond l'Antillais sans effort de mémoire ; une visite de courtoisie qui n'était même pas inscrite au programme officiel des cérémonies de commémoration du Débarquement de juin dernier.

– Dépôt de gerbe au pied de la stèle ?

– Affirmatif, sergent, avec une délégation d'anciens combattants canadiens et leurs familles. Ils ne pouvaient pas se rendre en France avant le mois de septembre, c'est pourquoi la visite de Papa a été reléguée si tard... Cartago est foutrement bien renseigné !

– Tout le monde y passait, l'explosion aurait soufflé la moitié du cimetière, affirme l'artificier du fond de sa tombe.

– Ça ne lui ressemble pas... murmure Phalène.

– Je ne vous ai pas demandé de la fermer, vous ? grogne Van Meers.

– Excusez-moi d'insister, sergent, mais ce piège explosif ne ressemble pas à Cartago. Qu'on nous prévienne ou pas, il n'avait aucune chance de marcher, tous les endroits où doit se rendre Papa sont passés au crible avant sa venue, nous aurions trouvé la tombe piégée.

– Pas d'accord ! proteste l'artificier ; nous avons trouvé cette tombe parce que nous la cherchions. En temps normal, nous pouvions très bien passer à côté du joint maquillé car...

La cicatrice de Van Meers vire au blanc cadavérique. L'artificier verdit.

– Heu, ce n'est pas ce que je veux dire, sergent, il... On l'aurait trouvée, on l'aurait trouvée ! Mais... Enfin, si j'étais terroriste, je tenterais ma chance, et...

Phalène ne lâche pas son idée.

– Un attentat à la bombe, je peux me tromper, mais ça cadre mal avec le tir au pigeon du Crillon.

– Vous commencez à me casser les couilles, vous et votre scepticisme à répétition ! barrit Van Meers ; Cartago ou pas, nous sommes fixés, non ? On cherche bien à dégommer Papa, et sans lésiner sur les moyens.

– Si vous voulez...

– Si je veux ?

Le sergent crache par terre.

– Cent cinquante kilos de Semtex, merde, qu'est-ce qu'il vous faut ? ! Nous devons redoubler de prudence ou Papa se fera cueillir comme une framboise... Ledantec !

– Sergent ?

– Passez le message au QG pour le brouillage, et rejoignez-nous à la cabine téléphonique.

Elle jouxte l'arrêt de l'autocar à desserte locale, une simple cabane en bois à toiture de zinc.

La route est barrée par deux camionnettes de gendarmerie garées en chicane. Les premières maisons de Château-d'Adt se dressent à un jet de pierre de là. Le donjon annoncé par Van Meers dépasse des toits sur fond de ciel qui s'assombrit. De gros nuages noirs moutonnent à l'horizon. L'orage semble hésiter entre éclater au large ou venir se déverser à terre.

Le commissaire Boulard fait les cent pas devant la cabine téléphonique, le cigarillo au bec et les mains dans les poches de son pardessus, observant en connaisseur les spécialistes du Groupe à l'ouvrage. Photographies, relevés d'empreintes digitales, cueillette d'indices ; la routine.

À l'instar du capitaine Verdier, Boulard ignore Phalène, semble aussi accablé que son collègue de la DGSE, et accueille Van Meers en souriant jaune sous sa moustache.

– Commissaire Boul...

– On se connaît ! Vous n'avez pas eu trop de mal à trouver ? ! ricane le sergent, chargeant chaque mot de fiel.

– Nous avons le sens de l'orientation, à la DST.

– Et des nœuds dans le téléphone ! Ai-je encore quelqu'un à découvrir ?

– Mon collègue des Renseignements Généraux, dit Boulard, moins placide et bonhomme que d'ordinaire ; il est au village avec les gendarmes qui ont reçu le coup de fil anonyme.

Phalène parie cent dollars qu'il a les cheveux

172

roux. Van Meers remballe sa colère et redevient professionnel.

– Une voix d'homme ?

– Une voix déguisée, haletante, qui avertissait qu'une tombe du cimetière que le Président devait visiter était minée, sans préciser laquelle, communication interrompue brusquement au milieu de la conversation, vous voyez le genre...

– Classique ! Et vous avez tout de suite pensé que ce citoyen si soucieux de son anonymat appelait depuis cette cabine ?

– Je ne pensais rien, mais j'ai trouvé vos gars devant quand je suis arrivé.

– On connaît notre boulot, grommelle l'un des spécialistes ; le repérage d'appel indiquait cette cabine, et nous avons trouvé ça dedans, sergent.

Il exhibe une pochette transparente. Elle renferme une carte téléphonique illustrée par une publicité de camembert dont la marque est une évidente référence à la fonction de chef de l'État.

– Il se fout de nous, en plus ! gronde Van Meers.

– Si c'est bien lui, dit Boulard ; cette carte est peut-être une coïncidence.

– Je n'aime pas les coïncidences ! On peut encore téléphoner avec ?

– Elle était neuve avant l'appel anonyme, nous avons récupéré son emballage par terre, répond le spécialiste.

– Pourquoi prendrait-il la peine de nous avertir ? murmure Phalène ; à moins que...

– Une intuition ? sourit Marigot.

– Un doute !

Sacré Sphinx. Phalène lui dédie mentalement sa dernière phrase. Le doute laisse place à l'hypothèse.

– Ce traquenard à la bombe est une imbécillité totale, je le répète, et nous en prévenir un acte incompréhensible... À moins que Cartago ne soit pas seul... Il a des complices, et l'un d'eux a craqué, la carte téléphonique publicitaire est un message... Ou alors cette bombe en cache une autre, et Cartago joue avec nos nerfs pour nous pousser à la faute.

– Valable, admet Van Meers, à contrecœur.

Retour de Ledantec, en petites foulées. Le Breton toise le commissaire Boulard, mi-figue mi-raisin. Van Meers intercepte son regard.

– Alors ?

– Le... Heu... Message passé, sergent !

– Parfait. Retournez au cimetière et prévenez les camarades artificiers, on vérifie toutes les tombes.

– Toutes ? !

– Une par une, même celles dont le joint paraît intact, et l'église en prime, de la crypte au clocher.

– Une autre bombe, sergent ?

– Une intuition !

Phalène regarde ailleurs. Van Meers se tourne vers son spécialiste ; montre la cabine téléphonique.

– À part la carte, rien d'autre ?

– Des empreintes à foison, sergent, comme dans n'importe quel lieu public. Mais leur examen ne donnera rien de probant, j'en ai peur. Quant à la carte elle-même, si notre correspondant anonyme n'a pas pris de gants pour nous mener en bateau, il en a...

– Ce n'est pas le moment de faire des astuces ! Marigot...

– Sergent ?

— Prochain déplacement sérieux de Papa, la visite de ce cimetière mise à part ?

— Mardi matin en huit, au musée du Louvre. Inauguration d'une nouvelle salle d'antiquités égyptiennes, déjeuner de travail ensuite avec le ministre de la Culture et ses homologues européens. Maman sera présente au musée, mais pas au repas.

— Bien. Alerte maximum pour toutes les unités, tout le monde est de permanence au QG jusqu'à nouvel ordre... Dès que Papa met le chapeau dehors, il doit être intouchable !

Grondement de tonnerre lointain qui souligne la conclusion du sergent Van Meers.

Comme un baisser de rideau.

16

Une pizza attendait Phalène à son retour de Normandie.

En fait de pizza, un dépliant publicitaire dans une enveloppe à son nom déposée à l'accueil du hangar. Traduire : au rapport à la Division dès que possible. Aucun risque de méprise, la société *Super Pizza Flash* n'existe pas, sinon comme messagerie interne de la Division des Opérations Générales.

Le sergent Van Meers ne pouvait interdire à CP-9 de se rendre là où la réclamaient leurs supérieurs mutuels. Il se contenta de lui ordonner de partir discrètement et de revenir de même, rapport aux autres membres du Groupe. Phalène avait pris le temps de faire une toilette sommaire et de se changer avant de sauter sur sa moto, pour rallier l'immeuble *International Export SA* aux premières lueurs du crépuscule ; l'air sentait la pluie.

Elle était montée directement au bureau de Berthillon, sur les instructions de la réceptionniste, brune aujourd'hui. Un agent qu'elle ne connaissait pas l'attendait près de la porte d'acier, et composa le code d'ouverture (sans le lui communiquer) après qu'elle se fût identifiée. Désagréable impression d'être admise à l'étage des morts en chemise et la corde au cou – sans les clefs de la ville à offrir en échange de son salut.

Morpho arbore sa tête des mauvais jours. S'asseoir sur son bureau n'améliorera pas son humeur.

– Urgence ? dit Phalène en se posant sur une chaise en face de lui.

– Service ! réplique Berthillon.

Quand il ne se déguise pas en notaire pour jouer les pseudo-chargés de communication, le Numéro 4 adopte au travail une tenue plus décontractée. Présentement, pantalon de velours côtelé, polo pur coton et blazer de yachtman. Sa mine inspire tout sauf l'invitation à une croisière tropicale.

– Ça fait un moment qu'on ne s'est pas vus, Joël...

– Assez longtemps pour que tu piétines joyeusement le réglement, tu as une demi-heure de retard.

– Par rapport à quel horaire ?

– Ça va, laisse tomber ! Les ordres de Van Meers priment mais tu es toujours une chienne de chez nous, si jamais tu l'avais oublié. Il a fait beau, à Château-d'Adt ?

– Très ! Les nouvelles vont vite...

– Pas du tout, elles suivent la procédure réglementaire. Le cimetière canadien est inscrit sur l'agenda présidentiel, il était normal que les gendarmes en réfèrent à qui de droit. Si le Groupe s'occupe de la protection du Président, je te rappelle que la Division chapeaute tout ce qui s'y rattache de près ou de loin.

– Tu sais que j'ai retrouvé de vieilles connaissances, en Normandie ?

– Je sais, tes caricatures de sous-fifres. Le capitaine Verdier, le commissaire Boulard, et...

– ... Mayol sans grade des-Renseignements-

177

Généraux-pour-nous-servir, le trio était au complet ! Ils ont été prévenus par tes soins de superviseur ?

– Ils sont sur le coup depuis le début, il est normal qu'ils continuent, élude Berthillon ; si ce ne sont pas des flèches, ils bossent dur et ils obtiennent des résultats, que ça te plaise ou non.

– Ce que j'en disais, moi...

– Tu le gardes pour toi ! Tu es convaincue qu'on veut bien attenter à la vie du Président, maintenant, ou tu t'accroches à ta théorie fumeuse du complot dans le complot ?

– On essaye, en tout cas.

– Heureux de te l'entendre dire !

– On essaye en y mettant le paquet, j'en conviens. Je demande quand même à voir la liste des visiteurs admis à l'accompagner au cimetière, des fois que...

– Des fois que rien ! On a déjà vérifié, aucun n'était présent aux côtés du Président dans sa loge lors du premier attentat, ni ailleurs dans la tribune d'honneur, que ce soit à titre officiel ou privé, tu peux me croire sur parole.

– Je te crois, Joël, je te crois...

– Et le dépôt de gerbe à Château-d'Adt est maintenu à la date prévue, puisque le piège a été désamorcé. L'idée de fouiller toutes les tombes était de toi ?

– Les nouvelles vont vraiment très vite...

– Réponds !

– Indirectement, je dirais, si je ne voulais pas que ma modestie en souffre ! Le sergent Van Meers n'est pas né de la dernière pluie, il a lui aussi pensé qu'une bombe facile à trouver pouvait en cacher une autre mieux dissimulée... mais je crois Cartago un peu plus intelligent que ça ! Je suppose que nous cherchons toujours à l'identifier ?

— La Division n'est pas un club de vacances, on travaille.

— Je sais, mais ça traîne.

— Monsieur Ramirez Sanchez nous a pas mal pris la tête, tu nous excuseras de traîner ! siffle Berthillon.

— Ce n'est pas ce que je voulais dire et tu le sais très bien, Joël. Un tireur de sa trempe laisse forcément des traces, ne me dis pas le contraire.

— Nous suivons des pistes, si ça peut te rassurer. Tu n'as pas à en savoir plus.

— Un type qui se procure un fusil automatique dernier cri ne doit pas passer inaperçu, insiste Phalène ; le capitaine Verdier t'avait d'ailleurs questionné là-dessus, je me rappelle, mais tu avais on ne peut plus escamoté le sujet.

— La firme qui fabrique les carabines Cartago-Contender est discrète sur la composition de sa clientèle, ça t'étonne ? De source bien informée, je peux quand même te dire que les petits gars du Pentagone en recherchent une caisse de dix qui aurait mystérieusement disparu pendant le retrait des Marines de « Tempête du Désert ».

— Les Américains ne sont pas soigneux ! Tu penses plausible un commanditaire basé dans le Golfe ?

— Personne ne parle d'assassiner le président de la République française, dans le Golfe ou ailleurs ! jette Berthillon, sec ; la situation internationale n'est pas au beau fixe, mais nos investigations sont formelles...

— Comme la balistique ! Je pensais plutôt à

quelque chose du style « faudrait penser à flinguer Machin quand il ira serrer la louche au président français », tu vois ?

– Qu'est-ce que tu es têtue, bon dieu, mais ça non plus personne n'en parle. Par contre, les milieux extrémistes s'agitent beaucoup à l'étranger, la France reste la cible privilégiée de pas mal de monde, Algérie en tête. Là aussi nous suivons des pistes, et j'ajoute que ces questions ne sont pas de ton ressort. On en reparlera quand tu auras un matricule à deux chiffres... ce qui n'est peut-être pas demain la veille !

Phalène sursaute. Berthillon toussote et fuit son regard. La jeune femme irait bien lui chercher les pupilles avec des pinces à escargots.

– C'est pour me dire ça que tu m'as convoquée en urgence ce soir, Joël ?

– J'ai une mauvaise et une très mauvaise nouvelle à t'apprendre. Je commence par laquelle ?

– La très mauvaise, répond Phalène par esprit de contradiction.

– Van Meers s'est plaint de toi au Grand Paon.

CP-9 cille à peine.

Si elle n'est pas surprise, elle n'en est pas moins étonnée : le sergent ne se prive pas d'ordinaire de faire ses remontrances directement à l'intéressé – l'intéressée en l'occurrence. Et sans ménager sa victime.

Par association d'idées, Phalène renifle.

– Motif ?

– Mauvais esprit. Van Meers n'a rien à redire sur tes capacités à protéger le Président, il serait même assez satisfait de ce côté-là, mais il supporte de moins en moins ton attitude qui frise l'indiscipline, tes remarques incessantes, tes suggestions à tout bout de champ... ce qui ne me surprend qu'à moitié, je dois dire !

Sourire contrit sur les lèvres de Phalène. Pas plus tard que ce matin, elle aggravait son cas.

Le ton de Berthillon se fait cassant.

– Bref, il en vient à se demander si tu peux continuer la mission au mieux des intérêts de celle-ci, en dépit de tes capacités...

– ... dont il serait assez satisfait, alors faudrait savoir ! Le sergent Johan Van Meers n'aime pas les collaborateurs qui font marcher leur cervelle, c'est tout.

– Peut-être, mais c'est lui le chef du Groupe.

– Et il est bon, je suis la première à le reconnaître, Joël. Ce n'est pas une lumière, il a une grande gueule, mais son système de protection rapprochée se défend bien...

En toutes circonstances, l'épisode des paparazzi comme exemple le plus probant, la « défense calibrée » du sergent Johan Van Meers continue de se montrer à la hauteur de sa réputation. Deux petits accrocs quand même ; deux fausses alertes qui n'ont pas passé les limites de l'aire des Abords. À chaque fois l'intrus avait été repéré, tenu en ligne de mire par un Éloigné avec ordre de ne pas tirer avant instruction, et gentiment mis hors circuit. À chaque fois aussi il s'agissait d'un admirateur non accrédité qui tenait à manifester sa sympathie au Président, la deuxième fois avec un énorme bouquet de roses à la main – il avait bien failli se prendre une balle dans la tête, celui-là. Phalène avait alors décelé une amorce de faille dans le système, outre celle concernant la direction du Groupe par un seul et même homme (n'en déplaise à son sergent inventeur) : on ne pouvait pas ouvrir le feu comme ça, sur un simple soupçon.

– C'est du bronze, Joël, vraiment, tant qu'un vrai terroriste ne s'y est pas frotté, bien sûr ! Ce serait le seul test véritablement concluant.

– Tu pourrais ne pas y assister, soupire Berthillon.

– C'est quoi l'idée ? ! se cabre Phalène ; je suis virée ? Du Groupe, je veux dire ? À moins que le Grand Paon ne considère que je n'ai plus ma place à la Division ? C'est pour ça que je peux m'asseoir sur mon matricule à deux chiffres ?

– Le Grand Paon t'avertit, rien d'autre. Il a écouté les récriminations de Van Meers, promis qu'on te ferait la leçon, elle est faite. Le reste est entre tes mains. Continue à jouer les fortes têtes, et tu gicles !

– Je me demande quelle est la mauvaise nouvelle. Je m'attends à tout...

Berthillon joint les extrémités des doigts de ses deux mains, comme un prieur.

– Sphinx ne fait plus partie de la boutique.

Un grand froid dans l'estomac de Phalène. Elle s'attendait à tout, mais pas ça.

– Tu veux dire qu'il est...

– Je veux dire qu'il a été rayé des cadres à sa demande, retraite anticipée en bonne et due forme. Tu l'as vu il n'y a pas si longtemps, tu peux comprendre pourquoi.

Phalène hoche la tête, affirmative. Amère, aussi. Le miracle médical n'aura pas lieu. Sphinx doit vouloir se préparer au grand départ à sa façon, tirer sa révérence dans l'ombre et sans rien demander à personne, comme il a vécu. C'est son droit.

Et signe qu'il abandonne la partie.

Sans arborer de satisfaction malsaine, l'œil de Berthillon n'en pétille pas moins.

— Tu viens de perdre ton avocat.

— Imbécile.

C'est sorti tout seul. Calmement. Les yeux noisette de Phalène se voilent de gris, paillettes éteintes.

— Lui, il va perdre la vie, et ça, Joël...

La voix qui se brise.

— C'est ce que moi j'aurais appelé la très mauvaise nouvelle.

17

Retour au Val-de-Grâce.

Phalène a téléphoné d'abord à Sphinx – pas pour lui demander la permission de venir, pour annoncer qu'elle arrivait là maintenant tout de suite. Dirait-il non qu'elle viendrait quand même.

Sphinx avait dit oui.

Il y a un bon Dieu qui veille sur le poker météo des chiennes de la DOG : il a plu pendant l'audience avec Morpho ; poussé par les vents d'altitude, l'orage hésitant le long des côtes normandes avait fini par crever et balayer le pays d'ouest en est, mais la pluie a cessé un quart d'heure avant que Phalène ne sorte de l'immeuble *International Export SA*. Le trajet à moto se fait donc au sec. Le pavé parisien mouillé est quand même glissant, le pilotage de la Venture réclame du doigté. La jeune femme bride son envie de mettre la poignée dans le coin pour arriver plus vite.

Sans changer ses habitudes, elle laisse sa machine sur le trottoir devant l'hôpital. Les factionnaires sont plus tatillons en dehors des heures de visites réglementaires. Au poste de garde, leurs formalités de vérification d'identité se font méticuleuses à l'excès, sésame de la Division ou pas.

Sphinx occupe toujours la même chambre. Les lamelles du store vénitien sont complètement fermées. La lampe de chevet dispense une lumière jaune qui projette des ombres marquées au plafond et sur les murs. Ni accueillant, ni rébarbatif, le décor n'a pas changé. Le malade, si.

En moins de deux mois, la momie s'est pris une bonne dynastie dans l'épiderme.

Son regard farouche n'en brille qu'avec plus d'intensité. Phalène approche le siège des visiteurs comme on roule le chariot portant les derniers sacrements.

— Ne tire pas cette tronche, je t'avais prévenue. Assieds-toi. Morpho t'a dit, pour moi ?

La voix est la même, par contre. Peut-être moins soutenue qu'à l'ordinaire.

— Oui. C'est marrant, chaque fois que je sors de son bureau je débarque ici ! ironise Phalène pour masquer son trouble.

— Je ne pouvais pas t'en empêcher.

— Si vous aviez refusé...

— Je n'ai pas refusé, inutile de revenir là-dessus. Qu'est-ce qui te tracasse ?

Le débit saccadé et les changements de sujets abrupts si typiques à Sphinx sont encore là. Plutôt rassurants. Phalène est loin d'être rassurée.

— Beaucoup de choses, soupire-t-elle ; je ne sais pas par quoi commencer...

— Par le début, c'est un vieux truc qui marche toujours. Comment ça va avec l'affreux ?

— Heu... Si j'en crois Joël, le temps se gâte ! Le sergent se plaint de moi tout en faisant des compliments sur mon travail, et c'est remonté jusqu'au Grand Paon.

— Normal. Van Meers a des raisons de se plaindre ?

– Vous ne m'avez pas fourrée dans ses jambes pour que je la joue profil bas...

– Il y a manière et manière de jouer. Réponds-moi, Van Meers a-t-il des motifs sérieux de râler contre toi ?

– Pas de mon point de vue !

Phalène ne se lance pas moins dans un récapitulatif de toutes ses prises de bec avec le sergent. Honnête fille, elle souligne aussi les bons côtés de la relation néanmoins « spéciale » qui la lie au chef du Groupe. Si elle devait résumer le dossier, objectivement, elle le qualifierait d'excellent exemple du principe de la douche écossaise.

– J'en arrive à me demander si c'était vraiment une bonne idée de m'imposer comme agent dans le Groupe. Moi ou quelqu'un d'autre de la Division, je n'ai pas la grosse tête.

– C'était une bonne idée. Ne la gâche pas. On peut assouplir son échine sans baisser le profil.

– Drôle de gymnastique !

– Nous faisons un drôle de métier. Le Groupe en est où de sa mission ?

– Elle suit son cours, on bosse comme des damnés dès que Pap... dès que le Président met le nez dehors, et quand ça se calme le chef nous passe des films.

– Des films ?

Les groupistes se sont gavés de la bande démo du sergent. Actualités, fictions, ils ont tout vu, revu et re-revu, décortiqué chaque cassette image par image. Phalène a ramené son lot chez elle, mais pas poussé la conscience professionnelle jusqu'à réviser en dehors des heures de travail.

– Pas con comme idée, avoue Sphinx.

– La fiction, surtout.

– C'est ce que je me disais. Tu as vu le film avec Clint Eastwood sorti l'année dernière ?

– Celui où il incarne un garde du corps vieillissant ? C'est le préféré du sergent.

– Et le tien ?

– Je suis en plein dedans, d'une certaine façon. On cherche à attenter à la vie du président des États-Unis et le personnage principal est confronté à un sacré dilemme...

La question ne visait pas à mesurer les goûts cinéphiliques de Phalène – ou alors la maladie a sacrément diminué les capacités intellectuelles de Sphinx.

– ... Incapable d'assurer la protection à Dallas d'un homme qui en valait la peine à ses yeux, sera-t-il capable trente ans plus tard de protéger un guignol pour qui il n'a aucune admiration. Soit dit en passant, ce n'est pas très gentil pour Clinton !

– Nous en revenons au symbole. Tout est là, quelque soit le pays. Toi, tu ne connais pas le même dilemme.

– Non, mais...

– Mais ?

– En ce qui concerne notre président à nous, je suis de plus en plus persuadée que nous faisons fausse route.

Sphinx n'a pas bronché.

– Je comprends de moins en moins pourquoi on voudrait l'éliminer, poursuit Phalène, marchant sur des œufs ; un attentat contre lui ne serait plus tirer sur une ambulance, mais sur un corbillard... Vous suivez l'actualité ?

– Je suis. Ça n'arrête pas, et ce n'est pas fini. Après Vichy, ce sera sa fille naturelle.

– Le symbole en prend un coup !

– Pas le symbole, l'homme. Plus on attaque l'homme, moins on pense à la fonction. Le Vieux n'est pas un saint, je te l'ai déjà dit, mais il sait utiliser ses erreurs au mieux. Il prépare le terrain pour son successeur, plus intelligemment qu'en allant bouffer des tartines beurrées chez les éboueurs.

– Heu... Le successeur en question n'est pas blanc-bleu, lui non plus.

– Justement. Il lui suffira de surfer sur la vague du Vieux pour laisser ses squelettes dans leurs placards. Son premier geste en tant qu'élu nous dira s'il a oublié d'être stupide.

– Lequel ?

– Sa photo officielle. C'est un signe qui ne trompe jamais.

Phalène se remémore les précédentes. Les deux premiers présidents de la Vème République se sont faits photographier en habit de cérémonie et plan américain, pas pour voir les pistolets mais le collier et toute la quincaillerie relatifs à leur statut de grand maître de l'ordre de la Légion d'honneur, obtenu de fait par leur élection à la présidence ; grandeur et tradition rien moins que poussiéreuses. Le troisième s'est contenté de coller son crâne d'œuf sur fond de drapeau tricolore ; la France, c'est ma pomme, et nananère. L'actuel président tient un livre dans ses mains devant une bibliothèque offrant des reliures soignées, un sourire paternel sur les lèvres ; ambiance chaude de club anglais, intimité partagée avec les citoyens et métaphore de la culture pourfendant la barbarie.

Que choisira le prochain – Phalène l'ignore, mais Sphinx semble avoir sa petite idée.

– Il est foutu de se faire tirer le portrait devant l'Élysée comme un beauf sur le paillasson de son pavillon.

– Vous le savez, ou vous le supposez ?

– Je le devine. J'espère me tromper. Question claquer le cul des vaches au Salon de l'agriculture, c'est une épée. Pour le reste, le symbole est boiteux. S'il déconne d'entrée de jeu, il n'arrêtera pas. Il ouvrira grand les portes de l'aventure extrémiste. Le passage des salauds en sera facilité pour peu que cela arrange les bidons du gros pognon international. Le pays mettra du temps à s'en remettre, crois-moi.

– Il pourrait ne pas être élu...

– Ne dis pas de conneries. Il y a autre chose qui t'indique que la route est fausse ?

Coq-à-l'âne un peu trop brutal pour Phalène. Il lui faut quelques secondes pour assimiler la question de Sphinx – qui n'en est pas une.

– Vous n'êtes pas au courant des derniers événements ?

– Je ne suis plus dans le coup, je ne sais donc rien. Il y a du nouveau ?

– Putain oui ! Je reviens de Normandie...

Phalène résume son escapade en hélicoptère à Château-d'Adt. Le cimetière canadien, la tombe bourrée de cent cinquante kilos de Semtex, le coup de fil anonyme si prévenant, la présence des camarades des services concurrents, et la mise en alerte maximum du Groupe par le sergent Van Meers.

– Ça se précise, sifflote Sphinx.

– Je pense tout le contraire !

– Tiens donc.

Phalène respire très fort.

– Je crois que Cartago n'existe plus.

189

Silence d'une qualité rare.

Sphinx met du temps à le rompre. Sur un ton où perce l'inquiétude, ses yeux en billes de métal transperçant sa visiteuse. Sans jouer au jeu de la vérité.

— Je ne te suis pas.

— Ne me regardez pas comme ça, je ne suis pas folle, il y a bien eu un tireur d'élite embusqué au Crillon le 14 Juillet. Appelons-le Cartago pour faire plaisir à Joël, mais quelque chose me dit que ce n'est pas lui qui a piégé la tombe du cimetière... Je sais, ça coince avec votre théorie du pro qui met un point d'honneur à remplir son contrat.

Sphinx ne dit rien ; il laisse venir. Phalène s'agite sur sa chaise.

— Le complot existe, et il est entré dans une nouvelle phase. Le tueur à gages a raté son coup, tant pis pour lui, on essaye autre chose. Ce sont les mêmes décideurs, leur but est identique, mais je pense que le ou les exécutants ont changé. Cartago n'est plus une personne physique, c'est... C'est une entité, si vous voulez.

— Van Meers ne partage pas ta théorie, je suppose ?

— Ça !

— Tu en as parlé à Morpho ?

Phalène baisse les yeux. Cela vaut toutes les réponses. Sphinx grogne.

— Non, donc. Ne me dis pas pourquoi. Laisse-moi deviner.

Les craintes du sergent Van Meers relatives à de possibles fuites au sein de ses troupes. Cartago si bien renseigné sur les détails de l'agenda présidentiel. Les services concurrents présents en Normandie, prévenus en même temps que le Groupe, sinon avant. Son QG qui est un hangar de la Division des Opérations Générales – la DOG qui dirige tout l'organisme. Sphinx fronce les narines.

– Une taupe chez nous, c'est ça ton idée ?

– Ou dans le Groupe, je... je ne sais plus... bredouille Phalène en rougissant.

– Si tu as raison sur toute la ligne, il y a une taupe dans la boutique. Peut-être au plus haut niveau. C'est un rebondissement inattendu qui ouvre des perspectives intéressantes.

– Vous avez de ces mots ! Et je peux me tromper.

– Ou avoir raison. Ne bouge pas pour l'instant, c'est le plus sage. Mais tu auras besoin d'aide à un moment donné, tu ne peux pas réussir seule.

– Si je réussis...

– Tais-toi. Il faut faire confiance à ses supérieurs, au moins à l'un d'eux. Quand le moment sera venu, va voir Morpho. Lui et pas un autre. Je crois sa loyauté sincère.

– Si Joël est...

– Tais-toi, te dis-je. Sincère ne veut pas dire inattaquable, il n'existe pas de certitude absolue. Il y a toujours un risque à courir. Tu iras voir Morpho. Si ce n'est pas lui le traître, tu gagnes. Si c'est lui, tu ne perds pas.

– Pardon !?

– Tu le démasques. Comment, c'est ton problème. Dans un cas comme dans l'autre, tu sauves le Vieux.

– Si c'est bien lui que vise Cartago... Je sais, le complot dans le complot, je suis entêtée !

– Ton entêtement me turlupine. Je ne crois pas à ton histoire de cible cachée, et pourtant je voudrais y croire. Je ne sais pas pourquoi.

Sphinx se laisse aller contre ses oreillers. Phalène remarque qu'on lui en a rajouté un.

– Trop de chimio. Je commence à perdre les pédales, j'ai de la béchamel dans les neurones.

– Mais non...

– Laisse-moi parler. Profites-en, ça ne se reproduira plus. Si on ne cherche pas à abattre le Vieux, à quoi rime ce cirque ? Atteindre quelqu'un de son entourage, admettons. Ce quelqu'un devait être présent au cimetière, mais ne l'était pas dans la tribune au 14 Juillet. Ça coince. Et quel intérêt de prévenir que la tombe est piégée ? Je ne crois pas à un complice pris de remords, alors ça ne tient pas debout. Tu dois avoir raison de douter. Je ne sais pas où, mais...

Première fois que Sphinx abandonne une phrase en suspens.

La gorge de Phalène se dessèche – parce que cette première fois sera aussi la dernière. Sphinx ferme les yeux. Plus momifié que jamais. Sa voix n'est qu'un murmure à peine audible.

– La bombe. La tombe piégée. Pourquoi piéger la tombe. Réponds à cette question et tu trouveras.

La momie ne rouvre pas les yeux.

– C'est tout. Va-t'en.

Phalène se lève.

– Je...

– Adieu.

Pour ce qui est d'avoir le dernier mot, Sphinx bat le sergent Van Meers à plate couture.

18

Foyer. Doux foyer.

Le sien. Phalène l'a rallié sans attendre sitôt sortie du Val-de-Grâce. Chaussée redevenue sèche, peu de trafic ; le compteur de la Venture flirtait avec la vitesse maximum autorisée en agglomération. Elle n'a ralenti qu'à l'approche de son domicile.

S'est engouffrée dans le garage, son antenne fouettant le portail télécommandé qui n'avait pas terminé de se relever. Il a été réparé, et bien : il n'est pas retombé en panne. Aux dires des copropriétaires, c'est maintenant la machinerie d'ascenseur de l'immeuble qui donne des signes de faiblesse et renâcle à hisser la population à son étage. Joint par lettre recommandée alors qu'il est en cure dans une station thermale comptant trois tables de roulette pour chaque robinet d'eau miraculeuse, le syndic a juré qu'il s'en occuperait avant la fonte des neiges du printemps prochain.

Une fois chez elle, CP-9 a téléphoné au hangar pour avertir à mots couverts CP-1 Autorité que les nécessités du service l'obligeaient à découcher cette nuit, alerte maximum ou pas ; la permanence se passera d'elle, réintégration du Groupe demain matin à la première heure. Pieux mensonge, le sergent Van Meers dupe ou pas n'a fait aucun commentaire, ni même reniflé – porte-t-il son foutu béret pour répondre au téléphone, elle aimerait bien le savoir. Puis elle s'est servie un coup de bourbon pour se remonter le moral, deux doigts (deux fois le majeur) dans un grand verre avec de la glace qu'elle sirote en faisant les cent pas.

Pensive. Beaucoup de choses se mélangent dans sa tête. Sphinx, Berthillon, sa condition de groupiste imposée, Cartago ou plutôt ce qu'il représente de plus en plus à ses yeux, la journée passée à Château-d'Adt – le sentiment d'y avoir été manipulée.

Mais cent dollars facilement gagnés, le représentant des Renseignements Généraux annoncé par le commissaire Boulard était bien le rouquin Mayol. Il les avait rejoint à la cabine téléphonique ; eut le bon goût de ne pas se livrer à ses habituelles facéties en restant discret envers Phalène, comme les deux autres. Comme eux aussi, il était mal à l'aise, dans des souliers trop petits de deux pointures au moins. La jeune femme comprit à retardement que ses trois clowns culpabilisaient à outrance. Soit ils avaient sous-estimé la menace Cartago, convaincus que le futur président sortant ne valait pas un coup de fusil et prenaient soudain pleinement la mesure du danger, soit ils étaient conscients de leur valeur subalterne et craignaient de ne pas être à la hauteur. Ce ne serait pas le sergent Van Meers qui leur remonterait le moral.

Le capitaine Verdier était venu compléter la réunion peu après. Il avait proposé de déjeuner ensemble au seul bistrot du village, pour faire le point, chacun mettant son orgueil sous le coude le temps d'une trêve.

Avant d'aborder les détails pratiques du piégeage de la tombe, tout le monde s'interrogea sur les moyens d'information dont disposaient le ou les terroristes. Le chef du Groupe ne fit aucune allusion à une possible mise sur écoute de son QG. Boulard, Mayol et Verdier ne s'aventurèrent pas sur ces terres fangeuses. Phalène remarqua que tous possédaient un exemplaire du calendrier présidentiel, copie presque conforme du programme remis aux groupistes par le sergent. Rien de surprenant à cela : RG, DST, DGSE, ces services travaillent aussi à la sécurité de l'État.

Mais les fuites redoutées par le sergent pouvaient donc provenir de plusieurs sources.

Sinon, après enquête et selon divers témoignages du cru, la tombe aurait été trafiquée une semaine auparavant. La famille du défunt occupant la sépulture profanée était insoupçonnable, le cercueil mis en terre depuis belle lurette. Les explosifs avaient été placés sous couvert de travaux d'entretien du cimetière par des jardiniers dont la camionnette portait sur ses flancs la raison sociale d'une entreprise spécialisée dans ce genre d'activité, laquelle niait farouchement avoir envoyé ses ouvriers à Château-d'Adt, ce que confirmait la municipalité. Elle n'avait passé aucun bon de commande, et comptait sur ses employés communaux pour faire un peu le ménage avant la venue du Président et des anciens combattants canadiens.

Par contre, personne n'avait aperçu le correspondant anonyme qui avait sonné la gendarmerie. Si la situation relativement isolée du cimetière permettait aux faux jardiniers d'opérer sans trop de risques, il n'en était pas de même de la cabine téléphonique, proche des premières maisons du village. Mayol supposait un ou des inconnus en voiture discrète, prête à foncer dès le coup de fil donné ; Phalène pariait pour une famille complète en camping-car avec marmaille braillante et planches à voile sur le toit. Même méthode qu'au Crillon, s'exposer pour mieux se faire oublier. Et le sentiment d'une manipulation orchestrée de main de maître avait grandi.

Elle avait gardé ses réflexions pour elle. La rogne du sergent à son égard s'était relativement radoucie durant le repas. Pas la peine de rallumer ses feux.

Après le café, chacun reprit ses occupations. Les groupistes passèrent une bonne partie de l'après-midi dans le cimetière avec les spécialistes fouillant les tombes une par une et l'église en prime, comme ordonné par Van Meers, pour ne rien trouver. Le chef du Groupe se demandait s'il ne fallait pas adjoindre à l'unité Logistique un chien renifleur d'explosifs et son dresseur. Cette première tentative d'attentat à la bombe pouvait être le début d'une série, si tant est que le recours à un tireur d'élite ait été réellement abandonné. Phalène en était persuadée.

Elle l'est toujours.

Ne se ressert pas un autre verre, barricade sa porte, baisse les persiennes devant la baie vitrée ; hermétiquement. Elle file direct sous la couette, pieds nus, toute habillée. Une seule lampe allumée au chevet, tamisée avec un foulard. Lumière chaude et utérine.

Besoin d'un refuge au cœur du cocon.

Pas de musique. Mais le silence... Phalène a hésité un court instant à balancer du heavy-métal à fond dans les enceintes, pour couvrir les sinistres échos funèbres qui vrombissaient sous son crâne. Peine perdue, elle le savait, comme de croire que l'obscurité totale ou une cuite travaillée au bourbon sec lui seraient d'un quelconque secours. Mieux vaudrait de la compagnie.

Sphinx l'avait prévenue, à propos de la solitude intime, mais il est des fois où la vacuité de l'appartement pèse plus lourd sur le moral quand celui-ci vadrouille dans les abysses. Les contraintes du métier ne favorisent pas une relation amoureuse suivie, et interdisent même la présence complice d'un chat ou d'un chien ; les canaris et les poissons rouges ne comptent pas. Phalène a eu une période compensatrice matérialisée par une impressionnante collection de peluches – toutes passées au vide-ordures dans un moment de lucidité. Ses mains se crispent sur son ventre. Y restent.

À la longue, la sexualité en pointillés engendre trop de frustration. La masturbation n'est qu'un piètre palliatif. Le désir d'avoir quelqu'un dans son lit repousse la tentation. Les plaisirs solitaires ne remplacent pas le contact d'un tiers, une chair tiède contre laquelle se pelotonner.

Pas un amant, mais un amour.

Aimer, c'est partager le beau et le laid, mais aussi avoir peur pour quelqu'un. Qu'il soit malade, malheureux – qu'il s'en aille. La peur absente, l'indifférence s'avance avec ses gros sabots. Ce soir, Phalène voudrait qu'on s'inquiète pour elle. Qu'on sache trouver les mots qui rassurent, les gestes qui apaisent. Faire naître un peu de vie pour chasser la mort qui s'annonce. Et elle-même souhaiterait avoir peur pour quelqu'un qui ne soit pas le Président. Qui ne soit pas Sphinx.

Goût amer de l'échec. On ne gagne pas à tous les coups.

Il le lui avait dit le premier jour. Il y a un siècle. Et répété jusqu'à plus soif. Phalène ferme les yeux.

Souvenirs...

Pas le jour de son recrutement à la salle de sport, mais celui de son entrée en action sur le terrain, instruction achevée. Sa première mission.

Baptême du feu au Liban. Beyrouth, le carrefour du Musée, le front de mer, la Ligne Verte, la plaine de la Beqaa. Les étapes incontournables d'un sinistre voyage organisé. La réalité du fer et du sang, non pas vingt-quatre heures sur vingt-quatre mais selon un horaire journalier pour ainsi dire immuable. Quelques escarmouches durant la matinée, histoire de se mettre en appétit, et si la nuit a été calme ; fin des hostilités vers midi pour aller à la plage, moment sacré entre tous ; reprise des combats aux alentours de quinze heures, jusqu'à l'aube suivante quand les belligérants sont en forme. Étrange barbarie civilisée du bourbier libanais englué dans une immonde routine. Les plans de paix se succèdent sans espoir, les factions rivales sont déchaînées, les marchands de canons se frottent les mains – et les prises d'otages occidentaux qui se multiplient. Des Français parmi eux, l'opinion publique s'émeut.

Retour en force de la Division des Opérations Générales après quatre ans de traversée du désert.

Action spéciale de renseignements : localiser les otages, identifier leurs preneurs et rendre compte –

interdiction de tenter quoi que ce soit officiellement, le tout pour le tout officieusement si l'occasion se présente. Opération à double tranchant. Un sauvetage inespéré des otages avant Noël redorerait le blason de la présidence, le même miracle juste après les législatives printanières ferait mousser l'opposition qui s'y voit déjà. L'Élysée ne cracherait pas sur la solution hivernale.

Alors la DOG lâche trois chiens dans le jeu de quilles, sous couverture d'équipe de télévision. Sphinx en journaliste plus vrai que nature, Bombyx en preneur de son, Phalène à la caméra. Équipe de tournage à deux, Éclair 16 et Nagra, les actualités se tournent encore sur film argentique et son synchrone, clap à la main ; l'industrie japonaise n'a pas fini de mettre au point la Bétacam vidéo qui fait tout toute seule, sauf les gaufres et le café. Stage express d'initiation au matériel, il faut ramener un sujet montrable, comme de vrais journalistes, la solidité de la couverture est à ce prix. S'ensuit quatre semaines de reportage baroud dans tout le pays avec pour guide Hussein, un vieux Palestinien rompu au bordel ambiant. Militant réfugié au Liban, sans illusions sur l'avenir, et complètement athée. Il a vu les religions à l'œuvre ; pas une pour rattraper l'autre.

Chassé de sa terre par les juifs, rescapé du carnage organisé par les phalanges chrétiennes pour mettre fin au siège du camp de Tall el-Zaatar, miraculé des massacres de Sabra et Chatila perpétrés par les milices chi'ites Amal, Hussein est un survivant. Un survivant qui n'a pas son pareil pour enseigner l'art de survivre à son prochain, Sphinx a eu le nez creux en l'engageant – Sphinx a toujours le nez creux quand il s'agit de recrutement. Phalène en sait quelque chose. Commence à savoir filmer les cadavres sans se vomir dessus.

L'opération s'achève une nuit dans les faubourgs de Baalbek, au milieu des ruines et des combattants ; l'enfer. Tout le monde tire sur tout le monde sans distinction de camp, le trio et leur guide sont coincés dans une tranchée improvisée, c'est l'hallali. Hussein confisque caméra et magnétophone et distribue les bonnes vieilles kalachnikovs – feu à volonté sur tout ce qui bouge ou pas un d'entre nous ne s'en sortira vivant. Une carte de presse n'arrête pas les balles...

Ils avaient gagné, ce jour-là.

De justesse. Otages localisés, preneurs identifiés, aucune opération de sauvetage possible dans l'immédiat mais bon espoir de négocier leur libération à brève échéance, et les chiens de la DOG de retour au chenil sains et saufs : Sphinx n'en demandait pas plus. Le reste serait déterminé en haut lieu.

Les négociations lanterneront tout l'hiver, pour aboutir à un constat d'échec qui en surprendra plus d'un. Le blason du Président restera terne ; la solution printanière s'imposera miraculeusement l'année suivante, faisant les choux gras de l'opposition redevenue majorité. Sans cacher sa satisfaction, le nouveau Premier ministre accueillera les otages libérés à leur descente d'avion. Ceux-ci ignoraient qu'ils auraient pu ne pas passer un autre Noël dans leurs geôles.

Première leçon de la relativité des choses politiques pour Phalène.

Elle avait aussi compris pourquoi certains surnommaient la DOG la Division des Opérations

Galères, Glauques, Givrées, Gratinées, Grotesques, et autres petits noms charmants commençant par la lettre G. Les cas de conscience dramatiques évoqués par son mentor viendraient plus tard. Savoir si elle avait descendu ou non quelqu'un à Baalbek n'en était pas un à ses yeux.

Du moins saurait-elle vivre avec.

Son regard fatigué glisse sur sa carte du Groupe, qu'elle a posée sur la table de chevet avec le Sentinel dans son étui. Elle ressemble beaucoup à celle de la DOG. Modèle carte bancaire en deux fois plus grand, rigide et plastifiée, bande de lecture magnétique au verso, photo de la porteuse au recto – en compagnie du pistolet, elle lui renvoie ses obligations professionnelles et la solitude qui en découle. Ce soir plus que tout autre, sans explication apparente.

Le manque de chaleur humaine se fait soudain lancinant. Phalène se recroqueville sous sa couette. Position fœtale. Elle ne se caressera pas avant de dormir.

Le sommeil sera long à venir.

19

La Pyramide de Pei étincelant sous le soleil.

Les oreillettes de tous les membres de l'unité des Éloignés, déjà déployés autour du Grand Louvre, grésillent. Sur les ondes, la voix de CP-1 Autorité annonce l'arrivée imminente du cortège présidentiel.

Précédées d'un escadron de motards de la gendarmerie nationale et les quatre-quatre du Groupe en tenaille, les Safranes officielles traversent la place de la Concorde, l'ambulance prioritaire fermant la marche en voiture-balai ; celle de secours suit un itinéraire parallèle pour soulager le convoi. Pas d'hélicoptères dans le ciel, mais en stand-by à leur base de Frileuse, comme tous les groupistes qui ne sont pas indispensables sur le terrain sont rassemblés au hangar QG. Les Réserves ont renforcé leurs positions devant l'Élysée et le domicile du chef de l'État.

L'alerte maximale décrétée par le sergent Van Meers à Château-d'Adt n'est pas un vain mot.

Les limousines noires longent le jardin des Tuileries par les quais, en formation serrée. Le convoi se divise en deux à hauteur de l'avenue du Général

Lemonnier. Motards d'escorte et voitures de tête continuent tout droit, les suivantes s'engouffrent dans le souterrain menant aux parkings du musée avec à leur bord des invités de moindre importance, sauf les véhicules du Groupe en queue de peloton qui ne se sont pas séparés et referment aussitôt les mâchoires de la tenaille.

Le trajet depuis le palais de l'Élysée a été effectué en empruntant uniquement les grands axes bien roulants. Pas question de se faufiler dans le faubourg Saint-Honoré ni de prendre le tunnel de la Concorde, tout en surface et pied au plancher. La place était dégagée ; constellée de gardiens de la paix en nombre inhabituel. Phalène n'a pas manqué de jeter un regard furtif vers le premier étage de l'hôtel Crillon.

Le Président aussi, lui a-t-il semblé. Elle voyage dans sa voiture.

CP-1 Autorité y est plus que jamais tricard et doit se contenter d'un Range Rover. Le Président préfère la compagnie de CP-9, bien plus agréable à regarder. Pour elle, il piétine allégrement les principes majeurs de la proxémie : contrairement au sergent, elle est toujours assise à ses côtés, derrière son chauffeur. Un fidèle. La vision de son catogan est devenue familière à Phalène, comme l'étrange intimité qu'entretient le chef de l'État avec elle. S'il somnole durant la plupart des trajets effectués dans la voiture blindée, il ne dédaigne pas converser avec son charmant libéro. Les propos tenus ne dépassent jamais le seuil de la plus grande futilité.

L'officier nucléaire occupant la place du mort, sa mallette sur les genoux, la Présidente s'est habituée à toujours voyager séparée de son époux. Par contre, elle fait la gueule à l'idée de le laisser entre

203

les mains (c'est une image) d'un garde du corps de sexe féminin. Ses craintes sont irraisonnées. L'âge, les soucis de l'actualité qui ne débande pas et la chimiothérapie ont sérieusement diminué les ardeurs séductrices du Président – voire : Phalène n'est pas aveugle, elle surprend trop souvent à son goût des œillades éloquentes, des sourires appuyés lâchés à la dérobée. Fidélité à son image de charmeur invétéré ou simple désir de profiter jusqu'au bout des plaisirs de la vie, CP-9 ne tranchera pas. Elle fait son boulot.

Il est plus agréable de le faire en étant regardée comme une potentielle maîtresse plutôt que toisée telle une emmerdeuse imposée par les circonstances.

Virage sec. Le cortège réduit passe les guichets du Louvre devant le pont du Carrousel, contre l'avis de Van Meers qui aurait préféré accéder au musée par les parkings souterrains, plus faciles à surveiller ; à la rigueur par l'entrée du passage Richelieu, quitte à faire un long détour pour prendre la rue de Rivoli dans le bon sens. Peine perdue, le Président tient à ce que ses hôtes distingués jouissent du spectacle de la pyramide au grand jour, et en profitent pour admirer la perspective qu'on lui a tant reproché de dénaturer.

Problèmes de sécurité accrus, mais ce n'est pas le sergent qui décide.

Arrivée du convoi à destination.

Les véhicules s'immobilisent au plus près du monument de verre. L'unité Logistique a installé des rampes inclinées pour adoucir le passage de la chaussée à l'esplanade où il trône.

Tout le monde descend de voiture.

Le couple présidentiel se reforme. Les Contacts prennent position autour, englobant l'aréopage du moment : le ministre de la Culture et ses conseillers, ses alter ego européens, les secrétaires de l'Élysée. Phalène reprend son rôle de libéro auprès du Président, ce à quoi la Présidente réagit comme à chaque fois en imposant le sien, Marigot CM-2, non sans provocation volontaire ou inconsciente. De fait, l'Antillais baraqué a été promu Contact-Maman à vie.

Le sergent ne peut que s'incliner, et préfère vraiment quand Papa se déplace en solo.

Photographes et journalistes se précipitent ; sont tenus à distance respectable par les Proches déployés. Depuis l'expérience COBATRONICS FRANCE, avant chaque sortie présidentielle, Van Meers négocie avec un délégué une distance limite pour la presse, plus quelques aménagements selon les situations. Le zèle professionnel lesté de cent cinquante kilos de Semtex, la présente en est une qu'il considère comme nécessitant un périmètre de sécurité étendu et aucun passe-droit.

Le brun Vannier, PM-4 aujourd'hui, est particulièrement chargé de faire respecter la consigne.

Pour une fois, Ledantec est avec les Abords qui se sont répartis sur l'esplanade autour de la pyramide, dos tourné au monument comme il se doit. Phalène a repéré les Éloignés. Les tireurs d'élite du Groupe sont postés sur les toits de chaque aile du musée et au sommet de l'arc de triomphe du Carrousel. Son jumeau baigne dans le soleil en haut des Champs-Élysées, l'Obélisque de la Concorde phalliquement pointé entre ses jambes. On n'aperçoit pas la Grande Arche de la Défense, alignée pile dans l'axe historique de la capitale, et peut-être parce que la terre est ronde. Seules quelques tours du parvis parmi les plus hautes protubèrent au loin.

Grand Louvre, Grande Arche, Très Grande Bibliothèque ; les Grands Travaux – le Président n'a pas vu les choses en réduction pour marquer son règne, mais c'est à petits pas souffreteux qu'il gagne l'entrée de la pyramide.

L'y attend un comité d'accueil d'historiens et d'archéologues chaperonnés par le conservateur en chef du département « égyptologie », et plusieurs équipes de télévisions qui ont laissé leurs confrères de la presse écrite se frotter aux groupistes en avant-garde. L'unité Contacts entame son ballet protecteur autour du chef de l'État et de la Première Dame, CP-9 et CM-2 les marquant à la culotte. Phalène a constaté que leur subtile chorégraphie commence à agacer prodigieusement ceux qu'elle est censée protéger. Van Meers aussi, mais il est insensible à l'irritation présidentielle conjointe. Il en faudrait plus pour le faire renoncer à son système de protection.

Calvitie risquant l'insolation, le ministre de la Culture trottine derrière le Président, ses conseillers lui collant au train comme des rémoras. Ils sont chargés de lui rappeler la différence entre la poterie étrusque et les céramiques crétoises ; que c'est la Victoire de Samothrace qui n'a pas de tête et la Vénus de Milo pas de bras (ou que Musset n'a jamais écrit *Un caprice d'Alfred*, quand le ministre reçoit des gens de théâtre), et toutes ces sortes de choses.

À l'entrée de la pyramide, passé les tourniquets, nouvelle division du cortège maintenant piéton. Les Abords précèdent le mouvement, refoulant les visiteurs anonymes. Le musée n'a pas été fermé au public. Le Président et ses hôtes sont bien entendus dispensés du cérémonial de la détection magnétique des sacs, sacoches et mallettes. Celle de la force de frappe atomique ne laisserait pas indifférent le préposé à la sécurité du musée.

Les oreillettes des Contacts bourdonnent.

– CM-2 et CP-9 avec Papa et Maman dans l'ascenseur, les autres par l'escalier avec les invités. Tous les Proches canalisent les invités vers l'escalier, personne ne prend l'escalator sauf PM-4 en couverture. Ça vaut pour les journaleux, ils sont au courant, mais s'il y en a un qui fait cavalier seul, on le raccompagne dehors à coups de savate dans le train. C'est tout, regroupement immédiat à l'entresol.

En compagnie du couple présidentiel et de l'encombrant officier nucléaire muni de son précieux bagage, Phalène et Marigot prennent place dans l'ascenseur, en fait un monte-charge sans parois réservé aux personnes handicapées, une plate-forme circulaire protégée à hauteur de taille par un demi-muret d'aluminium poli. Elle est montée sur piston. Descente lente dans le puits de lumière créé par la transparence de la pyramide. Vision totale qui permet de bien admirer les personnalités, les gens de la presse et les groupistes dévaler l'escalier en troupeau compact, le sergent Van Meers en traditionnelle position de berger bienveillant. Le Président grogne en catimini.

Il déteste être ainsi traité ; on lui reproche assez son attitude par trop régalienne. La Présidente profite de leur situation momentanément isolée pour demander des nouvelles de la famille à Marigot, qui se fait un plaisir de lui répondre que tout va bien au pays, que poussent les p'tits z'enfants, et la papaye et le houblon dans le pré. CM-2 a une belle-mère flamande qui danse sans mollir aux dimanches sonnants, les Flamandes ça n'est pas mollissant, c'est bien connu – les présidents parfois : un peu de faiblesse dans les genoux en sortant du monte-charge. Le cœur qui palpite un peu trop. « Papa » s'appuie au bras de Phalène.

Les Contacts resserrent le cercle de protection. Van Meers lance un message d'avertissement à l'équipe médicale. Le moteur de l'ambulance prioritaire ronfle à l'instant.

Inquiétude de courte durée, comme le malaise présidentiel.

Le chef de l'État s'ébroue, plaisante sur le brusque changement d'altitude. On rit. Certains franchement, la plupart servilement ; il est habitué. Les invités débarqués dans le parking souterrain rejoignent le cortège, achevant de détendre l'atmosphère.

Au complet, le troupeau quitte le hall Napoléon sous la houlette du conservateur en chef, direction l'aile Sully. Les Proches lui fraient un chemin à travers un groupe d'écoliers coupant au plus court vers l'accès Richelieu. Les mômes chahuteurs agitent des ballons de baudruche à l'effigie de la Joconde, offerts par les boutiques du musée. Pour quitter l'entresol, les VIP's empruntent le petit escalator, les autres l'escalier.

Brillante démonstration du déploiement restreint par les Contacts. Van Meers note, pas chien.

Niveau rez-de-chaussée. Changement de direction à gauche, puis à droite pour rejoindre les salles d'antiquités égyptiennes. Les conseillers de la rue de Varenne rattrapent leur ministre qui par-

tait une seconde fois à gauche, vers la cour Khorsa-
bad. Aucun changement de bord politique de sa
part, il a confondu des bas-reliefs mésopotamiens
avec un tombeau pharaonique. Le Président sourit
avec pitié. Son prédécesseur à la Culture, outre le
fait d'appartenir à sa famille politique, avait autrement plus de classe. Peut-être une légère tendance
à distribuer la médaille des Arts & Lettres à tort et
à travers.

La voix du sergent dans les oreillettes.

– À tous les Contacts, donnez du mou, la situation est sous contrôle. Pas la peine d'énerver
Papa !

Phalène en convient. Les salles du Louvre
concernées par la venue présidentielle ont été
« nettoyées » par les Logistiques avant l'arrivée des
visiteurs, les membres de chaque délégation identifiés ; l'espace confiné est parfaitement maîtri-
sable. Piéger la statue assise de Ramsès II sous le
nez du Groupe serait un bel exploit de Cartago.

La visite se poursuit dans une atmosphère bon
enfant.

Trompeuse. Le Président force la note pour
paraître détendu, enjoué. Dernier avatar en date
d'une fin de règne annoncée : le limogeage de son
médecin personnel. La rumeur prétend que des
charlatans de tout poil se pressent maintenant à
son chevet – la réalité de sa mauvaise mine en dit
long sur l'efficacité de leurs thérapeutiques, si la
rumeur est fondée. Mâchoires crispées, il écoute
néanmoins avec amabilité le discours soporifique
du conservateur en chef qui ne tarit pas d'éloges
sur les récentes acquisitions du musée, toutes d'intérêt historique incontestable. Convié à donner

son avis, le ministre de la Culture reste sur une prudente réserve.

Le secrétariat de l'Élysée surveille la pendule, Van Meers ses troupes sans cacher sa satisfaction. Les groupistes sont au top. Tout baigne dans l'huile.

Le représentant de la chose antique égyptienne du British Museum vient mettre un filet de vinaigre dans la sauce en exprimant le souhait de faire quelques emplettes aux boutiques avant d'aller déjeuner.

Pas prévu, ça.

Les oreillettes crépitent. Pas une once d'affolement dans la voix du sergent.

– Tous les Abords internes dans le hall principal, les externes ne bougent pas de l'entrée de la Pyramide. Tous les Proches nous précèdent, PP-3, PP-4 et PM-2 nettoient ces putain de boutiques en quatrième vitesse...

– Nous aurions dû interdire le musée au public ce matin, souffle Phalène dans son micro malgré elle.

– Silence radio ! aboie CP-1 Autorité sur les ondes ; les Contacts resserrent le cordon, et au trot !

En vague moutonnante, le troupeau retraverse les espaces d'accueil du hall Napoléon et déferle dans le couloir conduisant au secteur commercial du musée, où le touriste et l'amateur d'art pullulent. Le cortège est bien obligé de se désagréger pour marcher sans s'asphyxier les uns les autres. La mécanique Van Meers se coule dans le moule de la situation imprévue sans anicroche, l'unité Contacts garde le cordon serré.

L'Anglais tient à acheter la reproduction en résine de la déesse Bastet parce que sa maman adore les chats. Ne sont admis avec lui dans la boutique qui la vend que le Président et Madame, leurs libéros et le conservateur en chef. L'officier nucléaire peut rester dans le couloir, cela ne fera pas grande différence si la guerre atomique éclate à cet instant précis.

La statuette est simple ; magique. Phalène en verrait bien un exemplaire sur une étagère de sa bibliothèque. La vendeuse fait un paquet cadeau – et pan.

Un coup de feu.

**OCTOBRE
NOIR**

20

Un ballon de môme à l'effigie de la Joconde.

C'était ça, le coup de feu au Louvre. Une fichue baudruche qui avait éclaté dans le couloir à proximité de la boutique aux bibelots. Phalène n'a toujours pas digéré la traîtrise explosive de Mona Lisa.

On ne se méfie jamais assez de ses réflexes. La détonation avait jeté CP-9 sur le Président, d'instinct, le Sentinel dégainé. Rempart de son corps fait avec un tel enthousiasme que gardienne et gardé s'étaient effondrés sur le sol, bras et jambes emmêlés, l'une écrasant l'autre. L'affolement avait déferlé sur les Contacts, les Proches et l'entourage du chef de l'État, pour gagner les visiteurs du musée présents aux alentours du magasin de souvenirs. Cris, panique aveugle et ordres contradictoires s'ensuivirent. La belle mécanique du sergent Van Meers s'enraya, perdant complètement le contrôle de la situation – jusqu'à ce que le mercenaire, la cicatrice livide à faire peur, ramène le calme en hurlant que ce n'était que la crevaison accidentelle d'un ballon. Une fausse alerte, donc. Stupide et ridicule.

Pour faire bonne mesure, bien que le poids de son libéro de charme fût raisonnable, le Président avait suffoqué dessous et s'était offert un nouveau malaise cardiaque. Plus sérieux que le précédent.

L'équipe médicale du Groupe avait ainsi pu montrer ses talents, décuplant la fureur sergentesque. La visite des antiquités égyptiennes s'était achevée prématurément, au sincère soulagement du ministre de la Culture qui échappait à la corvée dans sa totalité, au grand dam de l'envoyé du British Museum privé de statuette pour sa mummy dans la confusion. La journée s'était poursuivie et achevée dans une atmosphère détestable, CP-9 rétrogradée en queue de peloton des Abords malgré l'indulgence présidentielle, CP-1 Autorité à cran et le faisant savoir sans retenue. La conduite inconsidérée d'une seule de ses ouailles n'expliquait pas la pitoyable réaction de toutes les autres.

Le soir au QG, le sergent plus rouge que son béret exceptionnellement coiffé en pareille occasion, le débriefing des troupes fut l'occasion d'un copieux remontage de bretelles – et du renvoi de Phalène dans ses foyers avec la malédiction de Van Meers en guise de chant du retour. Moins d'une heure après elle était convoquée au siège de la Division. Pas de coursier marrant de *Super Pizza Flash* à sa porte, convocation téléphonique directe, sans énigme musicale.

Urgence prioritaire.

Accueil glacial de la part de Joël Berthillon. Son humeur vadrouillait sous le zéro absolu. Il se moquait du sort personnel de sa subordonnée ; ne voyait que le blâme qui rejaillissait sur la totalité du service et surtout allait priver la DOG de son agent sur le terrain. Phalène tenta de se disculper, minimisant l'incident et arguant de sa bonne foi – le Numéro 4 l'arrêta d'un geste. Le sergent ne secouait pas le cocotier, il l'attaquait à la tronçonneuse. Sa rage remontait en très haut lieu, il en profitait pour vider son sac. Il avait eu de la patience mais la coupe était pleine, chouchoute de Papa ou non, le chef du Groupe ne voulait plus voir CP-9 dans son horizon, point-barre – et si le président de la République voulait faire un caprice, ce serait lui, Johan Van Meers, qui balancerait sa démission aussi sec. La Division des Opérations Générales se trouverait un autre responsable de la sécurité présidentielle.

Le résultat des courses ne s'était pas fait attendre : le Grand Paon avait assez de jugeote pour ne pas grossir l'affaire hors de proportions, mais ne pouvait prendre le risque de mettre en péril la sécurité du chef de l'État. Alors, sous réserve d'éventuelles sanctions disciplinaires, Phalène était priée d'aller se rafraîchir les idées aux archives le temps que les choses se tassent. Cela tombait bien, elles manquaient de bras.

Aubaine facile, les archives manquent toujours de bras.

Celles de la Division sont à la cave. Elles pourraient être sous les toits. La DOG, comme toute administration, a le choix et aucun moyen de préférer l'une ou l'autre solution. En cas d'incendie des bâtiments, les flammes et la chaleur montent, anéantissant greniers et combles ; les milliers de mètres cubes d'eau crachées par les pompiers descendent et noient les sous-sols. Support papier ou informatique, les dégâts sont les mêmes. La Division a tranché le dilemme sur les conseils d'un vieil officier du Génie reconverti dans le renseignement professant qu'il faut tout prévoir, même l'imprévu : un bombardement massif de l'immeuble *International Export SA* enterrera ses structures souterraines mais détruira irrémédiablement sa toiture ; il sera plus facile de déblayer des matières endommagées que de les reconstituer une fois atomisées. Ça se discute.

Le Grand Paon n'a pas discuté, et fait doubler toutes les archives de la DOG pour entreposer les copies dans une casemate des anciennes fortifications de la capitale. Simple, mais il fallait y penser.

Quoi qu'il en soit, en bas ou en haut, se faire envoyer travailler au classement de la paperasse ne saurait être synonyme de promotion pour un matricule à trois chiffres. Phalène subodorait sa destination avant même d'entrer dans l'ascenseur montant au fatidique cinquième étage. Les convocations téléphoniques directes sans devinette ne présagent jamais rien de bon.

Ex Contact-Papa numéro 9 se retrouva donc vissée à un poste de travail clos, dans un local confiné près des cuves à mazout de la chaufferie.

Joie, bonheur.

Le plus dur, c'est le manque de lumière.

Ce n'est pas pour rien que les archivistes sont surnommés les « taupes » de la DOG, sans aucune allusion à une quelconque volonté de trahison de leur part.

Avec le temps, les archives se sont étendues jusque sous l'hôtel particulier sur lequel donnent les fenêtres de l'arrière de l'immeuble principal. Les architectes ont tracé au plus simple : des couloirs rectilignes distribuant des pièces numérotées bêtement au fur et à mesure de leur création.

Les progrès de l'informatique sont intervenus juste avant qu'il ne soit envisagé de creuser un niveau souterrain supplémentaire sous les parkings.

Les mêmes progrès occupent la majeure partie de l'énergie besogneuse des archivistes. Si le présent rentre directement sur les disques durs et leurs périphériques, le passé est compilé pour être transféré tranche par tranche sur les nouveaux supports. Une équipe de cybernéticiens travaille d'arrache-pied au futur, préparant ressources humaines et machines à la grande révolution des autoroutes de l'information. Accès au monde entier avec une simple touche de clavier et une ligne téléphonique, sans oublier de juteux péages comme il se doit – et autant de satellites-espions pour surveiller cette apparence de liberté.

Quand on mettra les dictateurs en orbite, Big Brother n'aura pas fini de tourner.

De par son statut de punie, Phalène est considérée comme une taupinette par ses collègues archivistes en titre qui la battent froid. Pas question pour elle d'œuvrer sur des données délicates, elle doit se contenter de tâches secondaires, essentiellement des relectures de comptes rendus de missions sans grande envergure et des vérifications de bon rangement dans l'ordre chronologique, pour d'éventuels consultants. Rien de bien passionnant. De quoi remâcher son amertume et les odeurs de gas-oil jour après jour, sans pouvoir vraiment s'occuper l'esprit.

Sauf quand le mot « Cartago » apparaît au détour d'un fichier générique.

Cliquer dessus. Pour voir.

Phalène voit.

Ce qu'on appelle un écran-barrière, des informations utiles mais non confidentielles. Tout ce qu'elle ne connaît pas déjà lui est inaccessible, les dossiers ouvrant la barrière sont listés (elle n'en voit que la première page), verrouillés et codés en référence aux matricules des personnes autorisées à les consulter, la plupart à deux chiffres maximum – un vilain rictus tord la bouche de celle qui en a trois. L'envie de jouer un tour à sa hiérarchie commence à lui chatouiller les neurones.

Jouer avec le feu, plutôt. Quitte à s'y brûler les ailes et honorer son nom de guerre. Sphinx aurait dû lui en choisir un autre.

Elle se garde bien de cliquer sur les icônes des dossiers qui lui sont interdits, elle n'obtiendrait qu'un refus systématique de la machine. On peut ouvrir un fichier générique par inadvertance ; en faire défiler les pages est un acte réfléchi. Une preuve d'insubordination qui laissera une trace dans les mémoires. Remonter au poste de travail indiscret sera un jeu d'enfant pour les spécialistes de la Division, et la punition administrée à dose adulte. Phalène déglutit. Tire sur ses doigts, fait craquer les phalanges aux jointures.

On ne peut pas sauter par-dessus la barrière. Il faut la contourner. Toujours sans laisser de trace. Pour ce faire, utiliser une autre adresse électronique comme interface ; se cacher derrière. Mieux encore : solliciter la connexion via un troisième larron, bien entendu sans lui demander son avis. Si l'intrusion est découverte, on remontera jusqu'à lui, à la rigueur jusqu'à l'interface relais, mais pas au-delà. Bombyx le lui avait garanti, démonstration pratique à l'appui. Il avait aussi prédit que les ingénieurs finiraient par trouver une parade, et les petits malins du réseau avant eux.

Un métier d'avenir, pirate informatique, avec le choix d'œuvrer pour la bonne cause ou de faire fortune en servant la mauvaise. Où aurait-il situé ce qu'elle s'apprête à commettre, ce sacré Bombyx – son fantôme se met soudain à rôder dans le souvenir de Phalène. Pâle et distant.

Leur aventure commune au Liban avait tissé des liens entre eux. Pour un temps. Ils avaient vaguement couchaillé ensemble, plus par paresse que réel désir ; l'amour copain n'a que le charme des ruptures en douceur. Ils avaient été parmi les premiers à être formés sur les nouvelles générations d'ordinateurs quand celles-ci avaient fait leur apparition, pour être aussitôt dépassées. Bombyx était déjà féru d'électronique, partager sa passion avec Phalène lui sembla aller de soi. Il était tombé au champ d'honneur peu après, à l'étranger, au cours d'une de ces opérations qui n'existent pas – sans fleurs ni couronnes, ainsi que l'avait annoncé Sphinx à la salle de sport. Difficile de durer dans le métier, à moins de faire partie des hauts gradés comme au sein de n'importe quelle formation paramilitaire. Militaire tout court aussi.

Soupir. Ne pas penser à Sphinx. Encore plus pénible que le manque de lumière des sous-sols de la DOG, l'impossibilité d'aller pleurer dans le giron de son mentor. Question de fierté. La peur de son verdict impitoyable joue également – Phalène chasse ses idées noires et active son modem.

Au bout, ce n'est pas encore tout à fait Internet ou le Web. La toile d'araignée n'est qu'en gestation de tissage. Les fils sont ténus, mais bien réels. Ils relient les gouvernements, les services d'espionnage et de contre-espionnage (souvent ce sont les mêmes), les places boursières, les entreprises multinationales. Le pékin lubrique devra attendre un peu avant de pouvoir déshabiller interactivement un clone de Pamela Anderson.

Connexion. La première : accès au réseau ; plaque tournante virtuelle. Choix d'un destinataire. Phalène appelle l'ordinateur central de la Police de l'Air et des Frontières.

La bientôt ex-PAF. Elle sera remplacée par la DICCILEC, DIrection Centrale du Contrôle de l'Immigration et de la Lutte contre l'Emploi des Clandestins. À l'heure paneuropéenne, les frontières entre états disparaissent et les superdouaniers se multiplient, allez comprendre (les gros entrepreneurs de travaux publics comprennent très bien). La PAF change de nom, réoriente ses activités, non sans créer un joyeux bordel interne durant sa période de restructuration. Le client idéal pour servir de troisième larron à la foire informatique qui se prépare.

Connexion réussie.

Dans le fouillis de l'organigramme en train d'être redessiné, Phalène sélectionne comme utilisateur un Poste Inspection Filtrage théoriquement en sommeil ; lui commande d'appeler en son nom propre la CIA – pas le centre névralgique de Langley en Virginie, la taupinette n'est pas folle, mais la banque de données du bureau des relations publiques. Il existe. La centrale de renseignement (doux euphémisme) ne craint pas de faire de la publicité ; les Américains sont toujours fiers d'étaler leur puissance, sans complexes. Les Français restent frileux sur la chose ; veulent bien mettre les mains dans le caca, mais en prétendant remuer de la confiture de fraises.

Le relais demande un peu de temps. Peut encore échouer. Selon feu Bombyx, trois risques subsistent, outre celui de se faire surprendre in vivo en plein piratage à l'une ou l'autre des extrémités connectées. Le premier est limité : que quelqu'un cherche à établir la même liaison au même moment et vous passe sous le nez. Le second est corollaire, en cas de connexions parfaitement synchrones : un feed-back spontané vient parasiter le débit d'informations et le circuit se met en boucle, générant une sorte d'effet Larsen qui bloque le système à terme. Le troisième n'est pas des moindres : être dépisté de façon aléatoire par un satellite de renseignement à l'affût.

KH-Mercury, par exemple. La gigantesque oreille spatiale de la National Security Agency.

L'autre centrale d'espionnage de la Maison Blanche, d'un calibre plus conséquent que celui de sa consœur de Langley, en perte de vitesse depuis quelques années ; à croire que cette brave CIA ne se remet pas de la disparition de l'Union Soviétique. La NSA est plus riche, plus puissante, elle dispose d'un arsenal impressionnant. Méga-ordinateurs, satellites géostationnaires, antennes secrètes disséminées dans le monde entier, et une armée de cerveaux vivant en quasi autarcie au siège de Fort Meade, une base militaire près de Washington, dont le seul credo est d'écouter ; les amis comme les ennemis. Avec une longueur d'avance sur leurs concurrents internationaux – et plusieurs de retard sur la science du regretté Bombyx, il faut le souhaiter.

Ce n'est pas le cas, à première vue. Le relais se met en place sans anicroche ; aucun virus tueur d'intrus n'interrompt la liaison. Phalène se frotte

223

les mains et continue. À présent, c'est la CIA elle-même qui appelle la DOG pour faire plaisir au PIF de la PAF – et toc. « Confirmer », demande la centrale américaine.

Le doigt de Phalène hésite un instant au-dessus de la touche de confirmation. Puis l'écrase.

Enter.

Bingo.

La connexion en retour est établie. Phalène contemple toujours l'écran-barrière, sauf que maintenant ses ordres transiteront par les États-Unis à couvert d'un service douanier français en plein remaniement.

Alors, ne pas s'en priver et faire défiler les dossiers de la Division des Opérations Générales par pages entières.

Ils défilent, mais Phalène fait la moue. De l'autre côté de la barrière, les informations classées sensibles sont sûrement surcodées, et pas par des manchots de la chose. Un dossier attire néanmoins son attention et un sourire sur ses lèvres. L'icône est une cible ; en-dessous, des chiffres.

Une série de sept. 4 5 3 5 5 4 1.

Combinaison familière. Ça sent son Berthillon à plein nez. La pirate clique dessus. Un message s'affiche plein écran, réclamant un mot de passe et une clé.

Illumination. Phalène pianote « DELENDA + 27 ».

Re-bingo. L'érudition latine de Joël Berthillon se retourne contre lui – pas sa méfiance naturelle. L'animal n'a pas surcodé le contenu de son fichier, il l'a carrément écrit dans un autre alphabet.

Ainsi le début se lit :

®... λα σουρχε νΠεστ πασ χονφιrm□ε μαισ
ρεχουπε δΠαυτρεσ ινδισ–χρ□τιονσ δε μ□με νατυρε
θυι ρεμοντεντ φυσθυΠ□ υνε σευλε ετ μ□με
περσοννε, Φραν□οισ Γυ□ριφ, λε χερ☰εαυ δε
λΠαφφαιρε...©

Le reste du même tonneau, un vrai régal.

À y regarder de plus près, Phalène constate que
Berthillon a dû taper son texte normalement, puis
repasser chaque page en changeant la police de
caractères, prenant soin de reconfigurer son clavier selon un ordre connu de lui seul. S'il n'est pas
stupide, il a aussi introduit quelques caractères
leurres, une ponctuation aléatoire et des espace-
ments aberrants.

Cela ne rebuterait pas un casseur de code expé-
rimenté disposant de tout son temps pour travailler, mais laisse largement sur sa faim un espion en
excursion furtive. Seule la dernière ligne du fichier
est en clair – façon de parler :

VOIR NOTE @ KILL - STUART ? - DJK-JANV – 043 969 BRX.

Étrange. Tapée de fraîche date ? Rajoutée à la
dernière minute dans la précipitation, ce qui
expliquerait l'oubli de cryptage ? Ou bien...

Ou bien l'indiscrète a ouvert un fichier en activité.

Un fichier sur lequel travaille Berthillon en ce
moment même en mémoire vive. Les connexions
sont synchrones et le feed-back ne s'est pas produit – merde. Phalène coupe sa liaison pirate, le
cœur battant mais l'esprit clair, respectant la pro-

cédure en sens inverse étape par étape. Le danger d'être repérée par une fausse manœuvre à la déconnexion subsiste.

À moins qu'il soit trop tard. Si Bombyx s'est trompé sur l'inviolabilité de l'anonymat de sa ruse électronique, Phalène est cuite, les ailes carbonisées jusqu'à la racine. Son estomac fait des nœuds et gargouille. De peur ; tiraillé aussi par la faim. Il est midi passé. Aller déjeuner ?

Bonne idée.

Au cas où un hypothétique escadron de la mort serait déjà en route pour l'arrêter, mieux vaut qu'il ne la trouve pas à son poste de travail. Ni autre part dans l'immeuble de la Division, d'ailleurs. Phalène n'a aucune envie de lui faciliter la tâche. Alors sortir pour aller déjeuner.

Déjà quitter la taupinière. Voir la lumière et respirer un air qui ne sente pas le fuel domestique.

Le graillon, d'accord, mais on n'a rien sans rien.

21

Lundi, c'est pas raviolis.

Tant mieux : Phalène les a en horreur. Le menu affiche entre autres rôti de veau-carottes-pommes persillées, mais propose tous les jours de grandes assiettes de crudités variées qu'elle choisit invariablement et arrose d'eau minérale.

L'endroit est un restaurant self-service dépendant de la préfecture, ressemblant à n'importe quelle cantine d'entreprise. Il occupe l'entresol d'un bâtiment administratif situé non loin de l'immeuble *International Export SA* ; accueille principalement le petit personnel des mairies d'arrondissements et de diverses annexes municipales. Phalène le fréquente à l'occasion pour changer de la cafétéria de la Division et des gargotes du quartier où elle prend ses repas de midi d'ordinaire, quand elle ne jeûne pas pour se purifier le métabolisme ou mange à la roulante du Groupe – ce qui ne risque plus de se produire. Le self est ouvert à tout salarié de la fonction publique pouvant arguer de cet état. La carte aux armes de la DOG autorise sa porteuse à prendre un plateau et sa place dans la file d'attente.

Sans se la jouer anthropologue en voyage d'études chez les coupeurs de têtes troglodytes, Phalène aime à se plonger de temps en temps dans l'anonymat de ses collègues fonctionnaires. Écouter le bruissement de mille conversations futiles qui la ramène pour un instant à la réalité triviale du monde. Elle ne vit pas perpétuellement environnée d'espions venus du froid ou du chaud et de secrets atomiques passés derrière le rideau de bambous, il ne faut rien exagérer, mais le quotidien du métier sait se faire pesant. Cela lui fait du bien de se laisser bercer par la musique des potins de tout un chacun. La coqueluche du petit dernier, la promotion d'Unetelle ou le départ en retraite de tartempion, autant de sujets insignifiants qui aident à distraire ses pensées de soucis très signifiants, eux. Aujourd'hui plus qu'hier.

Parfois cela lui donne droit à des confidences dont elle se passerait volontiers – ainsi les deux énergumènes qu'elle précède dans la queue, qui progresse soudain trop lentement à son goût. D'un bref regard par-dessus son épaule, elle identifie une paire de gratte-papier des plus communs, la quarantaine bien portante, sans doute des préposés aux écritures d'un quelconque service de la voirie ou de l'habillement. L'un est en train de raconter à l'autre son week-end placé sous le signe de la sexualité débridée avec une rencontre de boîte de nuit, robuste Scandinave à tresses genre walkyrie ; volubile, il parle en termes crus où la vantardise le dispute à la vulgarité. Il faut vraiment tendre l'oreille pour comprendre que la partenaire dont il est question était une femme et pas un tas de viande soumis aux caprices du conteur. Commencé devant les hors-d'œuvres, le récit gagne en intensité pornographique à hauteur des plats de résistance.

Post coïtum, l'animal est sinistre. Phalène paye son plateau et quitte la caisse du self, abandonnant le superman du sexe devant des desserts aussi écœurants que ses propos. Elle s'éloigne rapidement, cherchant une place libre à une table où elle sera sûre de ne pas le retrouver et subir la suite de l'histoire.

– Quelle bonne surprise !

Panoramique vers le bas. Les yeux de Phalène rencontrent ceux de Mayol, clignotant sous sa tignasse rousse. Un malheur n'arrive jamais seul.

– Est-ce vraiment une surprise ? bougonne-t-elle.

Son ton contient déjà la réponse. L'agent des Renseignements Généraux la détrompe ; il se fend d'un sourire sympathique en demi-teinte.

– Notre rencontre est parfaitement fortuite, je vous l'assure. Vous mangez souvent ici ?

– Non, et je n'habite plus chez mes parents ! réplique Phalène.

Mayol pouffe poliment. Désigne la chaise vacante en face de lui.

– Si le cœur vous en dit...

Loin de là, mais elle accepte l'invitation. Assurance de ne pas avoir la chevauchée de la walkyrie version hardcore à portée d'ouïe, possibilité d'une conversation enrichissante au hasard des propos du rouquin, qui sait – enrichissante du point de vue de Phalène. Elle pose son plateau, s'assoit.

Mayol a pris le rôti de veau sans les carottes et un quart de rouge. Il louche sur les crudités.

– Régime ?

– Régime.

Phalène pique une rondelle de concombre. Mayol se verse un verre de vin. Tapote la bouteille d'eau minérale avec son couteau.

– Jamais d'alcool non plus ?

– Jamais en mangeant.

Coup droit, passing de revers ; la partie s'annonce monotone. Mayol ne se laisse pas démonter.

– Vous n'êtes pas obligée de me faire la conversation, mais cela rendrait ce repas plus agréable...

– Vous avez un sujet intéressant à proposer ?

– Johnny Flasher et les « Scarlet Destroyers », ça vous conviendrait ?

– Ils ont encore fait parler d'eux ?

– Mieux, ils ont été retrouvés.

Un point au tableau d'affichage.

Phalène lève un sourcil intéressé. Mayol s'épanouit, la bouche en cœur.

– Les routes anglaises ne sont pas plus sûres que les nôtres... Un autocar transportant des rockers en tournée est tombé dans un ravin au nord du Suffolk. Accident stupide, incendie, pas de survivants. Est-il besoin de préciser que le signalement de ces malheureux musiciens correspond trait pour trait à celui des excités qui ont mis la suite « Royale » du Crillon à sac ?

– Et qu'aucun manager tessinois ne figure au nombre des victimes, je suppose ?

– On ne peut rien vous cacher.

Les crudités variées se font moins craquantes sous la dent. Phalène remâche à la place l'âcre saveur du complot qui devient phénoménal, sans craindre le superlatif. Une vilaine appréhension lui souffle qu'être jardinier de cimetière en Normandie est une profession à risque depuis quelque temps.

– Vous n'aviez pas l'air au courant...

– Et vous-même ? Les Renseignements Généraux auraient-ils autorité d'investigation outre-Manche ?

– Non, mais ils savent lire. Un rapport de Scotland Yard diffusé par Interpol m'est passé sous le nez au bureau, j'ai fait le rapprochement et relayé l'information à qui de droit. Nous devons tous coopérer au doigt et à l'œil, vous vous souvenez ? Je suis sûr que « monsieur Montpensier » a une copie de mon mémo dans sa corbeille de courrier... Il ne vous a rien dit ?

– Je ne suis p... Où me situeriez-vous, dans ma hiérarchie ? grommelle Phalène.

– Et moi donc ? rétorque Mayol.

Il cesse le petit jeu de question-question pas de réponse. Montre les mangeurs et mangeuses peuplant les tables du self autour d'eux.

– Secrétaires, comptables, manutentionnaires, ouvriers plus ou moins qualifiés, plus quelques agents secrets de notre acabit déjeunant le pétard sous l'aisselle pour faire bonne mesure, nous sommes tous égaux devant le plat du jour, mal cuit et trop assaisonné soit dit en passant !

– Vous cherchez à prouver quoi, Mayol ?

– Rien. Ou peut-être que vous et moi ne mangeons pas ici par seul choix. Les obscurs et les sans-grade ont un autre point commun... Quand il y a un os dans la moulinette, ils trinquent sans espoir de clémence.

L'allusion est trop claire pour être due aux seuls caprices de la discussion. Phalène lorgne le rouquin par en dessous. Mayol confirme en hochant douloureusement la tête.

– C'est moche, ce qui vous est arrivé...

Phalène ne demande pas comment il sait, pour sa disgrâce. Qu'il l'eût ignorée l'aurait surprise.

– ... et je compatis, sincèrement.

– Vous connaissez ce genre de situation ?

– Oh, dans nos métiers, c'est monnaie courante... Un jour félicité, le lendemain cloué au pilori... Moi-même, je ne suis pas passé loin de la correctionnelle le mois dernier.

Phalène se souvient. Au début de l'été, un journal satirique avait lancé un petit Watergate dans la mare médiatique en révélant que les Renseignements Généraux avaient, sans autorisation, procédé à des écoutes téléphoniques concernant le parti de l'actuelle opposition, ce qui avait contraint le ministre de l'Intérieur à relever de leurs fonctions le directeur des RG et le chef de la section chargée des partis politiques, en promettant une sévère réorganisation du service dans son ensemble. Chose faite en septembre : le suivi des partis était retiré du champ d'action des Renseignements Généraux, leurs rangs purgés d'une poignée de cadres désignés comme boucs émissaires – le siège éjectable avait frémi de tous ses ressorts sous les fesses de Mayol.

– Vous savez ce que c'est, les têtes tombent et entraînent avec elles les collaborateurs proches, et ça cascade comme ça jusqu'en bas de l'échelle. Les grosses légumes sont mutées avec de l'avancement, les petites... Si je n'étais pas impliqué dans l'enquête sur l'attentat de la Concorde, mon tour serait déjà venu et je moisirais dans un placard fermé à double tour.

– Je ne compatis pas, moi, grogne Phalène ; vous vous y êtes pris comme des manches, vous auriez dû relire la biographie de Nixon.

– Comme vous dites ! En matière d'écoutes illégales, l'exemple vient d'en haut.

– Ce n'est pas une raison.

– D'accord, mais puisque nous parlons boutique et bavures, vous n'avez pas fait fort non plus, dans le Var.

– Vous parlez de l'assassinat de la députée ?

– On murmure que les chiens de la DOG n'auraient pas les papattes toutes blanches dans cette affaire...

– Ridicule ! contre Phalène, réellement choquée.

– Et on se suicide beaucoup dans ce département, passe outre Mayol ; les deux frangins, là, enfumés dans leur bagnole, on murmure aussi que ce serait signé. Politique et grand banditisme, magouilles immobilières, le cocktail n'est pas nouveau.

Prêcher le faux pour savoir le vrai. Un vieux truc commun à tous les services spéciaux, quelle que soit leur nature.

– Vous mélangez tout, grince Phalène en toisant férocement son interlocuteur.

– Remarquez, là encore l'exemple vient du sommet... Une balle dans la tempe à l'Élysée, joyeuses Pâques ! On se suicide aussi beaucoup dans l'entourage du Président, vous ne trouvez pas ?

Au-delà du persiflage provocateur de l'agent des Renseignements Généraux, Phalène mesure soudain l'accumulation d'événements scabreux qu'a connu le pays depuis la dernière Saint-Sylvestre, en plus d'affaires douteuses antérieures toujours pendantes. L'année n'est pas terminée. Si elle continue à ce rythme, la concierge du sergent Van Meers pourra l'inscrire en bonne place à son palmarès catastrophique, et voter de plus en plus à droite, contribuant ainsi à nourrir les craintes de Sphinx.

– Qu'est-ce que vous voulez, Mayol ? Me persuader que je travaille pour des salauds ? J'en aurais autant pour vous. Comment avez-vous eu la vocation, d'ailleurs ?

– Tout petit déjà à l'école, j'adorais dénoncer mes camarades au professeur !

– Ne racontez pas n'importe quoi.

– En fait, je voulais être plongeur chez Cousteau, mais la vie en a décidé autrement, soupire le rouquin, faussement désolé ; et vous ?

– Moi ?

– La vocation...

– Ce sont mes oignons.

– D'accord, vous préférez parler d'autre chose ?

– Angus MacCastle vous conviendrait ? paraphrase ironiquement Phalène.

– Oui, sauf qu'il n'y a rien à en dire. Hypothétique joueur de cornemuse ou faux manager de rock star, il s'est évaporé comme il est venu. Si vous voulez mon avis, il n'a jamais mis les pieds en Normandie, ce lascar... Ne faites pas cette mine surprise, je suis certain que vous pensez la même chose.

– À savoir ?

– Ceux qui veulent la peau de Tonton ont plus d'un tueur dans leurs rangs.

Plus finaud qu'il n'en a l'air, le roux Mayol.

Phalène le regarde soudain autrement.

Qu'il jure sur la tête de sa mère que le président de la République n'est pas la cible réelle du complot et elle le demande aussitôt en mariage.

234

– Vous savez qu'à force d'essayer de l'avoir, ils pourraient bien finir par réussir ?

Phalène restera célibataire.

– Le Président est bien protégé...

– Et son ou ses assassins potentiels bien renseignés sur ses allées et venues, dit Mayol, nouveau sourire en coin ; je me suis laissé dire que la promenade à Château-d'Adt n'était pas exactement un déplacement présidentiel de premier plan.

– Il y en a d'autres sur son agenda, vous les connaissez aussi bien que moi. Ceux qui fomentent le complot ne sont pas des amateurs, ils peuvent avoir des informateurs dans n'importe lequel de nos services de renseignements.

– Merci pour eux !

– Il n'y a pas de quoi. Cela dit, sorties publiques ou privées de Pap... du Président, toutes leur seraient bonnes pour parvenir à leurs fins, non ?

– Ils n'ont rien tenté quand il a déjeuné avec sa fille, objecte Mayol ; la cible était pourtant servie sur un plateau.

– Vous saviez cela aussi, bien sûr...

– Qui ne connaît pas l'existence de cette sympathique et jeune personne, à part cinquante-huit millions de citoyens ? Rassurez-vous, cette ignorance sera réparée le mois prochain. Les photos ne sont pas très nettes, mais elles feront de l'effet !

Phalène révise son jugement sur le rouquin. Sous-fifre des RG, peut-être, mais vraiment plus dégourdi qu'elle ne le pensait. S'en faire un allié ? Risqué. Manœuvrer seule sans appuis aussi. Plus. Et si elle s'est trompée sur le compte de Mayol, cela vaut-il pour les deux autres membres du trio, le gros commissaire et le capitaine – une idée à creuser, là. Elle ne sait pas encore laquelle, mais ça viendra.

– Puisque vous savez tout, connaîtriez-vous un déplacement présidentiel qui ne figurerait pas au programme officiel ? dit-elle sans avoir l'air d'y toucher.

– Ça vous intéresserait ?

– Allez savoir...

Croisée de regards façon boxeurs qui s'observent. Phalène ne cille pas. Elle continue de jouer avec le feu. Se demande quand même s'il est bien raisonnable de le faire au-dessus d'un jerrican de kérosène débouché.

– Je peux me renseigner, finit par dire Mayol ; où puis-je vous joindre, si je trouve quelque chose ?

– C'est moi qui joins. Ou nous pourrions nous revoir ici, par exemple ?

– Je n'y mange pas souvent, moi non plus, et j'habite chez mes parents !

Mayol se marre. Phalène hausse les épaules.

– C'est provisoire, je suis en train de déménager. Mais pourquoi pas, revoyons-nous ici. Disons... Jeudi ?

– Va pour jeudi.

D'après les menus prévisionnels affichés à l'entrée du self, jeudi, c'est bœuf bouilli. Que son piratage informatique ait été découvert et qu'on l'attende à la Division pour lui passer les menottes ou non, Phalène n'y goûtera pas.

– Qu'est-ce qui vous fait sourire ? s'inquiète Mayol.

– Je me demandais... Vous qui avez l'air de tout savoir, comment mange-t-on dans nos prisons ?

– Comme dans tous les pays civilisés, avec une fourchette. Elles doivent être savoureuses puisque certains détenus les avalent toutes crues !

Phalène apprécie modérément l'humour épais du rouquin. Elle se souvient de repas délectables pris avec les doigts sous d'autres latitudes ; ses hôtes n'étaient pas des barbares pour autant. Loin de là, même. La notion de civilisation se mesure sans pudeur à l'aune de sa propre vanité.

En oubliant que l'on est toujours le sauvage de quelqu'un.

22

Des actualités télévisées.

Pas celles de la vidéo du sergent Van Meers, les vraies de la deuxième chaîne publique. Pour une fois dépourvues des calembours idiots de son présentateur.

Il y a de quoi.

L'Algérie occupe le devant de la scène, volant la vedette au Rwanda et à la Bosnie. Les assassinats d'étrangers reviennent à la une, victimes médiatiques qui occultent les autres ; toutes les autres. Martyrs anonymes sans épitaphes. Pris entre le marteau gouvernemental et l'enclume islamiste, ce sont toujours les mêmes qui trinquent à la santé de ceux qui comptent des barils remplis de pétrole. Le parfum pognoneux de l'or noir dégage la sale odeur du pouvoir. De là à conclure que politiques et religieux s'étripent par peuple interposé pour savoir qui lèvera l'impôt à son propre bénéfice, il n'y a qu'un pas.

Que Phalène franchit allégrement, assise en tailleur sur son lit, les oreillers calés dans le dos. Persiennes baissées. Soirée tranquille à la maison.

Une de plus.

Les journées s'écoulent avec une lenteur exaspérante. Depuis sa relégation dans les caves de la Division, la jeune femme n'a jamais été aussi contente de rentrer chez elle après le boulot. Aucune paire de menottes ne l'attendait à son retour du self, le jour de son intrusion pirate dans les fichiers interdits – ni les suivants. À la longue, elle s'est habituée à son nouveau rythme professionnel. Bien obligée. Ses rapports avec les collègues taupes des archives restent froids, et sont inexistants avec tout supérieur hiérarchique travaillant à un quelconque étage au-dessus du rez-de-chaussée, Joël Berthillon inclus. Une demande d'entrevue avec lui pour éclaircir un point de détail sur une vieille opération à laquelle il avait participé s'est soldée par une discussion insipide avec l'un de ses factotums ; une seconde tentative sous un autre prétexte a avorté de la même manière. La porte du Numéro 4 lui est fermée. Phalène saura faire avec, mais c'est vexant.

Sa fierté chevillée à l'âme lui interdit toujours de joindre Sphinx. Ce n'est pourtant pas l'envie qui manque. Elle fait avec aussi. Mais ça, c'est douloureux.

Dans le poste, la religion permet au présentateur un enchaînement tout trouvé. Retour sur une décision qui agite la chronique : Taslima Nasreen, écrivain bangladaise exilée en Suède, s'est vue refuser un visa de séjour en France de plus de vingt-quatre heures. Rushdie au féminin, sous le coup d'une fatwa identique relative à ses écrits jugés offensant pour le sentiment religieux, elle ne viendra pas du tout ; elle n'entend pas défendre sa cause à la sauvette. Une nouvelle arme contre les empêcheurs d'obscurantiser en rond, le blasphème. Pratique et inattaquable parce qu'irrationnel, quelle que soit la religion concernée. Et quand le blasphémateur est une blasphématrice, les mâles défenseurs de la foi s'en donnent à cœur joie – Phalène cracherait bien par terre de dépit si elle ne tenait à son tapis. Visa au rabais pour une femme risquant sa vie au nom d'un idéal universel ; le pays qui se gargarise d'être celui des droits de l'homme ne sort pas grandi de l'affaire.

Le sujet suivant n'est guère plus réjouissant. La police ne comprend toujours pas les raisons qui ont poussé deux jeunes marginaux (dixit le commentaire) à faire un remake parisien de Bonnie and Clyde. Soirée rodéo sur les chapeaux de roues, fusils à pompe et pistolets automatiques, flics et chauffeur de taxi abattus, le garçon à la morgue et la fille dans la cage – autant de vies brisées net en moins d'une heure d'horloge. Dérive sociale, révolte viscérale contre l'ordre établi et fascination morbide pour la lutte armée se mélangent dans leur sanglante trajectoire. La juste colère des laissés pour compte se trompe trop souvent de cible. Le Système avec une majuscule n'explique pas tout. Il y a quelque chose de pourri dans l'âme humaine à la base.

Confirmation indirecte sur le petit écran avec la rubrique économique. Madame Thatcher peut jouir tranquillement de ses vieux jours inoxydables, le flambeau a été bien repris de l'autre côté du Channel. Suite (et pas fin) du programme de privatisations engagé par le gouvernement. Des messieurs cravatés expliquent en long, en large et en travers les bienfaits de la chose, se gardant bien de montrer le revers de la médaille qu'illustre la page boursière : les valeurs flambent de joie, cotes

indexées sur le contenu des charrettes de licencie-
ments prévues par les plans sociaux. La réforme
du régime des retraites repointe le bout de son
vilain nez. Capitalisation contre répartition ou
bien l'enfer nous attend tous, prétendent de doctes
technocrates. Le XXIᵉ siècle sera peut-être spirituel, mais il ne fera pas bon y être vieux. Pauvre,
en tout cas ; ce qui ne changera pas beaucoup des
siècles précédents.

Bel avenir social en perspective. Phalène se
passe la langue sur les gencives. Avoir mal aux
dents est déjà pour ainsi dire réservé à une élite,
boire un simple verre d'eau sera bientôt un luxe
inouï – tiens, le sergent Van Meers.

En civil et sans béret.

Changement de sujet.

L'esprit de la jeune femme un instant distrait a
manqué la coupure. Elle découvre le Président
serrant des mains quelque part, les groupistes
papillonnant autour de lui.

Le ministre de l'Agriculture barbote à la traîne
des protecteurs du chef de l'État, environné de
gros rougeauds endimanchés fleurant bon le terroir
et l'appétit de subventions bruxelloises. Van Meers
réapparaît derrière le ministre. La haute stature du
mercenaire crève l'écran. Petite satisfaction venge-
resse : malgré le départ de CP-9, Autorité ne rejoue
pas libéro. Phalène reconnaît Ledantec, son ex-
ennemi intime, dans le rôle quand la caméra passe
en plan large. Le brun Vannier et l'hercule Marigot
évoluent dans l'aire des Proches.

Sentiment de feuilleter un album de famille,
sans réelle nostalgie mais avec des relents de frustration amère.

Sa carte de groupiste et le revolver Sentinel sont rangés dans le tiroir de sa table de nuit. Des trophées que personne n'a songé à lui réclamer après son renvoi. Maigre consolation. L'arme appartient de toute façon à l'arsenal de la Division, et la carte lui est inutile sans les codes d'accès au hangar. Ceux qui changent tous les jours.

Aux actualités, raccord intérieur jour dans ce qui ressemble à une halle aux bestiaux, le Président flattant la croupe d'une vache laitière championne de sa catégorie. Non sans répugnance mal dissimulée. Pas son truc, ce genre de corvée. D'après Sphinx, son successeur annoncé s'en régalera plus que de raison, pas forcément pour le mieux de la nation. Le visage du chef de l'État envahit l'écran plein cadre, l'œil éteint et la peau jaune comme un coing. La maladie qui progresse, inexorable, ou bien est-ce dû à l'éclairage – toujours les ouailles du sergent en première ligne. Efficaces, imperturbables. Omniprésentes.

Des images qui en rappellent d'autres.

Sensation bizarre au creux de l'estomac, léger pincement nerveux dans la cervelle. Comme un signal d'alarme. Phalène se sent soudain mal à l'aise. Quelque chose la turlupine, sans qu'elle parvienne à identifier la raison de son trouble. Elle a horreur de ça. Agacée, elle coupe le son de la télévision.

Le Président et ses anges gardiens poursuivent leur chemin en silence. Fin du reportage. Un autre derrière, pas vraiment différent : politique étrangère, William Jefferson Clinton recevant un plénipotentiaire quelconque dans le bureau ovale de la Maison Blanche avec ses conseillers, conférence de presse à suivre dans les jardins. Un autre chef d'état, d'autres gardes du corps ; le même ballet.

Le malaise de Phalène s'accentue.

Il est en prise directe sur ce qu'elle voit. Si elle n'arrive toujours pas à trouver la raison de son tracas, elle en connaît au moins la nature. Pas seulement parce qu'elle a été groupiste. La solution du problème Cartago est liée à l'univers du locataire de l'Élysée, il ne saurait en être autrement. Le complot dans le complot. Punie ou pas, elle ne cesse d'y penser en rongeant son frein dans les sous-sols de la DOG, avec l'affreux pressentiment que la catastrophe est toujours en marche ; la manipulation plus formidable qu'elle ne le soupçonne.

Phalène a revu Mayol le jeudi suivant leur déjeuner surprise, comme convenu. Déception, le rouquin n'avait rien appris, sinon qu'il se préparait quelque chose d'important. Une agitation anormale régnait dans tous les services de polices, du plus grand au plus petit. Plusieurs compagnies de CRS étaient consignées dans leurs casernes. D'après lui, cela sentait la venue d'une haute personnalité sur le territoire national ou un déplacement présidentiel impromptu hors de celui-ci, genre visite éclair à Sarajevo. Mayol penchait pour la seconde éventualité, qui expliquait pourquoi les Renseignements Généraux paraissaient relativement hors du coup. Il avait promis d'essayer d'en savoir plus. Nouveau repas au self en perspective – Phalène quitte son lit en grognant. Se plante devant sa grande fenêtre, les mains dans le dos.

Persiennes closes, la vitre fait miroir.

Un reflet vivant de la perplexité s'y inscrit.

Pensées mélangées qui se bousculent dans l'esprit de sa propriétaire.

combien d'appartements semblables au sien
en ville avec dedans un clone d'elle-même,
un chien de la DOG logé aux frais du contri-
buable derrière une porte blindée et du verre
pare-balles polarisé dans la masse, ruminant
les bien-fondés de son existence

chaque clone sait-il comment concilier
sa morale et les impératifs des missions,
et déterminer à quel degré de saleté ses
mains lui feront horreur, l'obéissance aux
ordres en guise d'ultime refuge si pratique

Bombyx avait-il raison de dire qu'un candidat
à la présidence qui se fait limer les dents
afin de mieux se faire élire est un individu
hautement suspect, mais qu'il mérite qu'on se
dévoue pour lui parce qu'il ose abolir la peine
de mort au nom du principe sans se soucier
des futures conséquences électorales

le même Bombyx tout acquis aux thèses de
Sphinx, ardent défenseur de la symbolique
primant sur la personnalité, voir Louis XVI
le bon roi falot guillotiné au nom du peuple
ou le tsar Nicolas II et toute la sainte famille
Romanov massacrés par les Bolcheviques,
rien à gagner pour les révolutions en marche,
inéluctables, bientôt installées aux commandes,
sinon justement frapper au cœur du symbole

le Président en est un, mais dans quel piteux
état, et pas vraiment tenté par la vocation de

martyr, alors qui veut donc flinguer ce mec ayant déjà un pied dans la tombe, les deux pieds et les deux mains et le chapeau avec, foutre oui, mais si pas lui, qui d'autre

qui et pourquoi, merde

qui est Cartago, putain de bordel à cul

Vertige – la chienne de la DOG ferme les yeux. Les rouvre. Vitre-miroir.

Phalène face à Phalène.

Qui hésite entre prendre une douche, se saouler au bourbon ou sortir pour aller au cinéma.

Cinéma. Tilt.

Le paquet-cadeau du sergent.

Là, en vrac au pied du téléviseur. Phalène se penche, ramasse une cassette au hasard et l'insère dans son magnétoscope.

Touche PLAY sur la télécommande. Exit le journal télévisé, le montage personnel du sergent défile. La bande démo des « actualités ». Avance rapide par pressions successives. Visions fugitives de Ronald Reagan, du pape, d'Anouar el Sadate – un point commun avec le traquenard de la Concorde, l'assassinat du président égyptien durant un défilé militaire : détourner l'attention au moment décisif ; passage de l'aviation qui fait lever le nez pendant que les tueurs descendent de camion, comme le vacarme des blindés de l'Eurocorps devait couvrir le coup de feu de Cartago.

Quelque chose, là.

Mais quoi, Phalène ne parvient pas à mettre un nom dessus. Elle s'arrête au hasard des images.

Aucune ne percute ce qui lui trotte dans la tête sans vouloir s'identifier.

Elle arrive au bout du montage d'actualités. Se rassoit sur son lit, rembobine et recommence.

La luminosité agressive de l'écran lui perfore la rétine. Toujours pas de déclic. Les divers attentats qu'elle visionne pour la énième fois sont peut-être riches d'enseignement quant à la tactique de la protection rapprochée, mais manquent singulièrement d'informations sur celle du ou des assassins qui travaillent hors champ. Logique. Le meurtre politique en direct est par définition une surprise, les caméras ne s'y attendent pas. Les films amateurs, celui d'un certain jour de novembre 1963 au Texas en tête, sont de piètre qualité. Le grossissement excessif des images et le transfert du Super-8 en vidéo les rendent pour ainsi dire illisibles.

Soupir. Phalène laisse filer la bande. L'éjecte quand elle est finie et la remplace par une autre. Deuxième partie du programme, la fiction.

Comme il l'a dit, le sergent Van Meers n'a sélectionné et collé bout à bout que des extraits de films, selon la valeur instructive qu'il leur accordait. Peut-être une erreur, à la réflexion. L'imagination d'un scénariste court du début à la fin de son œuvre. Un fragment du processus mental de création est réducteur.

Arrêt sur image – arrêt quasi réflexe. Le doigt de Phalène a écrasé la touche, indépendant de sa volonté. Un déclic, enfin. Pas d'autre explication.

L'acteur Warren Beatty à l'écran.

Phalène se souvient du film pour l'avoir vu en salle et en entier à l'occasion. N'en garde pas un souvenir impérissable, soit dit en passant. L'histoire s'inspirait de l'incontournable affaire Kennedy et brodait largement sur la théorie du complot, basant son argument sur la présence de plusieurs tireurs à Dallas.

Plusieurs. Deux, en fait, dans le film.

L'un faisant oublier l'autre. Détourner l'attention. Phalène pâlit. La télécommande lui échappe des mains et tombe mollement sur la couette.

L'un faisant oublier l'autre ; l'attention n'est pas là où elle devrait être ; à côté... Parallaxe, écran de fumée, noyer le poisson – Phalène se redresse, tendue. Presque tétanisée. Sentiment atroce d'avoir mis le doigt sur LA solution et ne pas être foutue de dire ce qu'elle est.

Mais c'est là. Obscur encore.

Et il doit bien exister un endroit où elle pourra trouver de la lumière.

23

Les Champs-Élysées. Sous la pluie.

La baraka météo n'est pas éternelle. Sous son casque, Phalène râle. Quand elle a quitté la banlieue est de la capitale, le ciel était à peine gris. Elle n'a pas jugé bon d'enfiler surbottes et combinaison imperméables – l'a fait en catastrophe à l'abri des échangeurs du périphérique tandis qu'un déluge brutal s'abattait sur la ville.

Le plus gros des nuages déversé, la pluie s'est stabilisée en crachin faiblard, mais tenace. Comme par enchantement, dès que la chaussée est mouillée, la circulation paraît coaguler. Les véhicules sortent de nulle part comme des escargots, et roulent à la même vitesse. L'embouteillage ajoute l'impatience à la rogne chez Phalène. Elle a perdu une bonne partie de sa journée, elle aimerait bien la terminer avec du positif.

Elle arrive de l'Institut National de l'Audiovisuel (d'autres archives, ça ne l'a pas dépaysée). Ne se considérant pas plus demeurée que le sergent Van Meers, elle voulait voir les images du 14 Juillet par elle-même. Les a vues, n'en a rien retiré, sauf une leçon de tournage d'événement important et une piste à suivre. À l'INA, on lui a rapidement expliqué comment était couvert le défilé année après année : les nombreuses caméras réparties sur le site, les cars-régie des chaînes retransmettant en direct le passage des troupes, chaque réalisateur choisissant ses images à la volée – aucune ne montrait la tribune d'honneur au moment crucial dans un cadre utilisable, le mercenaire n'avait pas menti. La piste à suivre était celle des télévisions étrangères. Si elles achètent le droit d'utiliser les images officielles du réseau national, il arrive que des équipes légères en tournent de leur côté, en marge des meilleurs emplacements ou installées dans la tribune de presse, derrière la loge présidentielle tout en haut des gradins. La première présentation publique des forces armées de l'Eurocorps et donc la présence obligatoire des représentants politiques de chaque nation concernée n'avaient pu que les rameuter ; une chance à courir.

Phalène courut. Trouva les coordonnées de la station parisienne d'une chaîne de télévision allemande basée à Cologne, qui avait filmé la parade depuis la fameuse tribune. Y serait déjà si les caprices de la circulation par temps de pluie ne s'en étaient mêlés.

Elle finit par arriver à destination. Gare la Venture, se débarrasse de sa tenue imperméable et pénètre dans un immeuble semblable à celui de la DOG, mais de taille plus modeste. Le rez-de-chaussée est entièrement vitré. Phalène se présente au poste de sécurité et s'identifie. Elle est attendue.

Non sans mal. Comme pour s'introduire à l'INA, elle a usé (et abusé) de son statut d'agent de la Division des Opérations Générales – sans passer par la voie hiérarchique. Elle aurait bien voulu, mais Joël Morpho Berthillon restait indisponible, son secrétariat avançait systématiquement les bons vieux alibis « en réunion » ou « en déplacement à l'extérieur ». Vrais ou faux motifs, relents de rancune à son égard, réel emploi du temps surchargé, Phalène n'a pas tranché, et a donc agi seule. Pas question d'en référer à qui que ce soit d'autre que le Numéro 4 de la DOG.

Les démarches ont été laborieuses, mais ont porté leurs fruits, à l'INA comme ici.

On l'annonce dans les étages, lui montre les ascenseurs au fond du hall. Au sixième, une jeune femme blonde l'accueille. Se présente comme Monique Büchler, chef-monteuse. Elle et son banc de visionnage sont à la disposition de la visiteuse. Elle parle un français sans accent, ce qui n'a rien d'étonnant quand on sait que c'est sa langue maternelle : elle a épousé un des cameramen de la station. Phalène apprend tout cela sur le chemin de la salle de montage ; la blonde est liante et bavarde.

Elles s'installent. Les machines sont déjà chargées. Monique s'excuse, elles ne sont pas du dernier modèle, la révolution du montage informatique virtuel démode les systèmes à une vitesse vertigineuse. Phalène l'écoute d'une oreille distraite. On lui a tenu le même discours à l'INA, ne tarissant pas d'éloges sur le futur transfert des archives numérisées à la Très Grande Bibliothèque de Bercy-Tolbiac. Concentration des informations et mise sous séquestre technologique. Un mariage qui ne lui dit rien qui vaille.

Les images de la télévision allemande sont des rushes. L'équipe n'a pas filmé tout le défilé, mais a mis en boîte la présentation de l'Eurocorps sans en perdre une seconde. Les téléspectateurs Teutons n'ont pas dû être déçus. On voit très bien leur Chancelier souriant aux anges, le drapeau du pays réunifié frappé en écusson sur le blindage des chars. À l'heure de la guerre électronique, ces gros scarabées d'acier roulants ont quelque chose de moyenâgeux, songe Phalène tandis que les régiments suivant l'Eurocorps envahissent l'écran.

Fin du passage intéressant. Les rushes qu'elle vient de voir s'avèrent pauvres. Pauvres de son point de vue. Elle ravale sa déception. Demande à revoir les images. Monique s'exécute.

Plan très large englobant les invités de la tribune d'honneur. Les blindés de tête arrivent en bas des Champs-Élysées. Tout le monde se lève. La stature de géant du Chancelier allemand est inratable, elle efface celle du Président français debout à ses côtés – puis l'opérateur zoome à fond sur les véhicules, massés en troupeau compact par la perspective longue focale. L'air tremble sous la chaleur des échappements. Les haut-parleurs du banc de montage vibrent. En réel lors du défilé, le vacarme devait être effectivement assourdissant.

Phalène regarde et pense en même temps, sans parvenir à tirer quoi que ce soit de ce qu'elle voit. Faire le lien avec les cassettes du sergent, bon sang. Warren Beatty manque au générique de ce film-là.

Retour au plan large avec les derniers véhicules virant sur la place de la Concorde, à gauche comme à droite. La silhouette du Chancelier toujours bien visible, d'autant plus qu'il n'y a plus personne à côté de lui. Le Président s'est rassis. Fatigue, maladie ; protocole écourté. Vision confuse de grands gabarits qui occupent l'espace où il se tiendrait s'il était encore debout. L'un d'eux est penché, en retrait : Cartago a tiré et Joachim Heillinger n'est plus de ce monde. Le Chancelier se rassoit à son tour. Nouveau zoom en coup de poing pour cadrer l'ultime blindé de la colonne qui sort du champ – Phalène sursaute. Crie.

– Stop !

Monique sursaute aussi. Gèle l'image. Phalène se tourne vers la blonde monteuse.

– Je... Heu... Excusez-moi d'avoir crié, mais une idée m'est venue...

– Oui ?

– Vous auriez les images de la télévision française ? Je veux dire, auriez-vous enregistré le...

– J'avais compris ! Je devrais pouvoir vous trouver ça, à moins que... Attendez, je reviens tout de suite.

Monique quitte son fauteuil ; sort de la salle. Phalène reste seule.

Les yeux rivés à l'écran.

Voir au-delà de la mire.

Sphinx disait cela sans songer à faire un jeu de mots télévisuel. Phalène voit au-delà de l'image. Enfin, elle essaie.

Les images sont trompeuses.

Elle ne regarde plus la cérémonie de la Fête nationale en direct depuis belle lurette, ou alors par accident, mais elle a des souvenirs d'enfance. Séquence émotion rétrospective. Phalène se rappelle qu'elle voulait être timbalier à cheval dans la garde républicaine quand elle était petite, sans se soucier de savoir si l'animal appréciait de supporter un cavalier plus deux énormes chaudrons à marmelade en prime, les oreilles fracassées par la douceur de la musique militaire. Se souvient aussi, en se remémorant la vocation de plongeur chez Cousteau avouée par le roux Mayol, d'un tableau qui l'avait bizarrement marquée, plus tard : les sapeurs-pompiers parisiens clôturant le défilé, les camions de la brigade fluviale fermant la marche, remorquant chacun un Zodiac avec un homme-grenouille accroupi dedans, tenue de plongée complète, bouteilles sur le dos et masque relevé sur le front. Un régal les étés caniculaires. Le brave plongeur se cognait les Champs-Élysées sur toute leur longueur, secoué par les cahots comme une poupée montée sur ressorts.

À l'INA, Phalène a regardé le défilé dans son intégralité, telle que chaque chaîne française l'a retransmise, puis s'est repassé plusieurs fois le moment de l'Eurocorps. Après coup, elle réalise qu'elle s'est laissée bercer par l'aspect déjà-vu de la parade traditionnelle. Images trompeuses parce que familières et apaisantes, qui prennent une dimension complètement différente vues d'ailleurs. De derrière. Comme si l'on était assis dans la tribune d'honneur. Comme si le Président – retour de Monique, des cassettes sous le bras. Le fil des pensées de Phalène se rompt. Merde.

La monteuse insère les nouvelles cassettes dans les magnétoscopes. Pianote sur son clavier et active d'autres écrans.

– Notre service « étranger » a tout enregistré, comme d'habitude, mais vous avez de la chance, les reportages sont revenus de Cologne pour un montage spécial.

Phalène savoure sa situation « étrangère » en plein Paris.

– Le passage de l'Eurocorps, n'est-ce pas ? demande Monique qui n'est pas stupide ; quelle chaîne voulez-vous voir ?

– Les deux ! Vous pouvez les synchroniser avec vos propres images ?

– Impossible, les time-codes ne correspondent pas.

– Les... quoi ?

– Vous voyez les chiffres, là ?

Monique montre les compteurs de chaque lecteur de bande, reproduits sur chaque écran sous l'image correspondante. Phalène n'est pas aveugle.

– Oui, et alors ?

– Pour les synchroniser, il faudrait que toutes les caméras aient été calées sur un même repère temporel, comme le clap au cinéma. Notre équipe tournait en toute indépendance des opérateurs de vos chaînes nationales...

– Je ne vous demande pas une précision chronométrique !

– Je n'avais pas fini ma phrase, proteste gentiment la monteuse ; vous voulez voir le passage des blindés d'un troisième point de vue en parallèle, c'est ça ? Alors, on va le faire à l'ancienne... à la main !

Monique s'active sur son clavier, la mine gourmande. Le progrès en marche n'empêche pas les plaisirs du passé. C'est rassurant, quelque part. Et pas seulement au niveau du vécu.

La monteuse commence par caler les images allemandes au début du passage des forces de l'Eurocorps, blindés de tête juste au seuil de la place de la Concorde. Ensuite, elle cherche l'équivalent sur les deux montages télédiffusés le 14 Juillet en matinée. Petits problèmes : les axes ne sont pas les mêmes, les cadrages différents ; chaque réalisateur n'a pas choisi exactement les mêmes images au même moment, et rien ne ressemble plus à un blindé qu'un autre blindé. En tâtonnant à vue, Monique finit par y arriver, en se basant sur les fanions flottant au sommet des antennes des véhicules.

– Voilà. Je ne vous promets pas une synchro parfaite, mais...

– Ça ira ! complète Phalène.

Monique lance les machines. Les images défilent. Les yeux de Phalène balaye tous les écrans. Du beau travail, on pourrait presque monter une nouvelle séquence en cut sans trop chahuter les raccords.

Plan large, les deux hommes d'État debout, zoom sur les blindés, fracas des moteurs. Retour au plan d'ensemble. Le Chancelier debout tout seul. Les grands gabarits en mouvement dans le flou, c'est un peu confus – et un élément nouveau s'impose soudain à l'esprit de Phalène. Évident. Éblouissant.

Le facteur Temps.

– On recommence... en coupant les commentaires français, s'il vous plaît !

Verbeux, emphatiques et redondants à outrance, leur écoute parasite la vision. Les rushes allemands en sont dépourvus. Monique recale les bandes au départ.

Deuxième lecture.

– Stop, répète Phalène moins brutalement.

Elle tend un doigt sur les écrans, pointant une sorte de char d'assaut à six roues d'un diamètre considérable, un homme-tronc vissé dans sa tourelle. Son torse est bardée de médailles, dont une croix de guerre avec palmes caractéristiques.

– Recalez en fonction de lui...

Affinage de la synchro approximative. Retour arrière – et on recommence.

Presque parfait. Maintenant, Phalène jouit d'une vision fidèle du temps de passage de l'Eurocorps par rapport au président français debout ou assis ; surtout assis. Puis les grands gabarits interviennent. Heillinger est mort – le temps ne colle pas. Temps facilement calculé en consultant les compteurs. Le dernier blindé de la colonne vire devant la tribune d'honneur alors que le chef de l'État s'est rassis depuis longtemps.

Trop longtemps. Phalène se mord les lèvres.

– Vous vous sentez bien ? s'inquiète Monique.

Phalène se sent terriblement bien. Cartago n'a pas raté le président de la République française. Impossible.

Cartago a délibérément tiré sur Joachim Heillinger.

24

Sous le pont Mirabeau coule la Seine, dit le poète.

Sous les autres aussi, Phalène le vérifie de visu au fil de l'eau. Comme quoi la poésie ne craint pas de s'embarrasser d'une évidence pour taquiner l'émotion.

Beau temps mais orageux en fin de journée, lieucommunait le bulletin météorologique entendu à la radio tandis que la Venture roulait vers le Trocadéro. Après un parcours compliqué dans les petites rues du seizième arrondissement, la moto avait traversé le fleuve au pont d'Iéna, tourné devant la tour Eiffel et piqué en direction des Invalides, remontant les quais par la rive gauche. Ce n'est pas l'itinéraire le plus court pour rallier l'embarcadère de l'Alma. Phalène l'a improvisé et suivi pour déjouer une possible filature.

Saine paranoïa, avait-elle décrété en mettant le contact.

Avec un quart d'heure d'avance sur son horaire de rendez-vous, elle est montée à bord d'un gros bateau-mouche au nez pointu et vitré. Elle s'est isolée derrière la timonerie pour attendre le départ de la croisière, ignorant les passagers de toutes nationalités qui bataillaient ferme autour des meilleures places près des fenêtres le long de la cabine fermée. Une fois en route pour le circuit touristique commenté, elle a gagné l'arrière du bâtiment en empruntant la coursive extérieure tribord.

Engoncé dans un lourd pardessus et la moumoute vissée au crâne sous une casquette de toile, accoudé à la rambarde de sécurité ceinturant la plate-forme de poupe à l'air libre, Victorien de la Roche l'attendait. Solitaire.

Le contraire l'aurait étonnée.

Ils se sont salués sans mot dire. Phalène ne savait comment entamer la discussion. De la Roche ne lui a pas facilité les choses en lui lançant un regard où la crainte le disputait au mépris. Et en gardant le silence.

– Si vous aviez accepté de me recevoir sans rechigner... avait soupiré Phalène.

Le secrétariat des Affaires étrangères faisait barrage total au téléphone, de même à l'accueil du ministère. Le délégué du Quai d'Orsay était très occupé, il n'avait pas de temps disponible pour un petit matricule à trois chiffres de la Division des Opérations Générales qui refusait de détailler les motifs de sa demande ; inutile d'insister, la réponse négative était nette et sans appel. Rien de tel pour stimuler la volonté d'une chienne de la DOG vivant déjà une situation similaire avec sa propre hiérarchie : elle n'avait eu aucun mal à trouver le numéro privé du porteur de postiche, et s'était surtout souvenu de la remarque désobligeante de Berthillon relative à la nature de sa vie sexuelle.

– J'ai besoin de m'entretenir avec vous et vous ne m'avez pas laissé le choix des moyens à employer pour y parvenir. Croyez bien que j'en suis désolée...

Les traits du diplomate se crispent. Il remonte frileusement le col de son manteau. Le bateau-mouche passe sous un autre pont ; l'ombre du tablier goudronne ses vitrages, plombe de fraîcheur soudaine la plate-forme de poupe. Les vers d'*Alcools* résonnent dans la tête de Phalène.

– Vous êtes fière de vous ? lâche enfin de la Roche sans la regarder.

Exit Apollinaire. Non, Phalène n'est pas fière d'elle. Exercer un chantage au scandale de mœurs n'est pas des plus reluisants, surtout quand on se targue d'avoir l'esprit tolérant. Ce qui ne l'empêche pas de se cabrer – mollement.

– Écoutez, monsieur le délégué, je me contre-fous de savoir avec qui et comment vous couchez, du moment que cela se passe entre adultes consentants, d'accord ? Je ne suis pas responsable des préjugés moraux de notre société.

– Savez-vous qu'il n'y a pas si longtemps vous m'auriez poussé au suicide ?

– Pas de mélo !

– Mais...

– Mais aujourd'hui un tel scandale vous coûterait seulement votre carrière, c'est ça ? Alors réjouissons-nous, les mentalités évoluent, demain vous ferez peut-être partie du quota obligatoire d'homosexuels dans la fonction publique.

– Vous ne manquez pas de culot !

– Vous, vous manquez de tripes, pour ne pas dire de couilles. Militez pour la cause gay afin que les esprits s'ouvrent un peu plus vite, mais quittez cet air de chien battu, bon sang !

Par esprit de contradiction, la mine du délégué s'allonge au format basset-hound. Phalène s'énerve.

– J'ai dit que j'étais désolée, ça ne vous suffit pas ? Vous voulez des excuses ? Je vous les présente, voilà, et basta ! À présent, je m'en tiendrai à notre marché, donnant-donnant, nous sommes entre nous et rien de ce que vous me direz ne sera répété, vous avez ma parole... Je n'ai pas choisi notre lieu de rendez-vous par hasard !

Se méfier des bureaux ou des voitures truffés de micros. Pour perturber les capteurs hyperacoustiques en plein air, rien de tel qu'un bateau de croisière parisien en marche : bruit des machines, bavardages émerveillés des passagers, commentaires surabondants du guide dans les haut-parleurs – et accessoirement offrir des cibles mobiles à un éventuel tireur d'élite. Mouvement de faible amplitude, certes, néanmoins préférable à deux culs vissés sur un banc dans un square.

Paranoïa un peu moins saine, mais assumée comme telle.

De la Roche secoue la tête, résigné.

– Je vous écoute...

– Dites-moi tout sur Joachim Heillinger.

Le délégué du Quai d'Orsay roule des yeux effarés derrière ses lunettes. Ceux de Phalène le crucifient contre le bastingage.

– Jo... Joachim Heillinger ? ! ?

– Qui était-il en réalité ? Répondez-moi sans finasseries diplomatiques ni langue de bois.

– Mais je l'ai dit pendant la réunion de crise chez vous au mois d'août, Joachim Heillinger est... était rapporteur au Bundestag pour les affaires de défense, il...

– C'est bien vrai, ce mensonge ?

– Mais oui ! Enfin, je veux dire...

– J'avais compris. Vous n'avez aucun doute à son propos ?

– Aucun, je vous l'assure. Où voulez-vous en venir ?

– Je me demandais si herr Heillinger n'aurait pas été un peu plus que simple rapporteur.

– Que voulez-vous qu'il fût d'autre ? Un espion ? Un traître ?

– Pourquoi pas.

– C'est du délire !

L'indignation du diplomate n'est pas feinte, ou alors il est excellent comédien. Phalène fait marche arrière en douceur.

– D'accord, pas un traître ni un espion, mais disons un fonctionnaire spécial hors statut téléguidé par le Chancelier, ou un quelconque groupe de pression opposé à sa politique gouvernementale pro-européenne.

– Vous êtes cinglée ! Heillinger n'avait pas le moindre poids politique, je vous le jure ! Et il a été remplacé aussitôt, vous vous rappelez ? Sa présence privilégiée dans la tribune d'honneur s'explique de façon tout à fait rationnelle, banale, seule la malchance a voulu que ce soit lui et pas un autre qui...

– Je ne demande qu'à vous croire, monsieur le délégué, mais si je vous disais que c'était bien lui qui était visé, et non le président de la République française ?

– Je ne vous croirais pas ! rétorque de la Roche, reprenant du poil de la bête ; des Joachim Heillinger, cela fourmille dans n'importe quel parlement européen, ce sont des pions, des pièces inter-

261

changeables sans aucune valeur stratégique, des employés à qui l'on demande de faire un travail dont le premier imbécile venu pourrait se charger du moment qu'il sait lire et écrire.

Pour l'absence de langue de bois, Phalène est servie. Elle en profite pour pousser l'avantage.

– J'ai tout de même peine à croire que sa disparition n'ait vraiment ému personne à Bonn, monsieur de la Roche.

– Personne, je vous dis, sauf sa veuve et ses gosses !

– Quelle version de sa mort leur a-t-on donnée, au fait ? Officiellement assassiné, ou fort diplomatiquement victime d'un arrêt cardiaque ?

– Heu... Le Quai d'Orsay et le vice-chancelier ministre des Affaires étrangères allemand se sont entendus pour ne pas révéler la nature exacte de son décès...

– Pourquoi ?

– Joachim Heillinger n'était rien, je le répète, mais il travaillait sur des dossiers européens sensibles, vous comprenez ? Des gens mal intentionnés pouvaient se servir de l'attentat à des fins de basse politique, d'où le black-out réclamé par les autorités de Bonn.

– Tiens donc... Le principe de défense commune ne ferait-il pas l'unanimité en Allemagne ?

– Bien sûr que non ! C'est une démocratie, mademoiselle, vous semblez l'oublier. Il y a des pour, des contre, des indécis, des qui s'en foutent, des lobbies de part et d'autre.

– Mais pas d'opposition marquée ?

– Pas au point d'en venir à commanditer un meurtre, quel qu'il soit. Au contraire, même.

– Au contraire ?

De la Roche se trouble.

– Comment dire... Mettons que certains nostalgiques du Grand Reich n'ont pas été mécontents de voir des chars allemands descendre une nouvelle fois les Champs-Élysées, voyez-vous...

Le fantôme des croix gammées à l'heure où les peuples tentent d'abolir enfin les frontières, de construire quelque chose qui tienne debout sans les béquilles du nationalisme et du réflexe xénophobe – avec entre autres des blindés en commun, des chômeurs proportionnels au taux de la monnaie unique, pas d'angélisme, mais c'est un début. Phalène serre les dents. Le ventre de la bête immonde n'est pas fécond, il est désespérément intarissable. Trente-huit millions de morts et la perte à tout jamais de la notion d'humanité pour en arriver là, le gâchis est à hauteur de la folie criminelle des hommes.

De leur imbécillité, aussi.

Le bateau-mouche vire avec lenteur.

Son sillage cassé bouillonne blanc verdasse, brassant quelques débris épars.

Retour à l'embarcadère. Le regard de Phalène se perd dans l'écume sale, comme pour y chercher une improbable réponse à une question qu'elle ne se pose pas.

Si la poésie piétine à l'occasion la formule pléonastique, la jeune femme n'hésite pas à se vautrer dans la contradiction. Elle n'a pas organisé ce rendez-vous fluvial pour obtenir de force la tête de Joachim Heillinger offerte sur un plateau. Loin de là, même. Sa mise hors de cause aurait la même valeur que sa culpabilité fondée – avec la certitude que la balle de Cartago était destinée à lui, et à lui seul, plus que jamais ancrée dans son esprit. Paradoxal, mais en apparence.

Depuis qu'elle a quitté la table de montage de Monique Büchler, l'idée qui l'y avait amenée continue de faire son chemin dans son esprit, sournoise. Pas tellement plus lumineuse qu'avant, mais de plus en plus impérieuse quant à la résolution de l'énigme. Trop de solutions aberrantes se profilent à l'horizon pour expliquer le paradoxe, il faut procéder par élimination. Quitte à ne garder que la plus absurde de toutes au bout du compte.

Les yeux de Phalène abandonnent la surface de l'eau. Remontent se fixer sur l'homme du Quai d'Orsay.

– J'aime être sûre...

De la Roche rajuste sa casquette, machinal. Il paraît ne pas avoir relevé.

– Je peux savoir ce qui vous permet d'affirmer que votre tueur du Crillon visait Joachim Heillinger et non pas le président de la République ?

– C'est moi qui pose les questions ! réplique Phalène qui connaît ses classiques ; par exemple, je sais de source sûre qu'il se prépare un événement important à l'Élysée, voyage top-secret du Président ou visite étrangère de premier plan, sans tapage médiatique. Pourriez-vous m'en dire plus à ce sujet ?

– Je... je ne suis pas au courant...

– Ne m'obligez pas à vous rappeler les termes de notre marché, monsieur de la Roche.

– Rappelez ce que vous voulez, cela ne changera rien à mon ignorance. Vous me prenez pour ce que je ne suis pas...

– Vous seriez un petit pion interchangeable ? Un autre Heillinger ? persifle Phalène.

Le diplomate parvient à sourire.

– Un peu plus que ça, quand même, mais pas au point d'être chargé de hautes missions diplomatiques au plus près du chef de l'État. Quant à la teneur de son emploi du temps...

Sourire qui se mue en rictus plein de suspicion.

– ... permettez-moi de vous dire que votre ignorance à vous m'étonne de la part d'un agent de la Division des Opérations Générales !

– Soyez sans crainte, cela restera entre nous. Votre discrétion en échange de la mienne, n'est-ce pas ? Notre conversation n'a jamais existé.

– Si seulement !

– Alors, à défaut de mémoire, auriez-vous des intuitions ? Le Président se rendra-t-il à l'étranger au débotté ?

– Peu probable étant donné son état de santé.

– Donc, c'est quelqu'un qui doit venir le voir à l'improviste... Qui ?

– Comment voulez-vous que je le sache ?

– Une personnalité dont la présence sur notre sol nécessite un dispositif de sécurité hors de proportions, ça ne vous mettrait pas sur la voie ? Faites un effort ! insiste Phalène.

Le diplomate hausse les épaules.

– Vu sous cet angle, les possibilités sont multiples. Dois-je m'en tenir aux seules personnalités politiques ?

– À vous de voir.

De la Roche s'abîme dans la perplexité sous sa casquette. Regarde furtivement autour de lui, comme s'il craignait qu'on lise dans ses pensées. Lui et Phalène ne sont plus solitaires à l'arrière du bateau : quelques passagers ont quitté leurs places pour venir fumer une cigarette à l'air libre sur la plate-forme. Le délégué leur jette un œil inquiet.

– Vous n'êtes pas obligé de crier, murmure Phalène.

– Un nom me vient à l'esprit, oui, mais ce n'est qu'un bruit de couloir au Quai, une supposition...

– Supposez !

– Yasser Arafat.

25

Le bruit est assourdissant.

Flippers, vidéos-massacres, simulateurs de courses automobiles ou de grands prix motos, musiques tonitruantes à jet continu : la salle de jeux est le lieu idéal pour une rencontre confidentielle à l'abri des oreilles indiscrètes. En y pénétrant, le capitaine Verdier ne cache pas sa satisfaction. Le plus performant des micros paraboliques n'y retrouverait pas sa source.

Loin de l'entrée, Phalène l'attend devant une machine à écran géant où l'amateur est invité à nettoyer une bourgade du far-west de ses hors-la-loi, colt en plastique au poing. Elle n'a pas eu à exercer de chantage pour décrocher son rendez-vous, le nom du célèbre barbu au keffieh à damier noir et blanc a servi de sésame, et son choix de cette salle de jeux électroniques nichée au cœur d'une galerie marchande tout aussi bruyante avait obtenu sans peine l'aval de l'officier. Pas question pour lui de recevoir la jeune femme dans les locaux de la DGSE ; ni pour elle d'y aller, en revanche. Dommage, après tout. Elle aurait aimé comparer le confort de la Piscine avec celui de l'immeuble de la DOG, juste pour le plaisir.

Quant au capitaine Verdier, les confidences forcées de Victorien de la Roche ne pouvaient que diriger Phalène vers lui – ou l'amener à elle, en la circonstance.

– Merci d'être venu...

En retour de salut, Verdier l'étreint comme un vieil ami une bonne copine. Murmure bas en lui faisant la bise.

– Avant toute chose, je veux vous fouiller.

Il joint le geste à la parole sans attendre de réponse. Phalène se laisse faire. Pour un éventuel observateur, le spectacle offert est innocent.

– Méfiant ?

– Prudent.

Les mains du capitaine sont rapides et précises ; ne profitent en rien de la situation. La fouillée rigole.

– Si je suis branchée, ce n'est pas dans ce sens-là !

– Je préférais m'en assurer.

Le couple se désunit. Phalène glisse des pièces dans la machine à flinguer les outlaws, saisit le revolver factice et le pointe sur l'écran.

– Entretenons l'illusion, n'est-ce pas ?

– Venons-en surtout au fait, je n'ai pas toute la journée devant moi, réplique Verdier ; que voulez-vous de moi, au juste ? Une conférence sur l'état de nos relations avec le chef du mouvement palestinien ?

– Je me contenterais de sa date d'arrivée en France.

– Qui vous a dit qu'il devait y venir ?

– La rumeur...

– On vous apprend à croire la rumeur, à la DOG ?

– Quand elle est crédible, oui. Si vous connaissez en plus le programme détaillé de son séjour, je serais comblée !

– Vous faites erreur sur la personne, c'est Boulard de la DST qu'il vous faut voir. Ce turbin est dans ses cordes, pas dans les miennes.

Phalène garde pour elle que c'est déjà envisagé.

– Je sais, mais je suis sûre que vous êtes au courant, dans les grandes lignes... Et un petit coup de projecteur de vos lumières internationales serait le bienvenu.

– L'information ne circule plus, à la DOG ?

– Je cherche des recoupements, je ne suis pas autorisée à vous dire pourquoi.

– Mission secrète ?

– Un peu ronflant, mais proche de la vérité.

Dupe ou pas, le capitaine Verdier n'en laisse rien paraître.

– Je n'aime pas ça !

– Vous n'êtes pas obligé de me répondre, vous me feriez gagner du temps en le faisant, élude Phalène ; j'ajoute que cet entretien ne regarde que vous et moi... et mon supérieur hiérarchique, cela va de soi. Vous pourrez vérifier.

Pieux mensonge. Verdier le gobe tout cru, c'est gagné ; il lui reste coincé dans le gosier, c'est le désastre – Phalène ne joue plus avec le feu, elle saute carrément dans le brasier.

Sans combinaison ignifuge.

– Alors ?

Sur l'écran de la machine de jeu, un mal rasé ventripotent sort du saloon, étoile d'argent épinglée sur la poitrine, fusil de chasse dans la saignée du coude.

– Si vous descendez le shérif, vous perdez tout de suite, prévient le capitaine Verdier ; alors oui il est question que Yasser Arafat vienne en France et en profite pour rencontrer notre Président mais aucune date n'a encore été arrêtée à ma connaissance, enchaîne-t-il sans transition.

– Visite officielle ?

– Tout à fait officieuse. Vous savez qu'Arafat doit recevoir le prix Nobel de la paix ?

– Conjointement avec Shimon Peres et Yitzhak Rabin, je suis au courant. Il ferait escale à Paris avant de se rendre à Oslo ? Lui seul ?

– Ou après, sur le chemin du retour, rien n'est sûr.

– Les forces de sécurité sont pourtant sur le pied de guerre, à ce qu'on dit...

– Procédure normale, tout peut se décider d'un jour à l'autre, pour ne pas dire dans l'heure, comme s'annuler purement et simplement à la dernière minute.

Un méchant à la mine patibulaire surgit à l'écran. Phalène vide son barillet virtuel dessus. Une ampoule en forme de balle clignote au fronton de la machine.

– Il faut piquer le canon vers le bas pour recharger, dit Verdier.

– Vous y avez déjà joué ?

– J'ai des enfants... Pourquoi vous intéressez-vous tant au leader palestinien ?

– J'ai des ordres, biaise Phalène.

– Recyclage ?

Comme Mayol, le capitaine Verdier est au courant de sa disgrâce auprès du Groupe. Évidemment. Phalène ne répond pas ; abat un nouvel adversaire en économisant ses munitions.

– Ou bien la DOG aurait-elle abandonné l'idée qu'on veuille attenter à la vie du chef de l'État ?

Quelque chose dans le ton de l'officier titille la curiosité de la jeune femme.

– Cela vous surprendrait ? dit-elle, neutre.

– Oui et non, biaise à son tour Verdier ; les motivations de Cartago ne sont peut-être pas aussi claires qu'elles ne paraissent. J'ai même pensé que nous nous trompions sur toute la ligne, qu'il s'agissait vraiment d'un cinglé solitaire prêt à tout pour entrer dans l'Histoire, mais...

– Mais ?

– Ça ne tient pas. Vous avez fait le calcul de ce qu'a coûté le montage de l'embuscade à la Concorde ? Vous connaissez le tarif du kilo de Semtex en contrebande ? Je peux vous dire que l'addition est salée ! Ou alors Angus MacCastle, Johnny Flasher et sa bande, et la mort du loueur de piano ne sont qu'une accumulation de coïncidences. Un peu gros à avaler, non ?

Phalène hoche la tête, affirmative.

– Le complot est réel, capitaine, il n'empêche que le tireur du Crillon a manqué son coup.

– D'où la tombe piégée du cimetière de Château-d'Adt. Changement de tactique des comploteurs, pulvériser Tonton et un invité de marque en même temps pour cacher la merde au chat.

– Hypothèse intéressante...

Qui vient chasser sur les terres mentales de Phalène. Ne comble pas les vides du puzzle, mais rajoute au contraire des pièces. Elles ne tiendront pas toutes dans le tableau final.

– ... sauf qu'aucun invité de marque ne devait se rendre en Normandie.

– Je sais. La bombe était un test pour éprouver les mesures de sécurité du sergent Van Meers.

– En prévenant les gendarmes de son existence ?!

– C'était la seule façon d'évaluer les capacités de votre mercenaire sur le terrain et de comptabiliser les nouveaux moyens mis en œuvre pour la protection du chef de l'État, hommes, matériel, en prévision d'un futur attentat, le bon celui-là ! Enfin, je vois les choses comme ça.

Moins sous-fifre que ne l'avait jugé Phalène de prime abord, l'officier de la DGSE, comme le rouquin des RG. Même si elle ne partage pas précisément son point de vue.

– Et ce « bon » attentat serait commis lors de la venue de Yasser Arafat en France. Vous y croyez, capitaine ?

– C'est possible, à condition qu'il vienne, ce qui n'est pas acquis je vous le rappelle.

– Admettons sa venue... Pourrait-il être lui-même la cible du complot ?

– Il faudrait alors que celui-ci relève d'anti-palestiniens fanatiques ou d'opposants au processus de paix qui ne reculeraient devant rien pour faire triompher leur cause, même un carnage dans un pays occidental, mais dans ce cas l'attentat raté du 14 Juillet est incompréhensible.

– C'est bien ce que je pensais, ment à demi Phalène ; tout repose donc sur l'identité de Cartago...

– Affirmatif. Elle nous permettra de remonter à ses commanditaires, et là leurs mobiles sortiront au grand jour. Identifions Cartago et nous aurons la solution.

– Plus facile à dire qu'à faire. Les limiers de la DOG se cassent les crocs là-dessus depuis le début.

– Ils ne sont pas les seuls, mais j'ai peut-être une piste.

– Algérienne ?

– Indonésienne.

Flash mémoire – une ligne en clair dans un fichier d'ordinateur crypté méchant. Trois lettres qui s'impriment au fer rouge dans son cerveau.

Phalène manque descendre le shérif par erreur.

– Ah bon ? coasse-t-elle.

Le capitaine Verdier paraît n'avoir pas remarqué son trouble. Tant mieux.

– Nous avons mis le paquet sur l'Algérie, c'est vrai, mais rien n'en est encore sorti. Par contre, un rapprochement d'informations tardif a attiré mon attention sur l'Indonésie... Notre antenne de Java travaille depuis janvier dernier sur des transferts de fonds douteux dans la région, des entreprises françaises liées à l'armement étant impliquées jusqu'au cou, et l'un de nos agents a été porté manquant à la même époque. Il enquêtait sur une transaction parallèle qui puait les gages de tueur, si vous voyez ce que je veux dire ?

– Je vois très bien. Il est mort ?

– Sans doute. Il a disparu dans des circonstances plus que mystérieuses. Nous avons perdu sa trace à Bali.

– Vos agents ne se refusent rien !

– Partout où les cocotiers et la douceur de vivre attirent les ennemis de la nation, il y a du grain à moudre pour la DGSE, déclare le capitaine Verdier, sérieux comme un pape.

Phalène le dévisage, interloquée. L'officier se marre, gamin et ravi.

– Je plaisantais ! Enfin, d'une certaine manière... Oubliez la carte postale de James Bond aux îles paradisiaques, l'Indonésie est en ébullition, c'est une sacrée pétaudière qui n'a pas fini de faire parler d'elle... Bon, voilà ma piste, en impasse pour le moment hélas, d'où mon « peut-être », mais je la garde sous le coude, on ne sait jamais. Maintenant, je ne vois pas comment elle s'inscrirait dans le conflit israélo-arabe.

– Je n'ai pas dit ça. Je cherche, je vous l'ai dit.

– Pour trouver quoi, exactement ?

– Je ne sais pas. Votre idée de cacher la merde au chat est séduisante, avoue Phalène sans préciser qu'elle la travaille pour ainsi dire depuis le début de l'affaire.

En sens inverse du capitaine. Il lui faut une cible à proximité occasionnelle du chef de l'État ; la figure emblématique du représentant du peuple palestinien en lutte est un carton possible qui satisfait toutes ses exigences.

– Mis à part Arafat, qui d'autre verriez-vous dans le rôle de l'invité de marque à dézinguer en même temps que le Président ?

L'officier de la DGSE se rembrunit.

– Les candidats se bousculent depuis la chute du Mur. Afrique, Asie, Proche et Moyen-Orient, vous avez le choix. L'affrontement mondial bipolaire n'est plus idéologique, mais économique. Ultra-libéralisme ou socialisme démocratique, pas d'autre alternative. Aucune échappatoire, on doit être dans un camp ou dans l'autre, et les conditions ne sont pas négociables, Droits de l'homme contre joints-ventures, pétrole contre nourriture... Le nucléaire ou la bougie !

Lyrisme en moins, Phalène croirait entendre le discours liminaire de Sphinx à la salle de sport lors de son recrutement. Discours juste réactualisé par le capitaine Verdier.

– Il n'y a plus d'ennemi, vous comprenez ? Alors les pôles se multiplient, zone Dollar contre zone Yen, et zone Euro demain, avec le grand point d'interrogation chinois au milieu. Les alliés d'hier sont devenus des adversaires qui règlent leurs comptes par petits Saddam interposés, bloc contre bloc, et tant pis pour ceux qui sont aplatis entre.

– Vous avez de drôles d'opinions pour un officier du contre-espionnage... Est-ce que vous avez choisi votre camp ?

– Je ne fais pas de politique ! jette Verdier, tranchant ; droite, gauche, c'est bonnet blanc et blanc bonnet. Les gouvernements passent, les hommes disparaissent, les principes restent, et le contre-espionnage aussi. Vous...

– Moi ?

– Les chiens de la DOG ont leur niche sur le parvis de l'Élysée et un collier au nom du locataire. Pas bon, ça.

– L'avenir nous le dira, murmure Phalène.

Qui songe très fort à une momie agonisant sur un lit d'hôpital – signal d'alerte à l'écran de la machine de jeu – le shérif – ne pas tirer – une Winchester aboie derrière l'abreuvoir – touchée – écran noir.

Game over.

Phalène laisse pendre le revolver en plastique le long de sa cuisse. Se faire descendre bêtement, c'est rageant. Elle n'a pas regardé du bon côté, focalisée sur l'homme à l'étoile d'argent ; le personnage à ne surtout pas abattre. Le shérif a détourné son attention.

Focalisée sur – Phalène se tétanise. Son cœur s'arrête de battre.

275

Repart, cognant à tout rompre.

– Vous êtes morte, constate le capitaine Verdier.

Pas encore, se jure la jeune femme. La dernière pièce vient de trouver sa place. Le puzzle du complot dans le complot est complet. Phalène connaît la cible réelle, et maintenant le moyen de l'atteindre.

À coup sûr.

26

La Venture est au coin de la rue.

Phalène ne se dirige pas vers sa moto et n'a pas envie de rire. Le jour est sur le point de se lever. L'insomnie lui chauffe les paupières. Elle doit faire des efforts pour ne pas piquer du nez derrière sa poubelle.

Grand modèle à roulettes, gris, couvercle vert pomme. Vide ; les éboueurs passent le soir. Assurance de ne pas être dérangée au petit matin, risque d'éveiller les soupçons d'une patrouille d'îlotiers en maraude qui trouveraient bizarre qu'une jeune femme n'ayant rien d'une exclue choisisse de passer la nuit à l'abri dérisoire d'une poubelle – mais qui ne risque rien gagne moins que rien. Le gros conteneur à ordures est le seul endroit de la rue où se mettre en planque sans perdre de vue la façade de l'immeuble où habite un certain Joël Berthillon alias Morpho, numéro 4 de la Division des Opérations Générales.

L'adresse privée des matricules à chiffre unique est un secret aussi bien gardé que l'or nazi dans les banques suisses. Puisqu'il persistait à ne pas vouloir lui accorder audience à l'étage des morts, Phalène a décidé de coincer son supérieur à domicile, et l'a filé toute la soirée après sa journée de travail. Elle aurait pu l'intercepter dans les garages d'*International Export SA* à la sortie des bureaux s'il prenait sa voiture, à la rigueur dans le hall ou dehors s'il partait à pied. Elle craignait du grabuge, un refus brutal et définitif, pis que tout l'humiliation d'un affront en public. Berthillon a pris sa voiture, Phalène l'a suivi, facile en deux-roues, et comptait improviser la suite une fois son adresse repérée.

Chose faite. Troisième étage, là-haut. Fenêtres éteintes. Morpho s'est couché tard.

L'improvisation de Phalène a tourné court.

Le Numéro 4 n'est pas rentré directement chez lui. Il est allé boire un verre dans un pub discret près de l'Opéra. Une femme l'a rejoint. Épouse ou maîtresse. Phalène penchait pour la maîtresse, en réalisant qu'elle ne savait à peu près rien de la vie privée de Joël Berthillon, et que son plan initial serait plus que contrarié si la dame s'incrustait. Le couple est ensuite allé dîner au restaurant ; le repas a traîné en longueur. Puis retour à la voiture, nouvelle filature, arrivée à destination, parking souterrain comme chez elle (à retenir), allumage des fenêtres au troisième – la dame s'est incrustée. Longtemps. Extinction des feux peu après son départ en taxi. Une maîtresse, donc, ou alors les époux Berthillon font mieux que chambre à part.

Phalène le bec dans l'eau sur le trottoir.

Avec le dilemme cornélien de savoir si elle devait sonner tout de suite à la porte de Morpho ou lui apporter les croissants au petit déjeuner. Elle a opté pour la seconde solution, sans les croissants. Rien de tel que d'entreprendre le paroissien quand il est vulnérable : au saut du lit juste après

son réveil. Tous les flics du monde vous le confir-
meront.

Venture cadenassée, Phalène s'est installée derrière sa poubelle, emmitouflée dans son barbour.
La froidure nocturne restait supportable. Pas question de dormir, une alerte de nuit pouvait sortir
Berthillon de ses draps. Elle a compté les heures en
se battant les flancs, se récitant le manuel de la
parfaite « défense calibrée » du sergent Van Meers,
et en priant pour que Sphinx ait vu juste quant à la
loyauté du Numéro 4. Dans le cas contraire, elle a
de quoi le ramener dans le droit chemin avec des
arguments indiscutables.

Le Sentinel dans son étui à sa ceinture imprime
le quadrillage de sa crosse contre la hanche de la
jeune femme.

Vêtue sport de la tête aux pieds, jean's épais et
chemise de grosse flanelle genre bûcheron canadien, les gadgets qui n'ont rien d'extraordinaire
dans les poches et le moral volontaire, Phalène
attaque la dernière ligne droite. N'en déplaise au
capitaine Verdier, elle n'est pas morte. Elle est sur
le sentier de la guerre, bien vivante – de la lumière
aux fenêtres du troisième étage.

Enfin. Le ciel blanchit au-dessus des toits.
Berthillon est un lève-tôt. Phalène se redresse et
s'étire. Quelques rapides mouvements d'assou-
plissements raniment la circulation sanguine dans
ses membres engourdis.

Panoramique visuel à 180° sur la rue, les trottoirs. Personne. Elle traverse la chaussée.

Porte à code, bien sûr, interphone en prime.
Phalène s'en moque. Cherche et trouve l'entrée de
service, bien moins défendue. Premier gadget, une
tige crantée. La serrure ne fait pas le poids devant

279

le rossignol, un élément parmi d'autres constituant la panoplie de base des agents de la DOG.

Un couloir à suivre, un escalier à descendre pour atteindre le parking souterrain. La voiture de Berthillon est sagement garée sur son emplacement réservé. Deuxième gadget, plus sophistiqué que le précédent. Crocheter la portière d'un véhicule qui ne vous appartient pas fait partie des premières leçons des instructeurs de la Division – toujours forcer la portière passager, le conducteur ne s'intéresse qu'à la sienne.

Clic-clac.

Déverrouiller à l'arrière, ôter son blouson, s'introduire dans la voiture, refermer, s'allonger au pied de la banquette. Dégainer le Sentinel. Et attendre.

Attendre que Berthillon boive son café, se brosse les dents, s'habille. Dans l'ordre qu'il veut. Puis qu'il parte au boulot, comme n'importe quel fonctionnaire obéissant et ponctuel. S'il a décidé de prendre l'autobus, ou préférer la marche à pied aujourd'hui, cette nuit blanche n'aura servi à rien ; un peu tard pour y penser. Phalène n'y pense déjà plus.

Les néons du parking s'allument.

Bruit de pas, avec l'écho familier de tous les sous-sols en béton nu. Ambiance « Gorge profonde », rendez-vous clandestin avec l'informateur qui sait tout, sauf que l'informateur ne sait rien et ignore qu'il est attendu – mais il s'agit bien de parler des hommes du Président. En voiture plutôt que dans un appartement où la présence d'un micro est à redouter.

Les pas en approche sonore.

Absence de suspense, ce n'est pas un voisin plus

matinal, c'est Morpho. Une clé s'introduit dans la serrure de la portière conducteur. Berthillon prend place au volant, claque sa portière.

Le canon du Sentinel l'embrasse derrière l'oreille.

— Pas bouger, Joël.

Joël ne bouge pas.

Morpho possède des nerfs d'acier. Aucun muscle de son visage n'a tressailli. À peine un frémissement des maxillaires pour accuser réception du métal contre sa peau.

— C'est toi...

— Je t'ai fait peur ?

Soupir en guise de réponse. Berthillon cherche le regard de Phalène dans son rétroviseur. Il n'y est pas. Sa main se tend machinalement pour régler le miroir.

— Les deux mains à plat sur le volant, Joël, que je les voie bien !

Berthillon obéit. Soupire de nouveau.

— Tu es armé ?

— Dans la boîte à gants.

— Pas sage, ça, le règlement précise pourtant qu'on ne doit jamais laisser son arme dans sa voiture. Il est vrai que tu avais d'autres soucis en tête hier soir !

— Tu me suis depuis... Seigneur, qu'est-ce qui te prend ! ?

— J'ai un mal de chien à rencontrer les gens que je veux voir, en ce moment ! Tu excuseras la méthode, mais la fin justifie les moyens.

— Dont celui de me coller un flingue sur la tête ? Tu as pété les plombs ou c'est tes règles qui te travaillent ?

Phalène appuie un peu plus le canon du Sentinel contre l'oreille de Berthillon.

— Tsst, tsst, c'est indigne de toi, ça, Joël ! Ce pistolet n'est qu'une précaution.

— Tu n'as pas confiance en moi ?

— Le moment venu, il faut faire confiance à ses supérieurs, au moins à l'un d'entre eux. C'est ce que Sphinx m'a dit la dernière fois que je l'ai vu. Il te voyait bien dans le rôle de ce « un »-là.

— Pas toi ?

— Ce n'est pas aussi simple. Le moment est venu, et je n'ai pas le choix...

Ce fut plus fort qu'elle, Phalène avait cherché à joindre son vieux mentor. Besoin de vérifier son cheminement intellectuel et ses conclusions, d'être approuvée par un référent incontestable à ses yeux, avant de se jeter dans la gueule du loup. Besoin de se rassurer, surtout. Elle s'était cassé le nez au téléphone, puis au Val-de-Grâce : Sphinx avait quitté l'hôpital depuis une date indéterminée. Sans laisser d'adresse.

— Il est mort, n'est-ce pas ?

— Depuis trois jours, répond Berthillon ; attention avec ton pétard, tu...

— J'ai déjà digéré l'info, ne t'inquiète pas. Sphinx s'est...

— Oui, chez lui. Une balle dans le cœur, propre et net. Il a mis toutes ses affaires en ordre avant. Le Grand Paon a reçu une lettre où il exprimait ses dernières volontés. Pas de funérailles officielles, tu connais la musique.

Ni fleurs ni couronnes, quel que soit son rang dans le service. Adieu Sphinx. Son chouchou a la gorge serrée. L'info est digérée, mais lui pèse sur l'estomac.

– Il n'a rien laissé pour moi ?

– Il aurait dû ?

Non. Phalène aurait bien aimé que oui.

– À propos, bien que ce ne soit pas encore officiel, tu es en train de braquer le futur Numéro 3 de la Division des Opérations Générales.

– Félicitations, Joël.

– Il n'y a pas de quoi. Tout le monde devrait monter d'un cran dans l'organigramme, quoique pour toi je le sente mal tout à coup ma belle ! Tu peux m'expliquer ce que tu fabriques dans ma voiture, le revolver au poing ?

– Je dois te convaincre que personne ne cherche à descendre le Président.

– Le complot dans le complot... Ton idée fixe, hein ? lâche Berthillon, condescendant.

– Non, la vérité.

Phalène respire à fond et se jette à l'eau.

– Joël, le complot ne vise pas le président de la République française, il n'a pour seul but que de nous faire croire qu'il l'est.

Le futur Numéro 3 a sursauté.

Nerfs d'acier, mais pas trempé. Phalène s'y attendait ; avait reculé le canon du Sentinel de quelques centimètres.

Berthillon se ressaisit aussitôt.

– Je ne te suis pas, là.

– C'est un puzzle vicieux, Joël, d'autant plus vicieux qu'il y a des pièces en trop, d'autres qui n'en sont pas, des doublons, mais une fois que tu as fait le tri, gardé les bonnes et reconstitué le tableau, l'évidence est aveuglante. Nous devons croire que le chef de l'État est en danger de mort, alors qu'il s'agit d'abattre quelqu'un que lui seul peut rencontrer... Tu comprends mieux comme ça ?

— C'est du roman !

— Dans ce cas, laisse-moi te résumer les chapitres précédents. Tout commence à la Concorde le 14 Juillet dernier... Tu m'écoutes, Joël ?

— Je t'écoute, grimace Berthillon ; je t'écouterais même mieux si tu baissais ton flingue.

— Pas tout de suite.

— Je fais partie du puzzle ?

— Tu es une des pièces que j'ai écartées, mais pas éliminées définitivement. Tu peux encore revenir sur la table.

— Ça va, je n'insiste pas. Alors, à la Concorde ?

— Cartago est embusqué au Crillon. C'est un tueur à gages de haut niveau doublé d'un tireur d'élite. Il est le meilleur dans sa catégorie, avec le meilleur fusil du marché, des munitions qui ne pardonnent pas, il ne peut pas rater son contrat. Et il ne le rate pas...

— En manquant le Président ! ?

— Exactement ! Il peut descendre qui il veut dans la tribune, sauf lui. C'est ça, son contrat.

À remplir avec toutes les apparences d'un tir manqué visant le chef de l'État français, dont sera victime un invité sans importance (un Joachim Heillinger fera l'affaire), il ne s'agit pas d'ouvrir le feu au petit bonheur sur les hôtes prestigieux de la tribune présidentielle. Nécessité d'agir en fonction du passage des forces motorisées de l'Eurocorps, en plus de leur couverture bruyante : mauvaise cible quand il est assis, le Président malade se lève peu durant le défilé ; pour célébrer l'union militaire européenne, il sera debout plus longtemps. Il faudra tirer au moment précis où il se rassoit, tout le monde croira qu'une chance inouïe l'a sauvé – bien futé celui qui irait chicaner le facteur Temps. Celui ou celle. Phalène n'en tire aucune vanité.

– Ceux qui ont engagé Cartago l'ont choisi lui et pas un autre pour être sûrs du résultat. Ça leur coûte cher, mais un tueur moins qualifié pourrait toucher le Président sans le vouloir, ou pire descendre par erreur une personnalité importante et foutre tout le plan par terre.

– C'est un peu, heu... tiré par les cheveux, ton truc, non ?

– Je te montrerai les images télévisées, c'est limpide quand tu compares les compteurs, Cartago avait dix fois le temps de faire mouche avant que Tonton ne repose son vieux cul malade dans son fauteuil !

– Je vois mal un tueur d'élite accepter de louper son coup, c'est très mal vu dans la profession.

– Il suffit d'y mettre le prix et d'assurer l'anonymat du contrat. Si tu veux mon avis, Joël, celui que tu as surnommé Cartago s'est fait payer un très gros bonus pour salir sa réputation, en exigeant de solides garanties... Bon, maintenant, que se passe-t-il dans nos petites cervelles ?

– Tu vas me le dire !

– Cartago n'est pas un fou mystique ou un membre exalté d'un groupuscule politique, l'attentat raté du 14 Juillet est l'œuvre de gens déterminés, disposant de gros moyens... La vie du chef de l'État est sérieusement en danger. Nous n'avons aucun doute là-dessus et nous sommes persuadés qu'il y aura une autre tentative d'attentat. Le Président n'est pas homme à cesser toutes ses activités et rester cloîtré à l'Élysée jusqu'aux élections, il nous faut donc faire plus que renforcer sa sécurité habituelle, alors création du Groupe, entrée en scène du sergent Van Meers et de sa tactique de protection rapprochée.

– Qui marche, non ?

– Qui marche mais n'est pas totalement fiable, comme tous les systèmes. Sphinx l'a dit avant moi, et d'autres doivent le penser aussi puisqu'ils nous préviennent gentiment qu'une tombe du cimetière de Château-d'Adt est piégée, des fois que les spécialistes de l'unité Logistique passent à côté de la bombe.

– Un complice qui...

– Ne m'interromps pas ! Il n'y a pas de complice et plus de tueur d'élite, Cartago a trop de classe pour s'abaisser à manipuler des explosifs. Il a touché son pognon et s'est mis au vert, d'autres ont pris le relais, les commanditaires n'ont pas changé, ce sont eux qui ont téléphoné, appelons-les tous ensemble Cartago si tu veux, le plus...

– Je crois que je m'en fous...

– Ferme-la, merde ! Le plus important est que le tireur du Crillon a installé la psychose de l'attentat et que les cent cinquante kilos de Semtex découverts en Normandie confirment la menace de manière catégorique, tu comprends ? Pas d'invités communs à la Concorde et au cimetière, c'est bien le chef de l'État français qu'on vise...

Pourquoi piéger la tombe, là est la réponse, avait dit Sphinx. Hommage posthume.

– ... et la prochaine tentative risque d'être la bonne, il faut renforcer encore plus sa protection. Le sergent fait passer le Groupe en surmultipliée, le Président doit devenir intouchable. Mais s'il est intouchable, tous ceux qui l'approchent le sont aussi *ipso facto*... et tout est là, Joël !

Phalène s'arrête, le souffle court.

– Règle ton rétroviseur. En douceur, pas de mouvements brusques.

Le regard de Berthillon rencontre celui de sa subordonnée. Un volcan dont la lave couve sous la cendre. Phalène y met toute la conviction dont elle est capable. Ce qu'elle a à dire ne peut être dit que les yeux dans les yeux.

– Joël, demain, la semaine prochaine, en tout cas d'ici la fin de son mandat, le Président rencontrera quelqu'un que des gens déterminés veulent voir disparaître. L'assassin sera aux premières loges, il ne pourra pas manquer sa cible car celle-ci viendra d'elle-même s'offrir à lui. Il est prêt à se sacrifier parce qu'il est sûr de réussir.

– Tu veux dire que...

– Oui, Joël.

Les prunelles de Berthillon s'écarquillent dans le rétroviseur.

– Tu es folle !

– Très lucide au contraire. Il n'y a qu'une seule façon de voir le chef d'orchestre de face pendant l'exécution du morceau, c'est d'être assis avec les musiciens. Cartago a changé de visage, mais il est toujours dans la course...

Le volcan entre en éruption.

– ... et c'est l'un des membres du Groupe !

27

Pétrifié derrière son volant, Morpho.

Il ne dit rien. Du temps lui est nécessaire pour pleinement assimiler ce que sa subordonnée vient de lui révéler. Celle-ci le lui laisse.

Berthillon sort enfin de sa torpeur. Retrouve le regard volcanique illuminant son rétroviseur.

– C'est dingue...

– Mais logique, sinon toute cette histoire n'a ni queue ni tête ! assène Phalène ; nous avons été manipulés depuis le début par des gens qui savaient comment nous réagirions, ce qui n'était pas tellement difficile. Ils nous ont obligés à créer le Groupe pour y introduire un tueur, à qui nous allons servir sa victime sur un plateau !

– Le Président...

– Même si ça te défrise, Tonton n'est pas la cible du complot Cartago. Il ne l'a jamais été, ne le sera jamais, c'est quelqu'un d'autre, et l'un de ses gardes du corps si bien entraînés par le sergent Van Meers est un kamikaze qui nous pétera à la gueule un jour ou l'autre. C'est écrit, Joël, et cela se produira si nous ne faisons rien pour l'empêcher.

– Bien entendu, tu as une idée sur qui est ce quelqu'un d'autre, la cible véritable ? Je suppose que ce n'est pas n'importe qui ?

– Yasser Arafat n'est pas n'importe qui.

Sang-froid et semblant de détente reviennent chez Berthillon.

– Encore faudrait-il qu'il fasse un tour par chez nous tant que le Président est en exercice, déclare-t-il sur le ton de celui qui va décevoir son interlocuteur.

– Je me suis laissé dire que c'était imminent.

– Tu sais beaucoup de choses, pour une archiviste !

– Temporaire, Joël, temporaire, et j'ai mes informateurs...

Après la DGSE, il lui restait à voir la DST. Petit hic : si le commissaire Boulard semblait avaler l'alibi de l'agent de la DOG en mission secrète, il refusait de sortir ; il était fatigué, n'irait nulle part, elle devait venir chez lui, c'était à prendre ou à laisser – Phalène avait pris. Boulard l'avait reçue presque en famille, les charentaises aux pieds, très popote, et paraissait effectivement exténué. Ses traits défaits et sa moustache en berne lui donnaient plus l'allure d'un vieux morse que d'un phoque. Son état de fatigue s'expliquait par le surmenage, l'organisation du dispositif de sécurité spécialement mis en branle pour la venue du leader palestinien lui prenait tout son temps, et pompait toute son énergie. Il n'aurait pu mieux confirmer les dires du capitaine Verdier et les suppositions de Victorien de la Roche. En les renforçant, même : Yasser Arafat viendrait en France après avoir été primé à Oslo, mais chut, motus, c'était confidentiel, le commissaire n'avait rien dit.

– Il est une cible parfaite, Joël, c'est une figure emblématique. Il est au cœur du processus de paix au Proche-Orient, ses ennemis jurés ont multiplié les attentats contre lui sans parvenir à leurs fins, il est très bien protégé chez lui, sa garde prétorienne l'accompagne où qu'il se rende... Comment se méfierait-il de celle de son hôte ?

– Ne cherche pas à me convaincre, Arafat fait l'affaire, je suis d'accord, mais il y a un petit problème.

– Lequel ?

– Tu connais Taslima Nasreen ?

– L'écrivain bangladaise ? Je ne vois pas le rapport.

– Réponds-moi.

– Oui, je la connais. Je l'ai vue à la télé au journal, on m'en a parlé...

Boulard, toujours, tirant sur son cigarillo pendant que sa femme s'activait aux fourneaux. Des arpèges de piano classique, une sonate de Beethoven, résonnaient quelque part dans l'appartement. Sa fille aînée au clavier, en progrès constants assurait-il. C'était charmant.

– Elle doit obtenir son visa sous peu, et pas un visa au rabais cette fois ! reprend Phalène sans mâcher ses mots ; elle restera en France une dizaine de jours, il est prévu qu'elle fasse des conférences de presse, qu'elle aille à la télé causer de son bouquin, et elle bénéficiera de mesures de protection maximum durant tout son séjour.

– Le commissaire Boulard t'a bien fait la leçon, à ce que j'entends, raille Berthillon.

– Ai-je parlé de lui ? contre aussitôt Phalène ; les forces de sécurité spéciales mobilisées pour Yasser Arafat prendront le relais avec Taslima Nasreen, en...

– Elles ne prendront rien, il n'y aura pas de relais. Arafat est un leurre.

– Quoi ? !

– Il ira directement en Norvège chercher son Nobel, retour en Cisjordanie sans passer par la case Paris. Personne n'est au courant, pas même ceux qui s'occupent de sa sécurité, le responsable en chef mis à part bien sûr. Simple changement de client, le dispositif s'adapte les doigts dans le nez.

– Tu te fous de moi !

– Non, c'est le gros Boulard qui t'a bourré le mou dans les grandes largeurs, ma chérie. Ton complot dans le complot est une coquille vide.

– Mais alors...

– Tu as compris, les forces spéciales sont déjà au boulot parce que la Bangladaise viendra plus tôt que prévu. À vrai dire, elle est déjà sur le sol français depuis quelques jours, incognito. Tu vois le rapport, maintenant ?

Grand froid dans les tripes. Phalène vacille. DJK. Dé-Ji-Ka. Trois lettres au fer rouge qui lui déchirent la cervelle. Sa voix se casse – les mots sortent en morceaux.

– Qui est Stuart, Joël ?

Berthillon est un tantinet désarçonné par le changement de sujet. Il se remet bien vite en selle, un pli contrarié barrant ses lèvres.

– C'est donc toi qui as contourné la barrière ?

– Je ne vois pas de quoi tu parles, lâche Phalène, sèche.

Ne jamais avouer quoi que ce soit si on peut l'éviter, une règle d'or.

– Qu'est-ce que c'est que cette histoire ?

Berthillon fait la moue.

– Quelqu'un s'est introduit dans les informations classées du fichier générique « Cartago » via le bureau des relations publiques de la CIA.

– Tu m'en diras tant. L'Agence a porté le pet ?

– Pas elle, l'autre.

Phalène déglutit – mal. La salive savonne au palais. La National Security Agency est à la hauteur de sa réputation. Le cerbère de la Maison Blanche n'a pas de longueurs de retard sur la science informatique de feu Bombyx, il l'a dépassée de cent coudées. Big Brother est déjà en orbite.

– Je ne sais pas comment tu t'y es prise, mais chapeau, les gars de la NSA n'ont pas encore réussi à tout démêler, poursuit Berthillon ; ils nous soupçonnent, manquent de preuves, mais nous l'ont fait savoir sans prendre de gants.

– Je ne...

– Inutile de faire des commentaires, c'est très vilain de mentir ! Mais sache que nos gars à nous travaillent aussi dessus, ton intrusion n'est pas prête de se reproduire, crois-moi, et je ne referai pas deux fois la même erreur d'oublier de crypter une ligne de mes dossiers verrouillés.

– Je t'ai posé une question, grogne Phalène, atone.

– Qui est Stuart ? Sans doute Cartago en personne. Le Cartago du Crillon d'après ton scénario abracadabrant.

– Sans doute ?

– Nous n'avons qu'un faisceau de présomptions qui recoupe une enquête de la DGSE... Si tu veux tout savoir, un tueur à gages réputé qui se fait appeler Stuart aurait été aperçu à Djakarta au début de l'année, puis à Bali où il aurait rencontré un personnage des plus louches connu pour jouer les intermédiaires lors du passage d'un certain genre de contrats.

– Ça fait beaucoup de conditionnels.

– Plus que tu ne crois, et ça ne change pas grand chose à notre problème.

– Oh que si !

Djakarta. DJK. Trois lettres codes pour désigner la capitale de l'Indonésie. Le cœur bouillonnant du complot. La pétaudière du capitaine Verdier écrase Phalène.

– Quel est le caractère dominant de l'Indonésie, Joël ?

– Ce sont des îles, non ?

– C'est surtout le premier pays musulman du monde. Il faut te faire un dessin ?

Berthillon pâlit.

– Nasreen...

Le puzzle complet s'impose à Morpho, à présent. Phalène serre les mâchoires à s'en faire éclater les plombages.

– On veut sa peau, Joël, elle a une fatwa aux fesses, ceux qui l'ont lancée sont assez fous pour aller jusqu'au bout de leur délire. Assez riches, aussi. Trois millions de dollars pour la tête de Salman Rushdie... Ils n'arrivent pas à l'avoir, ils se rabattent sur Taslima Nasreen. Question symbole, cette femme, c'est du béton !

Fin de siècle où tous les repères sont devenus flous, les idéologies en constat d'échec. La seconde grande peur millénariste ne se pose pas la question de la fin du monde, mais celle de son devenir, et la réponse est effrayante. Plutôt que se retrousser les manches pour l'affronter, certains préfèrent lui tourner le dos. En rappeler aux bonnes vieilles valeurs réactionnaires – qui ne le sont pas, bonnes, justement. Repli identitaire forcené, refuge au sein de l'irrationnel religieux ou sectaire, dévotion aveugle au paranormal ; le mensonge rassure, la vérité oblige à se regarder en face. Un reflet ne saurait mentir. Au gibet celui qui veut briser les miroirs, haro sur lui.

Sur elle.

– Une femme condamnée à mort par les pires machos cinglés d'une foi dénaturée... Les commanditaires, Joël, ce sont eux, et c'est Taslima Nasreen la cible, ça crève les yeux... Mobile, moyens mis en œuvre, détermination fanatique, tout se tient ! trépigne Phalène ; Joël, elle doit rencontrer le Président, n'est-ce pas ?

Berthillon blêmit.

– Oui, il l'a invitée à la Grande Arche de la Défense pour le vernissage d'un exposition sur les Droits de l'homme, à l'initiative de la Fondation « l'Arche de la Fraternité ». En fait, c'est sa femme qui est à l'origine du projet avec ses associations, elle y travaille depuis plus d'un an. La rencontre est secrète, pas de journalistes admis, la sécuri...

– Secrète mon cul ! zazise Phalène ; les commanditaires savent depuis le premier jour, c'était l'occasion du siècle, ils ont eu tout leur temps pour monter le complot Cartago. Quand doit avoir lieu cette rencontre ?

Berthillon est exsangue.

– Aujourd'hui... Ce matin... C'est pour ça que je me suis levé tôt... Je n'ai rien à faire à la Défense... Van Meers voulait le superviseur joignable à tout moment...

– Putain de merde !

Phalène est verte. Berthillon bafouille. Le scénario n'est plus abracadabrant mais terrifiant de réalité. Coup d'œil affolé à la montre du tableau de bord.

Le pouls de Morpho s'emballe.

– Il est trop tard pour tout arrêter... Le Grand Paon ne me croira jamais... Les hommes de Boulard s'occupent de Nasreen... Je dois joindre Van Meers directement !

– Surtout pas, Joël, nous avons mieux à faire.

– Quoi ?

– Neutraliser Cartago une bonne fois pour toutes.

– Qu'est-ce que tu racontes ?

– Nous ne savons pas qui est le kamikaze, nous foncerons dans le brouillard. En sonnant le tocsin, nous lui offrons l'occasion de disparaître, ou pire de passer à l'action sans attendre. Il est sur place, armé, et les gorilles de la DST n'ont pas la carrure des groupistes, Nasreen sera raide morte avant qu'ils aient réagi !

De grosses gouttes de sueur ruissellent sur le visage livide de Berthillon.

– Le kamikaze... Le traître dans le Groupe... Cartago... Van Meers lui-même ?

– Je ne crois pas. Trop convenu. Et puis, il a été recommandé par Sphinx.

– Ça ne veut rien dire...

– Pour toi peut-être, pas pour moi ! Cartago est à trouver chez les petits copains des autres services, les recrutés par le sergent. Il a tapé un peu partout dans les unités spécialisées, mais on doit pouvoir y arriver.

– L'un de nos tireurs d'élite ?

– Je ne crois pas, leur parcours professionnel

est trop balisé, et faire partie des Éloignés ne garantit pas à coup sûr d'être proche de la cible au bon moment. Oublions aussi les Soutiens, les Logistiques et les Réserves, notre salaud est un Abord, un Proche ou un Contact. Pas forcément une fine gâchette, il opérera à bout portant... Un homme, bien sûr, fanatisé à mort et bon comédien... Il a pris la place d'un autre... Tu vas t'en occuper, Joël !

– Je... quoi ?

– Tu es le superviseur du Groupe, tu as donc accès à tous les dossiers du personnel ! Épluche-les, une substitution a été opérée quelque part, il y a forcément un détail qui cloche dans une biographie, des dates qui ne concordent pas, un accident de parcours anodin en apparence, révélateur quand on sait...

– Tu me fais confiance ? Je ne reviens pas sur la table du puzzle ?

Phalène renifle, agacée.

– Joël... Cartago est membre du Groupe, il n'a pas besoin d'une taupe à la Division ! Je me suis trompée, voilà. Tu veux que je fasse amende honorable ?

– Je préférerais que tu baisses ton flingue !

Le Sentinel ne bouge pas d'un millimètre. Parce que si Morpho-Berthillon n'est pas un traître, il reste un fidèle serviteur de la DOG qui n'est pas obligé de croire sa subordonnée sur parole, en dépit de son apparent revirement d'opinion. Son sens du devoir peut lui commander de la neutraliser sur-le-champ par tous les moyens, les plus brutaux au besoin, et de vérifier ses conclusions plus tard.

Trop tard.

– Fais ce que je te dis, nous perdons du temps, intime Phalène ; mais n'en parle à personne, avant qu'on te croie nous aurons perdu encore plus de temps !

– Qu'est-ce que tu fais, toi ?

– Moi, je fonce à la Défense, je n'arriverai pas trop tard. Dès que tu as trouvé notre salopard, tu m'appelles...

– Je t'appelle ?

– Superviseur, bordel ! Tu connais les fréquences radios du Groupe.

– Tu as un récepteur ?

– Je sais comment m'en procurer un. Ne parle pas à tort et à travers sur les ondes, tous les groupistes écoutent en permanence. Un nom suffira, je reconnaîtrai ta voix.

– Ça mettra quand même la puce à l'oreille de Cartago.

Phalène hennit, farouche.

– Je me charge de la lui gratter avant qu'il comprenne de quoi il retourne !

Berthillon se tasse sur son siège. Essuie d'un revers de manche la sueur qui macule son visage.

– Nous prenons des risques insensés...

– Tu as mieux à proposer, Joël ?

Non. L'improvisation est totale, limite démente – à l'image des événements qui l'ont motivée. Phalène débloque la poignée de la portière arrière, sans lâcher Joël Berthillon de sa ligne de mire. Descendre de voiture, remonter en surface et courir à sa moto lui prendra quelques minutes. Un seul mouvement rapide suffit pour plonger la main dans une boîte à gants.

– Nous n'avons pas le choix... J'y vais !

Ultime moment de décision. Si elle s'est trompée, Morpho lui tirera dans le dos d'ici quelques secondes. Quitte à mourir stupidement, Phalène aimerait mieux le faire de face, à défaut de ne pas mourir du tout – peser sur la poignée.

Portière ouverte. Courir.

Morpho ne tire pas.

DELENDA

La Défense, droit devant.

Inutile copie d'un Manhattan en réduction. Une monstrueuse pâtisserie verticale. Les tours, des bougies ; la Grande Arche, une vilaine cerise sur le gâteau. Immangeable. Un gâchis censé prolonger l'axe historique de la capitale vers le large, à l'ouest, et le défigurant telle une verrue de béton et d'acier.

La Venture plonge sous le tunnel de l'avenue Charles-de-Gaulle. Circulation dense mais fluide dans le sens Paris-périphérie ; les banlieusards s'agglutinent dans l'autre. Phalène a respecté la vitesse réglementaire tout au long du trajet depuis chez Berthillon, suivi le code de la route à la virgule près, la main droite crispée sur la poignée de gaz. Ne pas la mettre dans le coin. Surtout pas. Un refus de priorité, un flic zélé : fin prématurée de l'opération de sauvetage dont le succès n'est déjà pas gagné d'avance. Pour une seconde d'inattention, l'envie d'arriver trop vite – ne pas arriver du tout et avoir une mort stupide sur la conscience. La mort d'un symbole. Peut-être pire que toute autre.

La moto retrouve le jour au pont de Neuilly. Terne, le jour. Grisaille et contrastes plats.

Là-bas, imposant, inévitable : le cube. Une absence de matière. Une architecture inexistante, du presque rien entourant du vide avec un nuage de laid. Belle métaphore du présent ; sinistre prophétie de l'avenir.

Phalène change de file. Dédaignant le boulevard circulaire, elle s'engouffre sous l'immense dalle de la Défense dont les tours frontales ne manquent pas d'assurance. Elle attaquera par en dessous façon grand requin blanc, torpille invisible jusqu'à la dernière minute. Les accès extérieurs au parvis de la Grande Arche sont autant de pièges où l'homme non averti se précipiterait, la femme avertie pas. Une femme avertie en vaut deux, parité oblige. Une chienne de la DOG un peu plus.

Autre avantage d'investir la place par les sous-sols : l'aire des Éloignés compte pour du beurre. Les tireurs d'élite du Groupe ont dû prendre position aux sommets des tours, investir les hauteurs du CNIT, les toits du centre commercial, ceux de la gare RER. La distance et leurs lunettes de visée les rendent invulnérables. Ouverte à tous les vents, la base piétonne de la Grande Arche ne peut être approchée qu'à découvert, dans leurs lignes de mire. Un suspect n'atteindra pas les ascenseurs panoramiques sans se faire repérer ; une groupiste renvoyée avec pertes et fracas encore moins. Par le labyrinthe des souterrains, entrelacs de parkings, dépôts de marchandises et zones de livraisons, elle a ses chances.

Une fourche. Phalène ralentit.

Se gare dans un recoin où de nombreux deux-roues sont sagement rangés, motos, mobylettes, scooters de coursiers. Se fondre dans le paysage. Ranger casque et gants dans le coffre, le barbour bourré ballé dans une des valises latérales. Le garder sur le dos gênerait ses mouvements – problème du pistolet. Au fond d'une poche ou caché sous sa chemise de bûcheron, elle perdra de précieuses secondes à le dégainer si elle en a besoin. Quelque chose lui dit qu'elle en aura besoin.

Elle accroche le Sentinel dans son étui à sa ceinture. Épingle sa carte de la Division sur la poitrine, bien visible, qu'on ne lui tire pas dessus sans sommation en la voyant armée.

Autre préoccupation à garder à l'esprit, changer de vêtements au plus vite. Phalène n'avait pas exactement prévu de se rendre à une cérémonie officielle, et pas le temps de repasser chez elle. En jean's et bottes de garçon vacher, les coincés du Protocole lui opposeront un barrage radical.

Se repérer dans le dédale des sous-sols de la Défense est un souci superflu, Phalène y est déjà venue ; une opération générale qui l'avait obligée à étudier de près les plans du quartier. Les difficultés commenceront après le centre commercial, à l'approche des fondations de la Grande Arche. Le sergent Van Meers n'est pas un amateur, il a prévu les possibilités souterraines, dû délimiter un périmètre de sécurité et y déployer un maximum de troupes. Des Réserves, exclusivement. Les forces névralgiques du Groupe sont dévolues au seul Président.

Les Réserves, Phalène en fait son affaire. Les unités suivantes aussi. Ce sera évidemment une autre paire de manches, avec des degrés de difficulté croissant, mais l'ex CP-9 enfonce un sacré coin dans la « défense calibrée » de Johan Van

Meers. Le fait que l'assassin en soit partie intégrante écarté, il existe une faille énorme dans son dispositif.

Le connaître pour l'avoir pratiqué de l'intérieur.

Aire par aire. La somme des effectifs de chaque unité. Qui fait quoi, où, avec quel type d'armement. Quelles sont les facultés d'adaptation de chacun. De quel façon se comporte le chef. Comment il réagira dans une situation donnée. L'ancienne groupiste connait tout cela sur le bout des doigts.

Elle a bien retenu sa leçon, et l'utilisera à fond pour remplir la mission qui est en fait la sienne depuis le début. Il faut détruire Cartago, avait dit Berthillon.

Phalène est là pour ça.

Les Réserves sont contournées sans bobo.

Scotchée au châssis d'une camionnette de blanchisseur, l'intruse est passée sous leur nez. Le chauffeur a été contrôlé, la caisse inspectée. Personne n'a songé à regarder sous le véhicule avec un périscope inversé. Un mauvais point en débriefing, un bon pour Phalène.

Elle aurait pu se risquer à vue, les recrues de cette unité ne la connaissant guère. Risque minime ; risque tout de même. Pas tant celui d'être reconnue, mais de se faire signaler à la radio à l'occasion d'un rapport que le chef du Groupe ne manquera pas de demander. Alors trouver le premier moyen de locomotion venu allant dans la bonne direction et se cacher dessous. Se cramponner solidement aux essieux. Franchir une limite, un point de non-retour.

S'enfoncer au cœur du dispositif.

Quand la camionnette paraît sur le point de s'arrêter, Phalène lâche prise, roule à l'écart en souplesse. Elle se rétablit derrière des poubelles. Abri familier. Elles se suivent et ne se ressemblent pas. Des conteneurs métalliques ici. Vision au ras du sol entre leurs roues caoutchoutées : des pieds qui vont et viennent, marchant sur leurs propres traces. Une sentinelle.

Des pieds chaussés de souliers de ville bien cirés. Le pli d'un pantalon de bonne confection tombe dessus avec élégance. Pas un badaud ni un élément des forces spéciales de la DST.

Un Abord.

Risquer un œil par-dessus les poubelles, en restant dans l'ombre. La sentinelle lui tourne le dos ; fait demi-tour. Ne regarde pas dans sa direction. Phalène identifie le noiraud râblé dont le nom ne finira jamais de lui échapper. Un suspect rayé de la liste des candidats. Il en reste un bon paquet.

Vannier, Marigot, Ledantec, pour ne citer que ceux-là – sourire féroce en évoquant le blond Breton dragueur lourdingue. Savourer par avance le plaisir de lui rectifier le portrait à bout portant si c'est lui Cartago. Ne pas rêver.

Le noiraud garde une issue secondaire, un Mac-Ten à la hanche. Lève de temps en temps la main à son oreillette.

Le neutraliser sans qu'il donne l'alarme. Récupérer sa radio. Pas le moment de discuter ou de convaincre, tant pis pour lui. Phalène bondit.

Percute de plein fouet. L'effet de surprise a joué en plein. Le noiraud valse. Phalène suit. Shoote à la mâchoire, double d'un kata au bulbe rachidien. Elle dose la violence du coup pour endormir quelques heures, pas pour tuer. Le noiraud n'est pour rien dans sa croisade. Son pistolet-mitrailleur n'a pas tiré en tombant, une chance.

Une erreur : le cran de sûreté était engagé. Une faute, jugerait le sergent Van Meers. Sa voix mélodieuse de pit-bull atrabilaire vibre dans l'oreillette confisquée à l'adversaire. Phalène fixe le récepteur à sa ceinture en prenant soin de couper l'émission. Se réjouit ensuite.

D'après ce qu'elle entend, elle est dans les temps ; ni le Président, ni Taslima Nasreen ne sont encore arrivés. Un Éloigné confirme la présence des hommes du commissaire Boulard, déployés dehors. Ils commencent à investir les étages. Les techniciens de l'unité Logistique y sont déjà et nettoient l'itinéraire que suivra le chef de l'État. Les échanges radios de CP-1 Autorité avec ses troupes manquent de précisions géographiques, mais Phalène comprend que Papa viendra de son côté, l'invitée bangladaise du sien en compagnie de la Présidente et des membres des associations qu'elle représente. Empruntant des itinéraires différents, tout le monde se retrouvera au sommet de la Grande Arche, dans la salle des maquettes.

Arrivées séparées des protagonistes, donc. Personne ne prendra les quatre cabines panoramiques. Trop dangereux.

Restent les ascenseurs intérieurs, et le choix entre les deux côtés verticaux du cube. Le ministère de l'Équipement, des Transports et du Logement occupe la totalité des 42 000 mètres carrés de bureaux de la paroi Sud. La Nord accueille une sous-section du ministère, d'importantes entreprises et sociétés financières, publiques ou privées.

Le Président, Taslima Nasreen, qui montera par où – Phalène opte pour Papa en sud.

Un seul organisme dans les locaux, un seul registre du personnel à vérifier, et l'invitée en nord plus compliqué à « nettoyer ». Enfin, si Phalène était CP-1 Autorité, elle agirait ainsi. Et gagnera le toit de la Grande Arche par la face nord.

Mais d'abord cacher le corps du noiraud derrière les poubelles, balancer son Mac-Ten dedans (chargeur enlevé, cartouche dans la chambre éjectée). Pousser la porte de l'issue secondaire. Un escalier derrière.

Monter.

La voix du sergent sur les ondes, martelant des ordres.

Les choses évoluent vite. Les Réserves et les Éloignés ne bougent pas de leurs positions, tous les autres groupistes présents dans les sous-sols doivent regagner le niveau du rez-de-chaussée et se rassembler en sud. Bien vu.

Pénible à entendre : Van Meers réclame aussi un rapport individuel avant de faire mouvement, unité par unité. Crotte.

L'Abord matriculé A-8 ne répond pas.

Il aurait du mal. Ne pas le faire à sa place, la supercherie ne tiendrait pas cinq secondes. Phalène a une brève pensée pour le noiraud inconnu gisant dans sa poubelle et mâchonne un juron. Devant son silence radio, le sergent intime à tous de passer sur la fréquence de dégagement à son signal – nouveau, ça. Phalène ne connaît pas. Subodore que cette fréquence miracle a été inventée pour la circonstance, exceptionnelle du point de vue de la sécurité présidentielle. Si Berthillon ne la connaît pas non plus, ou n'y pense pas, son message se perdra dans l'éther.

La voix de CP-1 Autorité, pour la dernière fois. À mon commandement, top.

Néant sur les ondes. Plus de son dans l'oreillette.

Tu es seule, ma fille, et la concurrence sera rude. Phalène soupire. Du positif quand même. Papa se déplace sans Maman, tous les Contacts et Proches seront avec lui. Le sergent Van Meers n'est pas homme à transiger avec ses principes, écrivain bangladaise en sursis ou pas. Avec les Abords regroupés en surface, puis au sommet de l'Arche, les chances de manquer Cartago sont nulles. Le hasard des rotations de postes est négligeable ; Abord, Proche ou Contact, l'assassin est assuré de voir passer la cible à sa portée. L'embuscade est parfaite ; ses commanditaires connaissent le lieu de l'exécution depuis le début.

Phalène commence son ascension de la paroi nord, alternant escaliers et ascenseurs. Toujours bien vu : les groupistes y sont inexistants. Pas les hommes du commissaire Boulard qui quadrillent les couloirs. Ils s'effacent devant la carte de la DOG, mais tiquent un brin en détaillant la tenue de sa porteuse. Celle-ci poursuit son chemin sans s'attarder, du pas de celle qui sait où elle va et pourquoi. Le meilleur des sésames, l'assurance de soi affichée avec culot.

Un escalier de service pour finir. Phalène arrive au toit de la Grande Arche, un hectare de surface inconnue. Quelques pas sur sa droite pour se planter devant un plan de l'étage placardé au coin des galeries Europe et Conférences. Elle est à l'opposé du belvédère, la salle des maquettes au bout de la diagonale du carré. Deux salons la séparent du restaurant où la brigade d'un traiteur parisien de renom prépare le vin d'honneur qui suivra le vernissage de l'exposition.

Des groupistes surgissent dans la galerie des Conférences mal éclairée, sortant d'une des salles du fond, Voltaire ou Diderot d'après le plan. Des spécialistes de l'unité Logistique en mission de nettoyage – Phalène se rejette en arrière. Pousse la première porte qui se présente et se retrouve devant un escalier étroit menant aux toilettes.

Sauvée de justesse. La jeune femme calme les battements de son cœur. Elle a failli ne pas reconnaître ses anciens collègues. Ils devraient porter des bérets rouges, ce serait d'excellents points de repère en décor obscur – Phalène égrène un petit rire nerveux. Voilà peut-être enfin la signification du ballet de couvre-chef sergentesque : un point pour fixer l'attention de ses auditeurs.

Sur la brosse, regardez-moi, mes expressions soulignent ce que je dis ; briefings, cours théoriques et remontages de bretelles. Tête nue, ne vous occupez pas de moi, écoutez les mots, réfléchissez ou détendez-vous ; débriefings, devinettes tactiques, et papotages autour de la machine à café.

Pourquoi pas. L'explication en vaut une autre – chasse d'eau en cataracte derrière elle, Phalène sursaute. Volte.

Un groupiste sort des toilettes Hommes.

Une groupiste.

Abord en avance ou Logistique à la traîne, elle ouvre des yeux ronds en découvrant son ex-collègue – Phalène est déjà sur elle. Atémi à la carotide. La groupiste n'oppose pas plus de résistance que le noiraud.

Elle aurait quand même pu sortir des toilettes Dames.

En tombant, elle écrase sous elle le bloc émetteur-récepteur de sa radio. Court-circuit définitif, son oreillette est muette. Phalène jure. La fréquence de dégagement lui restera inaccessible. Petite compensation, ses vêtements sont à sa taille. Sauf les chaussures. Le pantalon de tailleur cache tant bien que mal les boucles des bottes de gaucho. Ça ira.

Il faudra que ça aille.

Les camarades de Logistique passent bruyamment devant la porte menant aux toilettes. S'éloignent. Phalène attend qu'ils aient atteint la librairie pour refluer à son tour dans la galerie Europe – pour tomber sur le gros commissaire Boulard sortant de l'escalier de service. Hors de question de l'assommer. Bien au contraire.

Avant que Boulard n'ait pu parler, Phalène le repousse sur le palier. Désert.

– Hé, dites, vous...

– Pas si fort, commissaire, et ne posez pas de questions, je n'ai pas le temps de vous expliquer ! Vos hommes accompagnent Taslima Nasreen et la Présidente ? Oui, bien sûr, suis-je bête, les groupistes reprendront Maman en charge dans la salle des maquettes... Non, pas un mot, taisez-vous ! J'intègre la protection rapprochée de Nasreen, prévenez vos hommes, ne cherchez pas à comprendre, Cartago est ici, c'est pour aujourd'hui, barrez-moi la route et c'est le désastre ! Je vous supplie de me croire, commissaire...

– Mais je vous crois, fait Boulard, plus placide et bonhomme que jamais ; je vous l'aurais déjà dit si vous m'aviez laissé placer un mot !

Miracle. Alléluia, Noël, Mont-Joie, Saint-Denis – Phalène n'en revient pas. C'est plus facile qu'elle ne le craignait. Il doit y avoir une explication.

Le commissaire Boulard se fait un plaisir de la lui donner, un rien malicieux.

– Monsieur... Montpensier m'a fait prévenir. Je m'attendais à vous trouver quelque part dans l'Arche, mais je n'ai pas très bien compris son histoire de radio. Il paraissait douter de l'efficacité du procédé ou ne pas réussir à vous joindre, quelque chose comme ça...

– Il a trouvé ! exulte Phalène ; seigneur, il a trouvé... Quel nom vous a-t-il donné ?

– Un nom ? Il ne m'a pas donné de nom. Il aurait dû ? s'étonne le commissaire.

Raté. Berthillon n'a pas trouvé. Mais il a oublié d'être bête, mesuré les risques et tout fait pour faciliter la tâche de sa subordonnée. Excellent Morpho. Honnête, et digne de la confiance de Sphinx.

Brouhaha dans la galerie Europe. La délégation de la Présidente est arrivée. Boulard s'ébroue.

– Excusez-moi, le devoir commande...

– Tu l'as dit, bouffi ! réplique Phalène en quittant le palier de l'escalier de service sans attendre le commissaire qui se tâte les bourrelets avec circonspection.

Elle se porte au-devant des arrivants. La Première Dame, son entourage associatif, quelques officiels, et l'invitée d'honneur bardée de gardes du corps. Phalène exhibe la carte barrée de tricolore épinglée sur sa poitrine. Dans son dos, le commissaire Boulard opine du bonnet en direction du chef de la sécurité. La jeune femme se glisse au premier rang.

Libéro nouvelle mouture.

Indifférence polie de la Présidente. Taslima Nasreen sourit, un rien mécanique. Vêtue d'un simple sari, elle respire la force et la douceur. Il faut regarder au fond de ses prunelles pour y lire les signes qui trahissent la bête traquée. Traquée, mais qui sort quand même du bois. Se montre. Ose. Brave les fous qui l'ont condamnée à mort. Aujourd'hui, le courage est femme.

Bouleversée, Phalène touche du doigt l'ineffable : le symbole dans toute sa puissance. Cartago n'y touchera pas.

Une promesse – un serment.

Boulard donne le signal du départ.

Le cortège suit la galerie Europe, traverse la librairie, la galerie du Belvédère et arrive enfin dans la salle des maquettes. Les Abords achèvent de la traverser à reculons.

Pas un ne se montre menaçant.

Le Président et son aréopage débouchent de la galerie Edgar Faure. Stupeur chez les groupistes. Phalène est visible comme une boule de neige sur un tas de charbon – Ledantec, ébahi ; Marigot qui s'avançait déjà vers la Présidente, stoppé dans son élan ; le sergent Van Meers bouche bée, la cicatrice livide. Et le Président étonné de revoir son ancien libéro de charme.

Taslima Nasreen qui s'avance aux côtés de son épouse.

Une cible immanquable.

Phalène la main sur la crosse du Sentinel. C'est maintenant. Aucun Proche n'a bronché.

L'un des Contacts.

Les dévisager tous tour à tour, vite. Les yeux dans les yeux. La langue d'un homme peut mentir, son cœur dissimuler ; son regard, jamais.

Le regard de Vannier est un mensonge hurlant.

Le Sentinel prend l'horizontale. Phalène ne respire plus. Ses yeux noisette se figent. Les paillettes d'or flamboient, étoiles fondues en une seule format super-nova. Oublier l'homme. Voir au-delà de la mire – non : l'aligner avec la poitrine du tueur. La chienne de la DOG montre les crocs.

Delenda Cartago...

– ... Est ! murmure Phalène.

Rivages/noir

Dernières parutions

André Allemand
Au cœur de l'île rouge (n° 329)

Claude Amoz
L'Ancien crime (n° 321)

Marc Behm
Tout un roman ! (n° 327)

Bruce Benderson
Toxico (n° 306)

Stéphanie Benson
Un meurtre de corbeaux (n° 326)

Daniel Brajkovic
Chiens féroces (n° 307)

Wolfgang Brenner
Welcome Ossi ! (n° 308)

Yves Buin
Kapitza (n° 320)

James Lee Burke
Dans la brume électrique avec les morts confédérés (n° 314)
La Pluie de néon (n° 339)

Jean-Jacques Busino
La Dette du diable (n° 311)

Daniel Chavarría
Un thé en Amazonie (n° 302)

Daniel Chavarría/Justo Vasco
Boomerang (n° 322)

George Chesbro
Le Second Cavalier de l'Apocalypse (n° 336)

Hélène Couturier
Sarah (n° 341)

Jean-Claude Derey
Black Cendrillon (n° 323)

Pascal Dessaint
Du bruit sous le silence (n° 312)

Achevé d'imprimer en Janvier 2000
par Maury-Eurolivres
45300 Manchecourt

Imprimé en France
Dépôt légal : février 2000